纪念世界反法西斯战争胜利 70周年

抗战家书

我们先辈的抗战记忆

中国人民抗日战争纪念馆
中国人民大学博物馆　编

中国人民大学出版社
·北京·

烽火家书抵万金

（代序）

“国破山河在，城春草木深。感时花溅泪，恨别鸟惊心。烽火连三月，家书抵万金。白头搔更短，浑欲不胜簪。”唐代诗人杜甫的这首《春望》曾使多少人感动不已，而“家书抵万金”更成为千古传诵的佳句。家书是古往今来人们信息交流的重要工具，它在沟通思想、表达情感方面具有其他交流手段不可替代的功能。家书是中华文明的重要组成部分，它集文学、史学、美学、书法、礼仪等元素于一体，承载着十分厚重的历史和文化信息。

不可否认，任何一封家书都带有时代的特征，但在战火纷飞的年代写就的家书，其时代感就更加突出和鲜明。当翻开由中国人民抗日战争纪念馆和中国人民大学博物馆合作编撰的《抗战家书》的书稿时，立即感到战争的硝烟扑面而来。从那些家书的字里行间中，我们体会到那时的人们因日本发动的侵华战争而遭受的伤痛，体会到因伤痛而产生的愤怒，从而理解了因愤怒而进行的坚决的抗争，进而理解了由抗争而生出的必胜信念和在伟大的实践中的心路历程。有哪种文献比这些家书更能如此深刻地反映战争中人们的体验与情感呢？

从该书选编的家书来看，早的写于九一八事变发生后不久，晚的写于抗战刚刚结束，涵盖 14 年中国抗战的全过程。内容上既有热血男儿从沙场写给亲人的绝笔，也有严父慈母对子女的叮咛；既有同胞兄弟之间的默默心语，亦有恋人之间的款款深情……特别是那些毅然走上战场的抗战勇士，他们以朴实的语言、纯真的情感，抒发了他们发自内心的爱国爱家的赤子之心，抒发了他们为民族解放和为家园安宁而甘愿奉献青春的壮志豪情。

“我政府早具决心，抗战到底，不问境遇如何，决不作城下之盟。在我们当此国难，身为军人，只好本政府之策略，继续不断努力杀敌，来尽匹夫之责。”

“我在外，大家都是为着抗日的，为了保护我们的家庭，为着自己的未〈来〉做事！”

“现在儿就要离开大别山，走上最前线消灭敌人，保卫中华，望双亲不要悲伤挂念。儿为伟大而生，光荣而死，是我做儿子最后的心意，罪甚！罪甚！”

“现在我们的国家真正危险极了，南京、上海、苏州等这些地方都被日本占去了，要快到汉口来了。不过他恃其武力，野蛮横占，我们大家都觉悟，抗战到底，不要为他武力而屈服，总会得到最后胜利的。”

这一段段的内心独白不仅记载了那段血与火的历史，而且承载着绵长而醇厚的骨肉亲情，真实反映了在国破家亡的危急关头，血洒疆场的抗日将士不屈的民族气节，在日寇铁蹄蹂躏下普通民众“位卑未敢忘忧国”的系国系家的深厚情怀。今天读来仍余味绵长，催人泪下。

这部《抗战家书》在2007年出版后，立即受到了社会各界的欢迎。在抗日战争胜利70周年到来之际，编者在原来的基础上，又选择增加了15篇，包括张自忠、谢晋元、戴安澜等抗日将领们在戎马倥偬之际写给亲人的，有些家书写好后当时甚至未来得及发出。新增加的来自台湾同胞的家书，使这部书更具特色和代表性。

作为史学工作者，我以为家书在史学研究上的功用似应得到更多的关注，因为与一般的资料相比，家书的特点在于具有生命，其魅力在于真实。一封家书，一段历史。民间家书就是民间书写的历史。《抗战家书》中所选登的许多家书的作者都是那个时代重大事件的见证者、亲历者，他们的视角往往是一般的史书中所看不到的。这些家书已保存七八十年，具有重要的文物价值；有的家书是名人的遗物，具有重要的文献价值；有的家书是重大事件的载体，具有重要的史料价值。

《抗战家书》通过一封封直指心灵的家书、一个个感人肺腑的故事、一张张朴实生动的老照片，再现了那段令人难忘的中华民族抗争史，这对于大力弘扬以爱国主义为核心的伟大民族精神，对于在新时期加强对广大民众特别是青少年的爱国主义教育，不失为一种有益的尝试。

《抗战家书》从一个侧面真实记录了抗战时期的社会状况、市井民情，为后人深入而全面地认识、研究那个时代，提供了新的史料和新的视角。一封家书见证一个时代，是民间家书独有的价值体现，正所谓“小人物，大时代”。

《抗战家书》从一个独特的视角展现了英雄人物生活中的点点滴滴，尽管都是一些小故事，但生动、鲜活，且鲜为人知，如左权、吉鸿昌、戴安澜、蔡炳炎等人的家书，将其侠骨柔肠的另一个侧面展现给读者，这是散落在民间的名人家书独具的资源，正所谓“大人物，小故事”。

《抗战家书》中选载的每一封家书都包含着修身、齐家、礼仪、教化等中国传统文化的精华，许多家书通篇闪耀着追求真理，争取公平与正义，讲求诚信友爱，提倡无私奉献等传统文化价值的光辉。体现中国文化的本质和中华民族道德的精髓，是民间家书的重要特色，正所谓“小家书，大文化”。

中国人民的抗日战争是中华民族历史上光辉的一页，挖掘抗战时期的家书，对于抗战历史的研究、弥补文献的不足提供了新的渠道和方法。我衷心希望以出版《抗战家书》为契机，能够使更多的人重视对抗战家书一类资料的搜集和整理，为抗战历史研究开辟一个新的领域。

步　平

2007 年 6 月一稿

2015 年 4 月二稿

（作者为中国社会科学院近代史研究所原所长、研究员，中国抗日战争史学会会长）

编写说明

1. 本书所收录的家书原件主要选自中国人民抗日战争纪念馆和中国人民大学博物馆的藏品，均经过家书捐赠者授权，有些为首次公开发表。

2. 本书是在2007年中国画报出版社出版的《抗战家书》基础上修订的，原书收录家书故事25篇，这次新增加了15篇，本版家书故事总数共40篇。

3. 全书分为上篇、下篇两部分。上篇收录的是抗战前线将士们的战地家书，包括战斗在敌后战场的八路军、新四军和正面战场的国民党军队；下篇收录的是各阶层民众与抗战有关的家书，包括大学生、教师、医生、商人、职员、劳工、出版人、保育生等。各篇基本上以家书写作时间排序，从一个侧面反映了14年抗战的历史。

4. 家书背景链接的撰写者分别标注于每篇文章的末尾。

5. 因作者文字水平各异，语言习惯不同，家书原文中有些词句略欠规范。为保持家书文本原貌，在不影响理解的前提下，对家书原文一般不作改动，尽可能保持作者的语言特色。

6. 家书原文中的错字、别字、异体字及编者的注释用［ ］表示。

7. 家书作者本人的注释用（ ）表示。

8. 家书原文中缺字、漏字，编辑补充的内容用 < > 表示。

9. 家书原文中破损、模糊不清和难以辨认的字用□表示。

10. 在一些家书原文中，“他”、“她”不分，现均根据人称作了改动。

11. 在一些家书原文中，“那”、“哪”，“象”、“像”不分，现均作了改动。

12. 在一些家书原文中，“的”、“地”、“得”，“其它”、“其他”不分，均未作改动。

13. 在一些家书原文中对父母等长辈称“你”、“你们”，属于作者所在地区的语言习惯，并非不加尊敬，故未作改动。

目 录

上 篇

下　篇

上篇

兄弟携手赴国难

周健民

谁不想承欢于老人膝下，谁不想骨肉亲人团聚？日寇肆虐，东北失地。国难当头，匹夫有责。像大多数热血青年一样，周平民、周健民兄弟辞别双亲，一起踏上抗日的战场。塞外艰苦的生活，没有泯灭抗日铁军顽强的斗志；敌人罪恶的枪弹，却将年轻勇士的形象永远定格。

父母亲大人膝下：

敬禀者男平民①前由上海北返，曾在河北省密云县寄上吉林移山人参半斤，参茸丸四粒，参须一盒，信一封及碧波②寄家人参八两，不知大人此刻收得否？当即由密云随成长奎③司令出古北口与男健民④相晤，时健民病虽已愈廿日，然身体甚瘦弱。幸途中有大车可坐，且每日行路甚少，至多者日行五六十里（仅两三日），寻常仅行二三十里，且行三四日休息一二日，故尚不感疲劳。得以休养兼又日服补

① 平民，即周执中（1902—1937），四川内江人，曾用名周国正。

② 碧波，即闵碧波，也叫闵乐山（1909—1937），出生于杨家乡闵家坝，与周执中既是师生又是战友。

③ 成长奎（1898—1932），山东人，即成庆龙，擅长绘画。九一八事变后，联络爱国志士，组织抗日队伍，曾任东北抗日救国军骑兵第四路军司令，在奉吉交界和蒙边地区活动，抗击日寇，屡获战绩。1932年9月，因汉奸告密，遭日寇包围，英勇牺牲，年仅35岁。1987年被山东省人民政府追认为革命烈士。

④ 健民，即周振华（1914—1933），系周平民的弟弟。

药，故日来已完全恢复健康。今日上午已抵热河省中心重要商埠之赤峰县，民众极表欢迎。县长系浙江人，与决死团[1]主席黄镇东为小同乡，故其对南来同志尤为热烈，除捐助黄私人枪马外，并捐皮大衣八十五件，洗澡□头费八十元，今年可不忧冷矣。□在赤峰休息数日始前进，赤峰已在口外千里，但距通辽前方尚有千里，尚须一月始可到达。

热河本极苦寒，我军又无给养，火（伙）食须由沿途人民负担。得住上等人家即可吃□□大饼及酒肉，中下等人家多吃小米（如□子）、白菜、洋芋等，甚至有油盐俱无仅以生大葱海椒白菜佐餐者（仅遇一二处）。初吃小米，颇感不便，现已吃惯，毫不觉其苦也。南来连碧等十八人初组织政治训练组，男平民任第一科（上尉）科长，男健民任宣传员（准尉）（碧波任第二科上尉科长）。继因行军期间暂派各处服务，碧波派卫队营营部任书记，男平民派参谋处任文牍并兼任行营秘书事务。男健民亦派参谋处任牒报，均非作战职务，故将来即到前方已绝无若何危险，祈大人不必□虑也。热河边境已失去一大块地，中国前途极为危险，余事容到一定住地时再行禀告。专肃敬请

福安暨阖家均好

男平民、健民　同叩

十月三日

① 决死团，即上海青年自愿决死抗日救国团，是宣传抗日救亡活动的组织，黄镇东任主席。

東北民眾抗日救國軍騎兵第四路司令部公用箋

父母親大人膝下：前寄北 男平民前由上海北返曾
在北看寄電報安の上吉林穆山人參半斤參茸
丸の粧參影像一盒信一封及照片托寄家人參八月
不知 大人收到否 男即由寄電隨隊長
余司令出發北口與男健民相聯時健民病態
已愈廿日然身體甚瘦弱幸途中有大車可坐
且每日行路甚少至多者日行五六十里（僅少者二十里）平常僅
行三三十里且行三四日休息一二日故尚不感疲

東北民眾抗日救國軍騎兵第四路司令部公用箋

勞得以休養兼又以服補藥故日來已完全
恢復健康今日上午已抵熱河省中心重要
商埠之赤峯縣民衆極表歡迎易于保護
以人與海死囚之席黃鎮東司令同鄉故其
對南來同志尤為親一致隆指揮黃部人槍馬外
並捐皮大衣八十五件洗漢鋼洗費八十元今
年可不至受冷矣擬於赤峯休息數日於前
進赤峯已在口外千里但距離前方尚有

東北民眾抗日救國軍騎兵第四路司令部公用箋

千里約一月始可到達熱河赤峯天寒我軍
又無冬季大衣須由沿途人民負擔住上
等人家即可吃一頓大餅及炒肉中等人家多
吃小米（如粥子）白菜洋芋土豆有油煤供給
僅吃生大蔥（僅過二三次）極白菜作為飯初吃小米頗感
不便現已吃慣毫不覺其苦也南來連男共
十八人初組織政治訓練組 男平民任第一科（宣傳）
科長 男健民任宣傳員 健國行軍期內暫派

東北民眾抗日救國軍騎兵第四路司令部公用箋

各處服務號召隊伍衛隊營三部任書記 男平民
派充第三團任文牘兼事在行營辦公 男文人
男健民每晚參謀處任聯絡的視作戰務
故將來即到前方亦絕無危險 大
人不必掛念也熱河邊境已失去一大塊地中
國前途極為危險待至寒時一定佳地可再行寄
書常安敬請
福安
闔家均此

男健民同叩 十月三日

子全弟[①]：

昨接八月八日来信，劝我对健民节哀，知弟爱我之深，故劝之切也。我亦自知所负责任，勉力自慰，然究因亡命途中，遭此骨肉惨变，终不能强抑怨怀也。

去岁出关同志，共十八人，去时虽历尽艰险，然至今年正月十二以前，虽已分为数处，但犹完全无恙，孰意至正月十三，健弟及昆容同志，即惨遭狙击。自此以后，杨震东、刘辉武（四川人）、张华疆相继失踪，庄天民、许中华又确已被难，而同从敌人枪林弹雨中逃出之姚志强前天又病死于沪，正月迄今，仅数月耳，即遭此惨变，人事沧桑，能无感喟！

自冯玉祥揭竿察省后，抗日空气曾一度紧张，而内战亦大有一触即发之势。卒以中央之聪明对付，一面命庞炳勋、徐庭瑶等部极力向冯压迫，一面派黄绍雄赴港□分美借款，以软化西南；更极力欢迎由欧回国之苏马李等抗日各将，诱以军委及新疆屯垦司令等职，使已归冯玉祥旗帜下之义军分化；然后再挽宋哲元[②]、李烈钧[③]等作调人，以此种种强柔离间之手段，致素以强项称之冯玉祥，以不能不于外无援手，内不团结，财穷粮竭，万难支持中，一哭下台矣。自冯氏退居泰山后，察省善后，概由宋哲元负责。最近冯之各部，多已听受编遣，

---

① 子全弟，周平民的妹夫。

② 宋哲元（1885—1940），山东乐陵市人，1907 年从军，北洋陆军随营武备学堂毕业。毕业后服役于冯玉祥部，1930 年中原大战任冯玉祥军第四路总指挥。战败后，冯玉祥退居晋南地区，张学良将其整编入东北军序列。1931 年宋哲元部被整编为国民革命军陆军第 29 军，宋任军长。1932 年任军事委员会北平分会委员兼察哈尔省政府主席。七七事变爆发后，率部抗击日军。

③ 李烈钧（1882—1946），江西人，曾赴日本学习陆军。回国后，任武昌起义军重炮队司令，曾协助孙中山从事军事计划和参谋指挥工作。1927 年任国民政府常务委员兼军事委员会常务委员。1928 年国民政府改组，遂离开南京到上海。九一八事变后，致电蒋介石对外抗日。西安事变发生后曾主张和平解决。七七事变爆发后，李烈钧扶病进京，共赴国难。1946 年在重庆病逝，时年 64 岁。

虽方振武[①]曾一度继冯自称抗日同盟军总司令，与反冯下野最力之吉鸿昌，亦因屈于大势要求出洋矣。最近西南政府，虽委王德林[②]为义勇军总司令，回北活动，然力量有限，且中央已决心与日妥协，不但不予援助，且将施以摧残，又于能有所发展，人民又因捐款中饱问题，极度灰心，今后更谁肯以分文援助义军，“抗日救国”已成过去之事实，历史上之名词矣！健民等牺牲不值！！

自辽热陷落，小张[③]放洋后，东北军已一蹶不振。冯玉祥此次不得出头，西北系亦大受打击。何应钦坐镇北平，中央之势力已达北方，以后再履行其分化翦削之手段，黄河以北可以无忧矣！（日伪除外）现在反蒋势力者，厥为西南。日前在□广州等处，均见有大书特书打倒蒋……拥护中央之标语，但元老派主张立干，实力派主张缓干，——还要完成五年计划——最近元老派在港开会，图谋强制推翻实力派陈济棠[④]，事实已现裂痕，纵使西南一致，其实力亦不及中央。故眼前中国各方大致可以无事，中央安内协外之目的已达，大可实行其专心剿共之计划。

---

① 方振武（1885—1941），抗日爱国将领。字叔平，安徽寿县人。1933 年 5 月 26 日，察哈尔民众抗日同盟军成立。6 月 20 日，同盟军任命方振武为北路前敌总司令。7 月 12 日，方与北路前敌总指挥吉鸿昌收复多伦。在蒋、日军联合逼迫下，方振武将军被迫流亡国外。日军占领香港后方振武化装潜回广东，1941 年 12 月在中山被国民党特务杀害。

② 王德林（1875—1938），原名王林，山东省沂水人。1895 年到吉林谋生。1899 年组织数百义民，展开反抗帝俄的斗争。1932 年 2 月，在中国共产党的协助下，成立“中国国民救国军”，任总指挥，率部给日本侵略者以沉重打击。1933 年 1 月因形势所迫，退入苏境。同年 5 月绕道香港回国，奔走各大城市，呼吁抗日。全国抗战爆发后，任国民党革命军事委员会别动队光复军第二路指挥，准备开赴东北战场。1938 年 12 月病逝。

③ 小张，即张学良。九一八事变发生后，张学良根据蒋介石的电令节节败退，替蒋背了不抵抗的罪名。蒋介石为了平息全国民众的怨情，逼张学良引咎自辞。张学良被迫于 1933 年 3 月 11 日通电下野，出国疗养，蒋介石安排何应钦代理张学良军事委员会北平分会委员长的职务。

④ 陈济棠（1890—1954），字伯南，广西防城港人，粤系军阀代表，曾长时间主政广东，有“南天王”之称。1907 年加入同盟会追随孙中山，后任粤军李济深部第二旅旅长。1925 年，任李济深部下国民革命军第四军 11 师师长。抗战时，陈出任最高国防委员会委员、战略委员会委员。1950 年到台湾，任“总统府”战略顾问。

红军虽经蒋总司令数年来之痛剿，然欲行肃清似尚有待。四川十余县已被陷，福建十九路军[①]之受窘，反觉红军有相当发展，军阀战争虽已暂时阴消（四川在外），阶级斗争势将益趋剧烈。老大中华，休想太平啊！

美国之借款成功，中央本可以移此内战之经费，以恢复农村经济，繁荣城市，使中国日趋于工业化、资本化，无如天不助人，黄河之大水灾又来，致农村经济愈更陷于破产，灾患重重，恐此区区借款，未必能干出多大成绩，况大人先生们犹在倾囊□待。

病愈已廿日了，尚未走访园圃，一事文海起居。因□待家中钱来时，然后依期亲赴第二持院（现住处离该院尚有廿里左右，前刘园圃言该院每月仅二号十七号午后一至三时许会客，但每次只准作五分钟谈话，且限于亲属）看视文海。纵使院方不许会见，也可稍少医款，助其零用。如能全约，当代弟问好。

弟赞助奉宜尊安成仁等筹备追悼健民，我深感激，如能顺利成功，健弟有知，亦当稍安地下。

刻已内明上海□□每两价值四元至七元，虫草（批言有冬虫夏草之区别）每两三元上下，但如非内行，不能识之。彼等买进时非常煞价，日前我等从张家口带回蘑菇不少，被彼等煞价，结果大折其本。

俟闵碧波出医院后——彼病□□已进医院十三日了，昨□医生定，尚须一周始可出院——如家中钱能在半月之内兑到上海，决赴平实行贩药读书计划——亦须视此次家中卖药成绩如何——否则只有与黄投军，暂待机会。

---

① 十九路军，即国民革命军第十九路军，蒋光鼐任总指挥，蔡廷锴任军长，人数有三万余人，驻防南京、苏州、上海一带。原属孙中山建立的粤军第一师，在第一次北伐时被称为“铁脚、马眼、神仙肚”的铁军，后来又参加过粤桂三次大战及中原大战，驻京、沪前被派到江西与红军作战。九一八事变后，蔡廷锴厌恶连连内战，在江西南昌体育场带领全军庄严宣誓：“不打内战，抗日保国。”为支援东北抗日，蔡廷锴在十九路军中组织两个旅奔赴东北战场。

上海至四川，航空寄物每斤约八九元，不知北平多少？未到参胶，已去函清查，顺祝

健康！并恭候

姻翁、母大人福安！及阖府均好！

平民

八月廿六日晚于上海

九月十三收

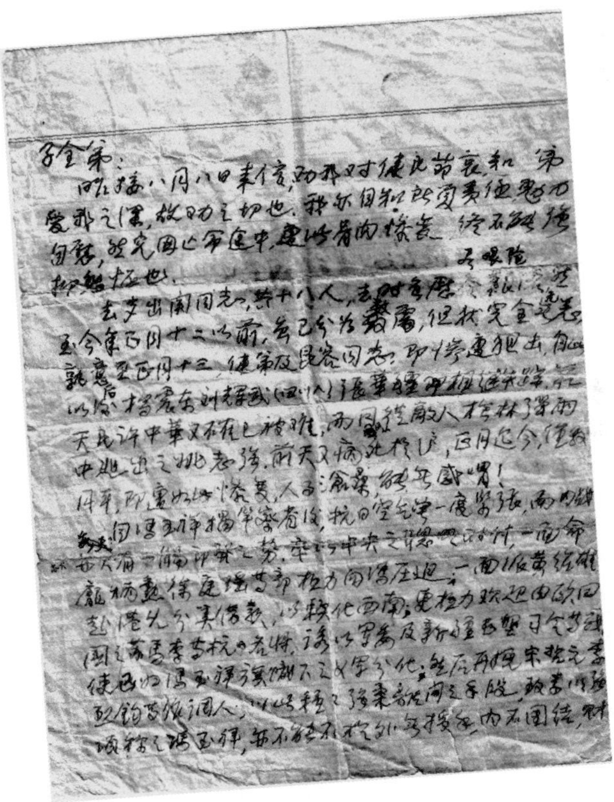

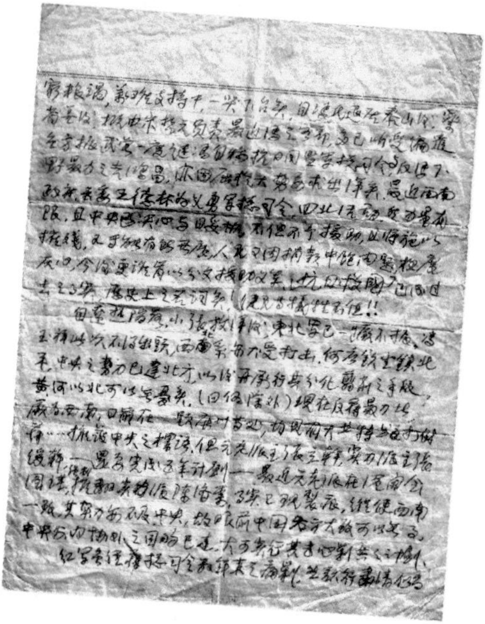

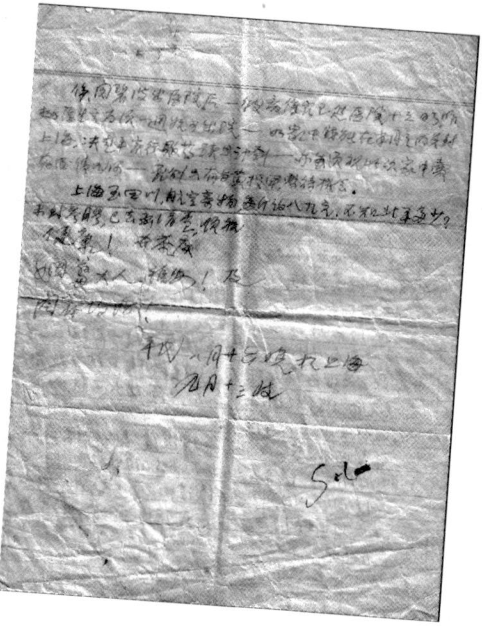

背景链接

周平民，又名执中、国正。生于1902年，四川省内江县人。1916年，在内江县立中学就读。受革命思想熏陶，开始阅读《新青年》《每周评论》等进步书刊，积极参加学生会进步活动。毕业后，到杨家乡小学任教，后任校长。1924年参加地下党在白合场举办的“民团干部传习所”学习，受到革命思想的熏陶。1926年上半年加入中国共产党。从此，他以教书作掩护，积极从事农民运动，并担任支部书记和中共内江县委委员职务。1929年在杨家乡、石子乡等地领导农民开展抗粮、抗捐斗争。1930年8月县委机关遭敌人破坏后，秘密前往上海。

1931年九一八事变后，在蔡廷锴领导下组织参与“上海青年自愿决死抗日救国团”，任秘书职务。1932年8月随蒙边骑兵队赴开鲁抗日前线，被分配在辽吉黑民众后援会开鲁办事处工作。1933年2月日寇进犯热河，由于国民党采取不抵抗政策，热河失陷。后随救国团主席黄镇东赴上海。同年冬，赴南京投考军事学校，继续从事抗日救亡活动。

1934年8月周平民在浦口进行革命工作时，由于叛徒出卖，不幸被捕，关押在南京江东门中央军人监狱。在狱中，他虽惨遭严刑拷打，仍与敌人进行坚决斗争。他在身心遭受严重摧残的困境中，仍以顽强毅力坚持学习，盼望出狱后为党继续工作。由于反动当局残酷虐待，于1937年被折磨致死。

周健民，又名振华、国辉，是周平民的弟弟。1927年考入内江县立中学，第二年转到安岳县续读。1929年开始参加农民运动，1930年随周平民离开内江到重庆，后辗转到上海。与哥哥一起报名参加了“上海青年自愿决死抗日救国团”。在江苏昆山和无锡经过培训后，于1932年8月北上，以满腔热情投入抗日救亡的洪流。1933年春，种种迹象表明日寇将要侵占热河。2月初，经鲁北地区[1]专员朱天培要

① 此处指通辽开鲁县北部及赤峰东北部一带，当时属于热河省管辖。

求，后援会推荐周健民、庄昆容、许中华等人到鲁北前线工作。2月7日清晨，周健民等人随朱天培乘车赴鲁北，由于此次行动被汉奸刺探获悉，朱一行被狙击，周健民不幸中弹牺牲，时年18岁。

在赴鲁北前线以前，周健民与周平民兄弟二人促膝长谈至深夜，不忍分离，谁知一别竟成永诀。得到弟弟健民牺牲的消息后，正在南京的平民悲痛欲绝。

在周平民的另一封残缺的家书中，他这样写道：

> ……人望着我，也止不住我的眼泪，我几乎把全信读不下去。昨夜约十一时独自一人回到下关旅社，将来信重读一遍，又整整的痛哭一场。今晨在床上思及健民，眼泪不断的流了三个钟头，我只得起来，流着眼泪给你写回信。我自成人以来，虽未尝一日离去忧郁，然绝少悲伤痛哭，十余年来，祖母、曾祖母、母亲、小妹、蒋氏相继死去，当时虽曾痛哭，然多一哭两哭即止，从未如此次健民……

在上海，周平民收到了外甥百均的来信，告诉他父母亲得知健民死于战场后整天以泪洗面。周平民读过信后心如刀绞，于6月12日给外甥复信，请他代自己多多安慰伤心的老人。

这封信是作者哭着写的，情真意切，饱含着爱国、爱家的双重感情。眼见日本帝国主义侵我国土，杀我亲人，周平民胸中燃烧着仇恨的怒火。

> ……这回你二舅舅在打日本鬼子的最前线死去，他为救国而死，是死得光明的，只是他在亡命途中、万里关外，与他共同飘泊、共同奋斗、相依为命的你的大舅舅忽然永远分离。……以后努力读书，将来长大了，好替你二舅舅报仇。杀完日本鬼子汉奸叛逆，把已失的东北四省从日本帝国主义的手中夺回来，以完成你为救国救民而牺牲的二舅舅的遗志。

对于外甥，周平民怀着无限的期望，教育他将来一定要坚定地走抗日救国的道路，去完成前辈未竟的事业。此情此景，感天动地。

（蒲　强）

吉鸿昌：光明正大　从容赴死

吉鸿昌

抗日名将吉鸿昌在牺牲前以手指为笔，在刑场上写下浩然正气的绝命诗："恨不抗日死，留作今日羞。国破尚如此，我何惜此头！"而在走上刑场前的几个小时，吉鸿昌将军还写下了一封革命遗书和三封给亲友的家书，三封家书现存天津博物馆。

红霞吾妻鉴：

夫今死矣！是为时代而牺牲。人终有死，我死您也不必过伤悲，因还有儿女得您照应。家中余产不可分给别人，留作教养子女等用。我笔嘱矣，小儿还是在天津托俞先生照料上学，以成有用之才也。家中继母已托二、三、四弟照应，教［孝］敬，你不必回家可也。

国昌、永昌、加昌诸弟鉴：

兄已死矣，家中事俱已分清，唯兄所恨者，先父去世，嘱托奉养继母之责，吾弟宜竭力孝敬，不负父兄之托也。

欣农、仰心、遐福、慈情诸先生鉴：

吾先父所办学校校款，欣农、遐福均悉，并先父在日已交地方正绅办理。所虑者，吾死后恐吾弟等不明白之处，还要强行分产，诸君证明已有其父遗嘱，属吕潭地方学校，为教育地方贫穷子弟而设，款项皆由先父捐助，非先父之私产也，学校款，诸弟不必过问。

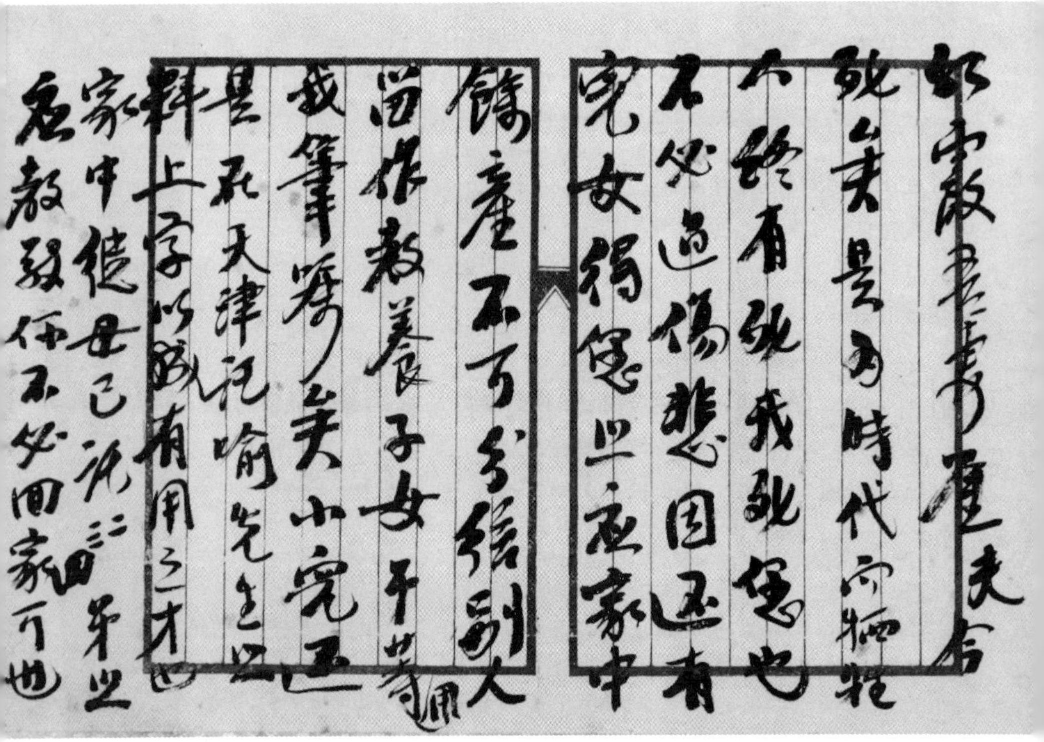

背景链接

吉鸿昌（1895—1934），原名恒立，字世五，河南扶沟人，著名抗日将领。不到18岁即加入冯玉祥的队伍，开始戎马生涯。他有胆有谋，作战勇敢，在北伐战争中，其所率部队被称为国民革命军第二集团军的“铁军”。1931年，吉鸿昌因不愿替蒋介石打内战，被蒋解职并勒令出国“考察”，在欧美期间多次发表抗日演说，号召海外侨胞“用热血拥护祖国”。

1932年1月28日，日本帝国主义悍然进攻上海，吉鸿昌闻讯毅然回国。8月，赴湖北宋埠策动旧部30师起义，失败后经上海至天津，从事抗日反蒋活动，因此遭到国民党通缉。9月由沪至津途中，潜赴山东联络冯玉祥出山组织武装抗日，毁家纾难，变卖家产6万元购置枪弹。1933年5月，与冯玉祥、方振武在张家口建立了察哈尔民众抗日同盟军，任第二军军长、北路军前敌总指挥兼察哈尔省警备司令。从6月开始，吉鸿昌率部北征，所向披靡，三战三捷，收复察东失地。22日，收复康保城。7月，收复宝昌和沽源县。随即又开始了扫清多伦外围的战斗。多伦地势易守难攻，为察东重镇，日本视之为攻掠察绥两省的战略据点，派重兵把守。根据敌情、地形，吉鸿昌采取强攻为主、先发制人、内外结合的战斗方案。7日晚，同盟军分路向多伦发动进攻，日伪军凭借工事与火力，拼命顽抗。攻城部队奋勇冲击，经过两天三夜激战，至10日晚，仍久攻不下。吉鸿昌乃亲率敢死队，

1933年7月，察哈尔民众抗日同盟军收复多伦

赤膊匍匐前进，连续三次指挥登城。与此同时，暗派副官率士兵40余人，化装成伪军潜入城内。12日凌晨，吉鸿昌再次组织猛攻，里应外合，终于打败了日伪军，收复了多伦，察东四县全归同盟军之手，成为九一八事变以来中国军队首次从日伪军手中收复失地之举，对全国抗日力量产生极大鼓舞。

然而，此时蒋介石却派重兵进攻同盟军，同盟军终因腹背受敌、寡不敌众而失败。此后，吉鸿昌到平津等地继续从事抗日活动。1934年1月，吉鸿昌由著名共产党人宣侠父介绍，加入中国共产党。同年，吉鸿昌同宣侠父、南汉宸及任应岐将军，联络各派抗日人士在天津成立了中国人民反法西斯大同盟，吉任党组领导成员。为宣传抗日爱国，大同盟编辑出版了机关刊物《民族战旗》，吉鸿昌自己出资购置印刷工具，并在家中设立了秘密印刷厂，他的家成了党在天津进行抗日民族统一战线工作的主要联络站，被大家称为“红楼”。吉鸿昌还广泛联络各界爱国人士，继续准备武装抗日活动，他的夫人胡红霞非常支持丈夫的革命活动，不惜变卖财产衣物，为抗日前线筹集军火。

1934年11月9日，吉鸿昌在天津法租界被特务刺伤后逮捕。14日，被“引渡”给国民党政府，关进天津陆军监狱。22日，被秘密押解至北平军分会军法处。当晚对吉进行审讯，吉鸿昌慷慨陈词，历数蒋介石的卖国罪行，并将上衣解开，袒露出察北抗日作战中所负的累累伤痕。11月24日，吉鸿昌被枪杀于北平陆军监狱。

殉难前几个小时，吉鸿昌将军向敌人要了笔墨和信纸，写了一封正气凛然的遗书和三封短札，致夫人胡红霞的短信便是其中之一。信中的殷殷嘱托，充满了他对妻子、儿女深深的爱护。他鼓励妻子为了儿女的成长、为了革命，坚强地活下去。

吉鸿昌被捕后，夫人胡红霞百般营救。由于中国报纸肆意歪曲真相，胡红霞便找到英文《京津泰晤士报》，及时报道了国民党企图暗杀吉鸿昌将军的消息。胡红霞还专程跑到泰安，上泰山向冯玉祥将军求助。在吉将军被法租界工部局“引渡”给国民党政府之前，胡红霞甚至打算卖掉位于法租界的房子，聘请法国律师用诉讼的方式阻止这次“引渡”。吉将军知道这些事情后，便嘱咐夫人营救是徒劳的，他在给夫人的遗信中写道：“家中余产不可分给别人，留作教养子女等用”，表明了吉将军对国民党反动本质的清醒认识和视死如归的革命精神。

写完信后，吉鸿昌从容走上刑场，在刑场上写下浩然正气的就义诗，并慷慨陈词：“我为抗日而死，不能跪下挨枪，我死了也不能倒下！给我拿个椅子来，我得坐着死。”坐在椅子上又向敌人说：“我为抗日死，死得光明正大，不能在背后挨枪。你在我眼前开枪，我要亲眼看到敌人的子弹是怎样打死我的。”当刽子手在他面前举起枪时，他凛然高呼：“抗日万岁！”“中国共产党万岁！”壮烈牺牲，时年 39 岁。

（陶武亮）

为了保护我们的家庭

1937 年 4 月 30 日，一位普通的红军指战员在写给江西老家的一封信中，除了向父母双亲问安、深表惦念之情外，还用铿锵朴实的语言，谈到了当时第二次国共合作、一致抗日的形势，表现了普通红军指战员高度的政治觉悟和满腔的抗战豪情。

父母亲大人膝下：

敬禀者堂前，万福金安！进［近］来身体是〈否〉健康，饮食增加不？但现在是而复事，想必家中合家平安，同家安乐。但是，我离家已［以］后已有〈很〉久了。自从反攻以来，未曾与家通信，我想家中就〈像〉是忘了我一样。自我反攻，以［已］到达陕西栒邑县太峪镇驻房［防］，衣食住行是很平安，请你〈们〉在家不要挂念。

但是，自三原与家通信一次，也未曾〈知道〉家内接到了〈没有〉？现在也未见回音来，可不知家内怎么样？自我现在的国家，不过说，在外便为了国家的事情。我在外，大家都是为着抗日的，为了保护我们的家庭，为着自己的未〈来〉做事。不过，现在说起到达北方，使用［实行］国共合作、释放一切政治犯，联合〈了〉许多抗日友军，国家已经和平。但是，我家没有什么问题。假是［使］家内接到我信，很快的与家［我］来信，不要递误，免得我在外挂念。来信〈寄〉到第一方〈面〉军第一军第四师十二团第三连。工作是很快乐的！

金安！

儿　钟士灯　启

阳历四月卅日

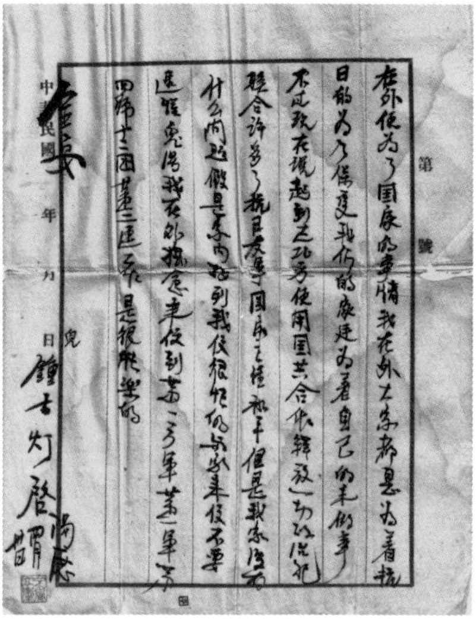

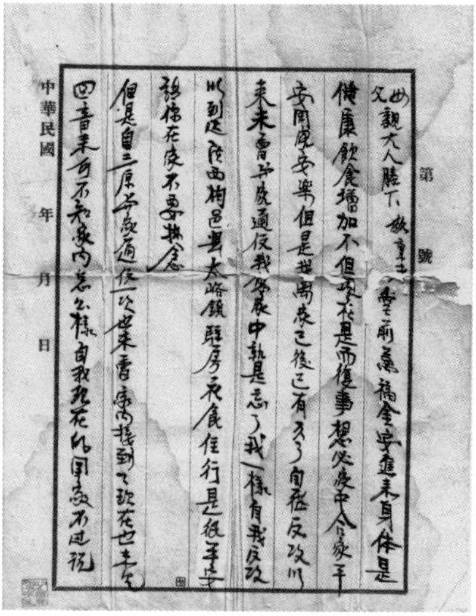

背景链接

这封家书是由浙江收藏爱好者周立峰先生捐赠的。周先生经相关党史和邮史的考证，证实它的作者是一位经过长征后到达陕北的江西籍红军战士。而信写于 1937 年 4 月 30 日，抗战还没有全面爆发，红军尚未改编为八路军，但“西安事变”后，第二次国共合作正在进行。1937 年 8 月 25 日，中共中央军委发布命令：中国工农红军改编为国民革命军第八路军。同年 9 月 11 日，国民革命政府军事委员会按全国海陆空军战斗序列，将第八路军改称为第十八集团军。（此后仍沿称八路军，其指挥机关仍简称总部）朱德改任总司令，彭德怀改任副总司令。

信中透露，寄信人所在部队是红“第一军第四师”。据军史记载，该师的师长为李天佑，政委是杨勇。这封普通红军战士写给江西老家的信流落民间，被周立峰在一次拍卖会上购得。从行文上看，作者文化水平不是很高，信中错别字较多，语句上有多处不通顺的地方。但

信封

在谈到抗日的形势时，我们可以感受到作者坚定的革命意志。

“西安事变”之后，国共两党进行了多次谈判。1937 年 9 月 22 日，国民党中央通讯社发表《中国共产党为公布国共合作宣言》；次日，蒋介石发表谈话，指出团结御侮的必要，事实上承认了中国共产党在全国的合法地位。至此，国共两党第二次合作正式形成。上面的这封家书虽只是一封普通的民间家信，却是“国共合作”的一个实物证明。

信封是用黄色牛皮纸制作，正面和背面均裱有白色宣纸，贴票完好，邮戳清晰，邮路准确。

中式信封的正面左上角套红印有国民党“新生活运动”的宣传标志，标志下面交叉的红色粗线和信封左边的细红线将信封分为三个区域。右栏书写“至江西雩都县桥头黄天□河北递转交”，中间为“钟学枫父亲大人查收”，左栏为“自陕西栒邑县□□”，销西安中转戳和江西落戳。

信背贴 1931 年单圈中山像二角和 1937 年中山像北平加盖楷体一分邮票各一枚，销陕西栒邑民国廿六年五月一日戳，残留挂号签条，符合当时双挂号（回执）的邮资规定。邮票右侧写有“请递勿误”，左侧写有“□之回音”。

此信于 1937 年 5 月 1 日寄出。当时，国共之间通信规定只能用“中华邮政”的邮票，盖“中华邮政”的地名戳。寄出地栒邑是陕甘宁革命根据地辖地，1937 年 3 月红四师从三原县（八路军成立地）开赴栒邑（今旬邑）练兵；收信地雩都县（今于都）桥头乡是原中央苏区根据地，是红军长征主要集结地和出发地——“长征第一渡”。

（郭荣秋）

蔡炳炎：国将不保，家亦焉能存在？

蔡炳炎

下面两封诞生于1937年“八一三”淞沪会战炮火硝烟中的亲情家书，是著名抗日将领蔡炳炎将军由常州赶赴上海阵地前写给夫人赵志学的亲笔信。搁笔四天之后，蔡将军即在与日军的拼杀中英勇殉国。“国难至此已到最后关头，国将不保，家亦焉能存在？”大敌当前，作为丈夫、军人，蔡将军选择了为国尽忠，用生命维护了中国军人的尊严。

志学内子妆鉴：

新秋入序，暑气渐消，尤以夜间气爽，想皖地谅亦同此景象耳。沪战闻我军连日胜利，敌方大有恼羞成怒之势。昨日报载，又由日运来援军五万余口，果尔，则二次大战即将爆发。同时又据报载，上海汇山码头为我军占领，敌人虽有大部援军，无法登陆，虽多众无以为。我等刻仍在此间休息，如沪寇日内再不解决，或即参加战斗也。前函家用账目由你管理，望即实行，无得疏忽，此为最要紧之事。保、亚、浙等儿辈均好吗？甚念。特此，敬颂

时祺

洁宜于常州洪庙

八月十一日上午七时

志学内子妆鉴：

连日致书谅已躬览，先后汇带之款前函所述办法，务希切实作到，是为至盼。我等于本日仍在此间休息，因沪上连日胜利且战区

狭，不能使用巨大兵力，故也困难。周难于此次过汉，乘机潜逃，此人瘦弱无忠骨，所以不可靠。殊不知国难至此已到最后关头，国将不保，家亦焉能存在？如到皖不得令其居住。慕兰之事时在念中，望设法促成，以免我一件顾虑。老八资质甚佳，我颇爱之，希注意保育为要。专此，敬颂

时祺

洁宜手启

八月二十二日于常州城北之洪庙上午八时半发

姑母近来有信否？如无信来，再者本 < 月 > 廿二日晚八时我彼等恐不在原地，汇款注意，等到苏州去。

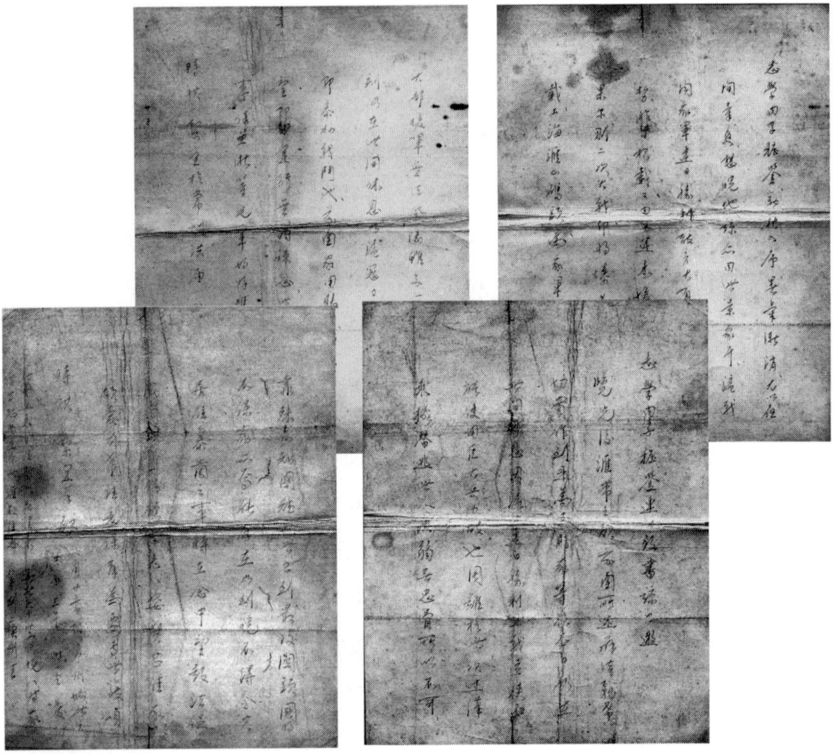

背景链接

蔡炳炎夫妇和儿子合影

蔡炳炎（1902—1937），名善举，又名丙炎，字洁宜，安徽合肥人。父亲蔡继彬，粗识文字，以农为业，母亲亦为农村妇女。蔡炳炎7岁启蒙读私塾，聪明过人。15岁学有所成，1923年去上海，次年初去广州，6月考入黄埔军校第一期步科。10月参加了黄埔学生军镇压商团的叛乱。11月结业，编入黄埔教导二团任排长。1925年2月至11月，参加了第一次和第二次东征，讨伐陈炯明，平定了滇桂军阀杨希闵、刘震寰的叛乱。1926年7月至1928年底，蔡炳炎参加了第一和第二次北伐，在东征北伐诸战役中屡建战功，由排长擢升连长、副营长、营长、第九军军士教导大队上校主任、团长等职。1929年初调陆军大学特别班第一期学习。1930年初，陆大尚未结业，与同乡卫立煌同时调到江淮地区招募新兵，先后任卫立煌第三纵队指挥部少将参议、第一团团长。8月任卫立煌部45师135旅268团团长兼徐州警备司令。1936年初，任第18军67师201旅旅长，调南京陆军军官学校学习三个月，5月晋升为陆军少将，7月调庐山军官训练团受训。8月回武汉率所部201旅由水路向上海进发，参加淞沪会战。

1937年8月13日，第二次淞沪会战爆发，这是全民抗战开始后国民党军队与日军在上海及沪郊进行的大规模会战。会战中，日军被迫逐次增兵至30万人，伤亡5万余人。国民党逐次增兵70余万人，损失数十万人。淞沪会战悲壮而惨烈，战役共分三个阶段，8月13日至22日为第一阶段，8月23日至10月25日，为第二阶段。蔡炳炎将军上面第二封家书的写作时间8月22日上午8时半正是第一

参加淞沪会战的中国军队

上海守军的抵抗

阶段结束第二阶段即将开始的战斗间隙。

蔡炳炎率所部于8月22日晚进入沪郊，固守罗店以西前沿阵地，初战告捷。24日日军大批援军赶到。25日破晓，敌11师团多田骏部队约3 000人由宝山小川沙口岸登陆，在大批空军和军舰炮火掩护下，奔袭我罗店地区并占领了陆家宅、沈宅一线阵地。蔡将军率5 000健儿与敌血战一昼夜，我军伤亡严重。26日黎明，敌二次援军又至，战斗更为激烈。敌人用飞机、坦克、大炮把我军的后勤供应和增援部队阻隔，我军一次次展开肉搏战，打退了敌人的多次进攻。这时，相继传来我主力402团团长李维藩和一些营连长阵亡的消息，蔡将军调整部署后下令道：本旅将士誓与阵地共存亡，前进者生，后退者死。时近中午，蔡将军亲率唯一的特务排和402团的第三营冲向敌阵，杀敌多人。约中午12时许，蔡将军不幸被敌弹横穿胸部，以身殉国。

据安徽省政协提供的资料介绍，蔡炳炎将军的夫人赵志学（多年侨居美国）将这两封家书用绫布装裱后一直带在身边，辗转半个世纪后仍保存完好。1987年6月，赵志学女士将这两封遗书连同蔡炳炎写遗书用的美制钢笔一起捐赠给中国人民抗日战争纪念馆。

（王家森）

谢晋元：为国而死　重于泰山

谢晋元

司马迁在《报任安书》中说："人固有一死，或重于泰山，或轻于鸿毛。"从此，泰山鸿毛之论作为一种生死观成为千古遗训，有气节的人都会作出自己的正确选择。70多年前，谢晋元率部坚守四行仓库，与敌血战四昼夜，抒写了一曲民族抗战的壮歌。

萍舟吾兄：

九日示悉，昨日上函谅达。沪战两月，敌军死亡依情报所载，其数达五万以上。现在沪作战敌军海陆空军总数在廿万以上，现尚源源增援中，以现势观察，沪战纵有些微变化，决无碍整个计划，希释念可也。

第十年来饱尝忧患，一般社会人情事［世］故，影响于个人人生观，认识极为清楚。泰山鸿毛之训，早已了然于胸，故常处境危难，心神亦觉泰焉，望勿以弟个人之安危为念。

维诚在目前环境下，绝对不能来汉。如蕉岭有危险，汉口则不可以言语计矣。抗战绝非短期可了，汉口商业中心，更非可久居之地。倘维诚属个人行动，自较便当，以今日而论，幼民姊弟绝不能片刻无人照料也。望速将弟意转知维诚，不论如何，绝不能轻易离开家中，切盼。

黄渡情形如何，此间何无所知，当加注意。款项只要可以寄去，必尽各种方法，遵命汇去，勿念。

岳母抵汉后，想因店铺放弃，而内心不安。吾兄经济情形若何？倘有困难，希函知以便设法接济也。弟衣物此间购买方便，望勿麻烦可也。敬祝

冬祺！

岳母大人以次敬叩安好！

中民弟

十月十八日

信由上海探投，勿写八字桥或其他地名，即可交到。

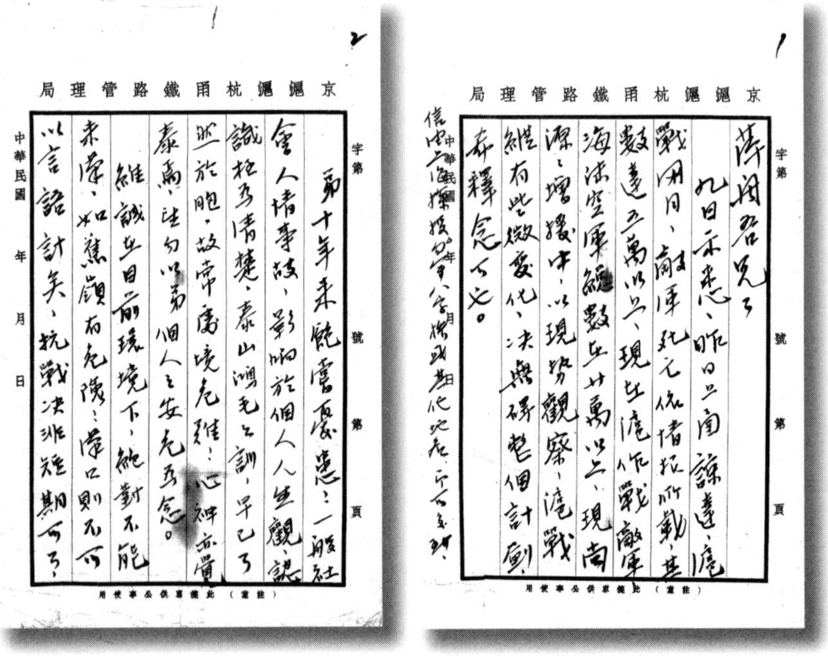

京沪沪杭甬铁路管理局

萍舟吾兄：九日示悉，昨日上函谅达。沪战开月，敌军死亡依情报所载，其数达三万以上，现在沪作战敌军海陆空军总数在廿万以上，现尚源源增援中。以现势观察，沪战继有些微变化，决无碍整个计划，希释念可也。

信由上海探投，勿写八字桥或其他地名，即可交到。

京沪沪杭甬铁路管理局

弟十年来饱尝忧患，一般社会人情事故，影响于个人人生观，认识极为清楚。泰山鸿毛之训，早已了然于胸，故常处境危难，心神亦觉泰然。请勿以弟个人之安危为念。

继识在目前环境下，绝对不能来沪，如蕉岭有危险，汉口则不可以言语计矣。抗战决非短期可了

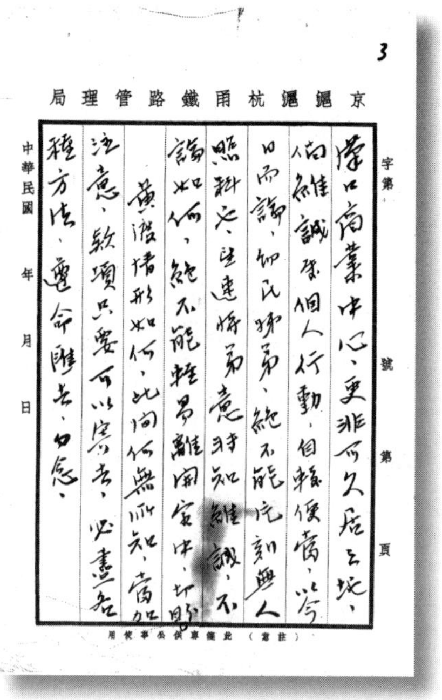

3

京滬滬杭甬鐵路管理局

滬口商業中心，更非可久居之地，倘雖誠[illegible]個人行動，自[illegible]便當，以今日而論，[illegible]只[illegible]弟，絕不能[illegible]無人照料之，且速將弟意轉知雖誠，不論如何，絕不能輕易離開家中，[illegible]

黃渡情形如何，此間何無所知，當加注意，款項只要可以寄去，必盡各種方法，遵命匯去，勿念。

中華民國　年　月　日　字第　號　第　頁

（注意）此箋專供公事使用

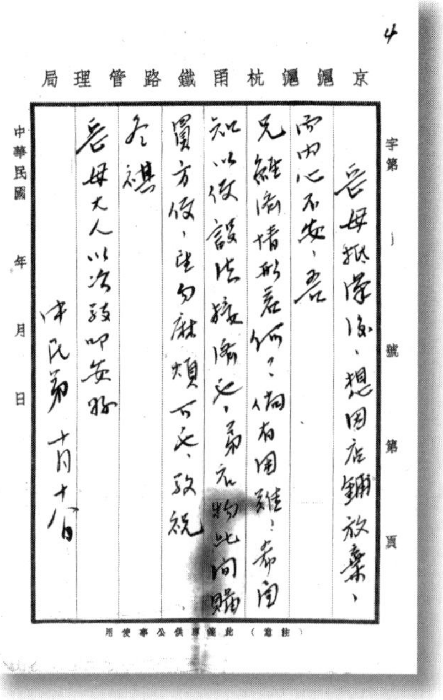

4

京滬滬杭甬鐵路管理局

岳母抵滬後，想因店鋪放棄，而內心不安，岳兄[illegible]情形若何？倘有困難，希函知，以便設法接濟之。弟衣物此間購置方便，望勿麻煩可也。致祝

冬祺

岳母大人以次敬叩安好

中民弟　十月十八日

中華民國　年　月　日　字第　號　第　頁

（注意）此箋專供公事使用

背景链接

谢晋元（1905—1941），字中民，广东蕉岭人，黄埔军校第四期毕业。对许多人来说，他的名字也许有些陌生。但只要提到八一三淞沪会战中的四行仓库保卫战，就不能不提到谢晋元。他就是四行仓库保卫战的指挥者，时任国民革命军第 88 师 524 团中校副团长。

一个偶然的机会，笔者收藏到谢晋元团长的一封家书，收信人张萍舟，是谢晋元的连襟。家书共四页，用的是京沪沪杭甬铁路管理局信笺，纸张呈淡黄色，仿佛在向我们轻声诉说 70 多年前的那一段历史。

1937 年 8 月 11 日深夜，第 88 师师长孙元良命令谢晋元所在的 524 团开赴上海。部队到上海真茹站后，即跑步进入北站附近阵地。8 月 13 日上午，日军发动进攻，524 团立即还击。激战月余，日军从

印有谢晋元头像的邮票

外围包抄上海，10 月 26 日大场防线失守，524 团奉命掩护大部队撤退。

家书写于 1937 年 10 月 18 日，淞沪会战已进行了两个多月，大场防线面临失守，此时距 10 月 26 日谢晋元率部坚守四行仓库只有短短 8 天。

谢晋元在家书中说，当时“沪战两月，敌军死亡依情报所载，其数达五万以上。现在沪作战敌军海陆空军总数在廿万以上，现尚源源增援中”。在第一页信纸左侧，有一行小字，是谢晋元写完此信的补笔，他叮嘱回信邮寄“勿写八字桥或其他地名”。八字桥在虹口，曾是 1932 年一二八和 1937 年八一三两次淞沪抗战的激战之地，双方伤亡极其惨重。后来日本人拍的战争纪录片《上海》，片头就是此地遭受战火劫后余生的一棵银杏树。谢晋元写这封家书的时候，敌援军已陆续进入淞沪战场，第 88 师奉命转攻为守，谢晋元率部撤离了八字桥。

谢晋元是极有操守的军人，从家书中可见一斑。“泰山鸿毛之训，早已了然于胸”，他用行动实践了自己的诺言。10 月 26 日，谢晋元奉命率部坚守苏州河北岸的四行仓库，掩护部队后撤。谢部孤军浴血奋战了四昼夜，击退日军数十次进攻，给敌人以重创。四行仓库巍然屹立，国旗高高飘扬。孤军的事迹为人传颂，被称为“八百壮士”（实际人数为四百余人）。后接蒋介石“珍重退入租界，继续为国努力”的手令，方于 31 日退入公共租界。

战事紧张，谢晋元在信中惦念着妻儿的安危，叮嘱他们不要轻易离开家乡。谢晋元与妻子凌维诚是在一次婚礼上结识的，当时两人分别是伴郎和伴娘。尽管凌母对在战争年代嫁给军人表示担忧，凌维诚还是不顾反对，1929 年在武汉与谢晋元结婚。婚后两人聚少离多，大多靠通信交流。1936年春节过后，谢晋元预料日军侵华战争必然爆发，亲自将寓居上海的妻儿送回广东原籍，临别时对怀孕的妻子说："等到抗战胜利那一天，我亲自把你们接回上海。"谁知这一次分别竟成永诀。

部队退入租界后，谢晋元多次拒绝了日军的威胁利诱。1941年4月，他被日伪收买的叛兵刺杀，时年36岁。死后国民政府追赠谢晋元为陆军少将，上海十万民众前往瞻仰遗容。毛泽东高度赞誉"八百壮士"为"民族革命典型"。

（胡大勇）

谢晋元与其部下的四名连长

刻在灯柜上的抗战“遗书”

傅常

1937年9月，即将率军出川抗战的傅常将军给家人留下了一封简短的“遗书”，“遗书”后被刻在灯柜上，得以完好地保存下来。这封特殊的家书也成为川军舍家为国、奔赴国难的历史证物，弥足珍贵。

余奉命出川参加抗日战争，将奔赴前线。希汝等勿忘国难，努力学习，强我中华！

傅　常

民国二十六年岁属丁丑八月

背景链接

这封家书的作者傅常时任第七战区长官部参谋长，书信全文雕刻在一个褐色的灯柜上，灯柜顶面的四角各刻有一个“福”字，顶面中部虽已开裂，然而上面刻写的字迹却历历在目，并刻有“傅常”印章。称其为“遗书”，因为这是傅常将军出征前写给妻子儿女的家书，当时就是作为遗书来写的。

傅常，字真吾，1887年生于四川省潼南县（现属重庆市）大佛乡。1906年入四川陆军弁目队，因学、术两科成绩优异，1908年升入四川陆军速成学堂，期间参加了同盟会。毕业后傅常曾与梁渡、刘湘、侯建国等在四川陆军周骏第一师二团共事。后同盟会员乔毅夫以速成学堂同学关系，说服傅常入刘湘的第二军，属第九师杨森建制，傅任独立旅旅长，驻防内江。1927年傅常任驻京办事处处长，负责联络国民党各方面人士。此后，傅常长期为刘湘斡旋于蒋介石、张学良、杨虎城、各民主团体进步人士以及延安方面。1933年傅常任川康绥靖公署参谋长兼第21军参谋长。刘湘改组四川省政府时，傅常是其得力助手。傅常虽是刘湘的亲信幕僚，但其人一贯自恃清高，刘湘对其也十分尊重。

傅常将军灯柜捐赠仪式

1937年七七事变爆发，刘湘通电请缨，吁请一致抗日。8月7日，刘湘飞赴南京参加国防会议，力主抗战。他表示："抗战，四川可出兵三十万，供给壮丁五百万，供给粮食若干万石。"8月20日，刘湘任第二预备军司令长官，邓锡侯为副司令长官。8月25日，刘湘发布《告川康军民书》，号召四川军民为抗战作巨大牺牲："全国抗战已经发动时期，四川人民所应负担之责任，较其他各省尤为重大！"

9月1日，第二预备军第一纵队先头部队出川抗战。9月5日，"四川省抗敌后援会"在成都市少城公园（今人民公园）举行"各界民众欢送出川抗敌将士大会"，万余人参加。第一纵队司令兼第45军军长邓锡侯在会上发表了慷慨激昂的讲演："川军出川抗战，战而胜，凯旋而归；战如不胜，决心裹尸以还！"他还说："我们是踏着先烈们的血迹前进的，后方的人民，要勇敢地踏着我们的血迹而来。前赴后继，一定能战胜敌人！"邓锡侯将军的一番激情壮语，使在场的将士

灯柜家书

热血沸腾，人人振奋。许多出川抗战的官兵都预立遗嘱，誓死报国。傅常将军也挥笔给自己的妻儿留下家信一封，权当遗书。

10 月 26 日，刘湘任第七战区司令长官，傅常任长官部中将参谋长，负责督师抗战。1938 年 1 月 20 日，刘湘在汉口万国医院病逝。他死前留下遗嘱：“抗战到底，始终不渝，即敌军一日不退出国境，川军则一日誓不还乡！”很长一段时间里，前线的川军官兵每天升旗时都要同声诵读一遍这句遗嘱，这句铮铮誓言鼓舞了无数出川抗战的将士，他们奋勇杀敌，血洒疆场。其后，傅常调任军事委员会重庆行辕参谋长，后任国民参政会参议员。抗战胜利后，出任国民会议代表，参与制定《中华民国宪法》。1947 年病逝于成都。

在抗日战争的烽火中，川军将士用自己对民族的忠诚、用自己的热血和生命，向世人展现了中华民族不畏强暴、勇御外侮的铮铮铁骨。川军先后参加了包括淞沪会战、太原会战、徐州会战、武汉会战和长沙会战在内的几乎所有重要战役，为抗战作出了巨大牺牲和贡献。除川军领袖刘湘病死前线外，还有多位川军高级将领以身殉国：1937 年广德之战第 21 军 145 师师长饶国华自戕殉国；1938 年徐州会战第 41 军 122 师师长王铭章滕县阵亡；1943 年常德会战第 44 军 150 师师长许国璋以身殉职；1944 年豫中会战第 36 集团军总司令李家钰壮烈殉国……国民政府军政部长何应钦在《八年抗日之经过》一书中记载：抗战八年中，四川（包括西康省及特种部队和军事学校征的 10 万余人）提供了近 300 万人的兵源充实前线部队，占全国同期实征壮丁 1 405 万余人的五分之一强。

我们今天能够看到灯柜上傅常将军的遗书，归功于一位坚韧顽强的女性——傅常将军的妻子。将军出征后，妻子找来工匠，将这封家书按照丈夫笔体原样雕刻在灯柜（床头柜）上，一是教育后人报效国家，二也是为能长久地保存这封家书，让家书随灯柜陪伴自己，陪伴儿女，永远流传下去。

如今，傅常将军夫妇均已谢世，那封家书也已湮没无寻，然而刻有家书的灯柜历经磨难却完好地保存了下来。

2010 年 8 月 31 日，中国人民抗日战争纪念馆和四川方面共同举办了“四川抗战实物暨抗战书画、国防教育图片展”，此灯柜在成都公开展出。前来参观的福昌木器厂的后人赵昌熙老先生，一眼认出这是他们家生产的。福昌木器厂当时是成都最大的木器家具厂，那些刻在灯柜四角的福字图案，就是当年福昌木器厂的标记。这些福字在灯柜出厂时就已刻好，将军的家书则是后刻上去的。9 月 15 日，四川巴蜀抗战史研究院院长、傅常将军之孙傅尧先生将灯柜等文物、书画捐赠给抗战馆。2011 年 12 月，该灯柜被评为国家一级文物。

（陈　亮）

留得重逢相对流

唐仁玙

这是一位年轻军官写给后方妻子的一组战地情书，也是抗战初期国民党正面战场将士们同仇敌忾、共赴国难的历史见证。家国情，民族恨；儿女情，男儿志。国之不存，何以为家？家庭不稳，何以报国？家书作者用较为流利的文笔为我们描绘了一幅幅全民抗战的感人图景，琐屑家事中交织着一位抗战勇士的大道乾坤。

亲爱的玉妹：

我现在又由安徽蚌埠开到定远来了，这个地方交通不大方便，多山地，气候较暖和。我们为防范敌空袭，行军多在夜间。为应付情况之变迁，时行时止，而无一定驻地。每到一地，见有由前方来之灾民，男女老幼，相携步行，形同赤他，惨状不堪名言，足见日本遗害我同胞，良非浅鲜。所谓“匈奴不灭，何以为家”，现在可说“日本不灭，何以为家”。今后我尽力为国杀敌，一切自知谨慎，请放心。

前寄你之相片及信件，你收到没有？我俩自分别以来，从未接你回信，甚念！现年关在即，家用吃紧，而交通不便，有钱莫能寄，奈何！不过我遇到有地方可以汇兑，马上寄归。在未寄你钱时，当然要忍苦勿躁，所谓皇天不负苦心人，苦尽甘来，天理循环，请要特别为我争气。

文武两儿，务必要细心带他、教他<们>，使他<们>聪敏、活泼、强健为要！父母大人务必要悦颜侍奉，使他<们>老人家喜喜欢欢过日子。你自己要保重，不要生病。对于你的母亲，也要善为安慰，不使老人生忧生虑。但自己凡事宜谨慎，莫随便，因乡间人爱说别人闲言。到明年想金兰[①]领到家费用，当按月寄归你用。我的身体如常，希勿远念，随时望来函告我家况为盼。

余容续叙，手此并询

近好！并叩

祖母大人、父母大人、令堂大人福安！

兄仁玙　手启

元月五日

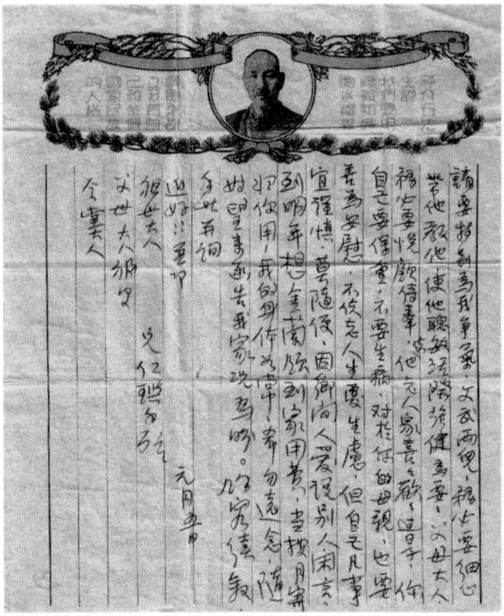

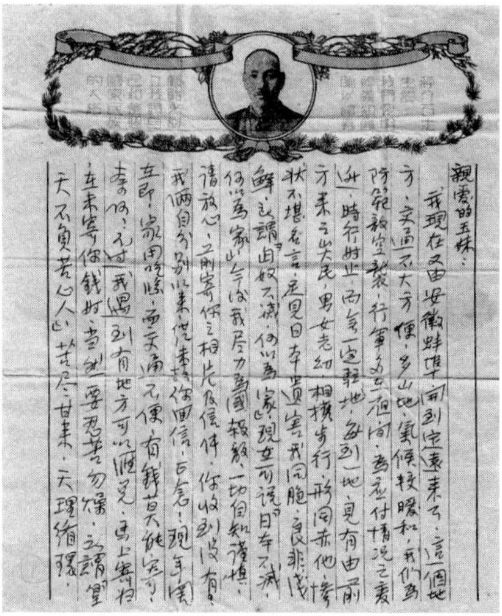

春玉爱妹：

来信收到，领悉种切。我兵工区，已改为团。师长已调别处任事。新委来之团长，姓农。现在新旧交接及编配，公务非常麻烦，万难请假；况当此国难临头，大战已经开始，我乃带兵职务，无论如

① 金兰，广西人，唐仁玙的二太太，抗战初期在广西与其结婚，生一女，唐仁玙牺牲后，改嫁。

何，不能离开，并非是我不肯应妹之请而不归。我团编配就绪后，日内或开柳州训练，倘到柳州能有较长时间驻，即函相迎来柳同住，或能请假归来亦可。

金钱方面，我自当设法寄回与妹。欠人之款，将今年年底如数还清，决不使妹为难。妹现在务必调养病体为最重要。什么吃素修神这些无意识的话，不要说了。将来我能有办法，我想妹也有快乐的日子。你来这信是谁与你代笔，形容你的苦处未免过甚，我对你又未怎样。以后关于家里的困难以及你的委曲［屈］着实告诉我，不要说起抽象的话，我又未丢弃你。前次回去，是你自己再三要求，头次琮弟接你，又是你自己不肯来。

你现在有什么困难？如果要钱，待我慢慢设法，用不着心急。如果要我回来长久住，而家庭无恒产。且现国难当前，人人都要出力才对，我们还能偷闲吗？事实上不可能。请你好好抚育两个小儿，千忍万忍，请你为我忍，切记不要生气伤神，更不要多忧。我现在很好，或者不久花枝[1]回里，所有一切容后再托她，从详面达。此复并询

近安

兄璠垣[2]　手复

八月三十一日于灯下

和妹原韵一首：

别来瞬眼又中秋，两地相思两地愁。

劝卿有泪暂莫洒，留得重逢相对流。

① 花枝，唐仁玙小弟唐仁瑞的妻子。

② 璠垣，唐仁玙的号潘瑜，又作璠垣。

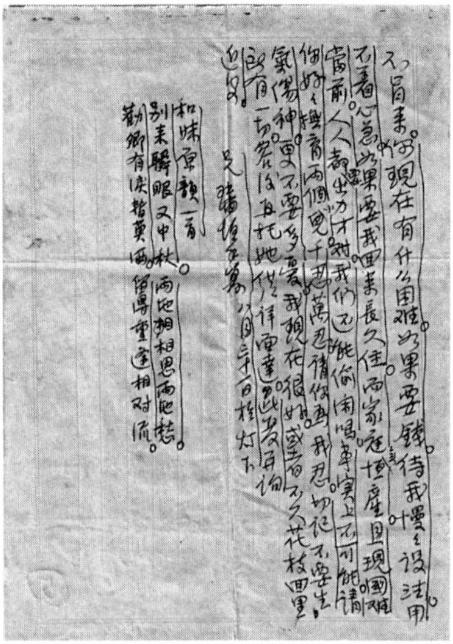
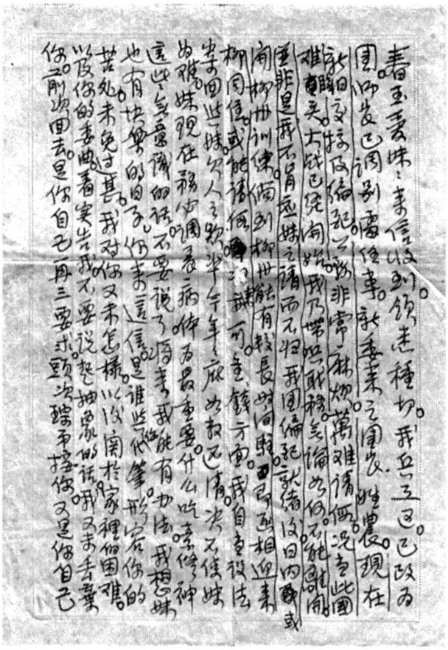

玉妹：

我自国历四月间奉命随同我副军长出巡，整整三个月未能返旅，及到本月念日奉派为黄安县县长，二十二日接印视事。因此县县城为敌所占据，地方行政与经费均比较困难。我是军人，原来不想干的，上命难违，无可如何，勉为其难。

昨天我的好友旅部副官主任曾荣炜兄来县任副总队长，协助我的工作，带来你给我的三封信，父母也给我有些信，我均一一过细看了。知道你们很好，惟金钱方面比较为困难，这是我力薄不能接济，对不起你们的地方，深为愧歉，仍请谅之！但并不是我置你们困难于不顾，确因交通阻塞的关系。现在准备专派员到潢川付邮，在未付到家时，只好请忍苦度日。

金兰一切苦衷情形，亦已来信告我，并请要我见谅她。她对家庭绝没有恶意，更不敢有他心，她虽然略识文字，处世接物，可说□不及你，理家更谈不上，在她个人欠妥处，望勿计较。家用费因我们部队每月经费现改由直接隶属于中央，不向广西取，于今家用不论何人，一律停止，实属事实。金兰以前老账又何必要算，她总之也是我的老婆，决不至于对我怎样。敢说我有把握，今后我设法陆续寄款回来，接济家用，请不要向她生气多生枝节，好吗?

玉妹，说到这里，你一定说我又爱她又袒护她，确没有，你是我的元配，我的家是你现在的住地，我还不知道顾虑吗？当然有钱时一定晓得顾虑的，请放心！所以要你不要再兴师问罪金兰，就是少闹笑话。你是爱我的，我想一定接受我提案的，如不说明白，又恐引起你的误会，对此事不得不如此重三倒四说一说。善文读书懒惰，深为痛恨！希从严责，儿与其不成器，不如没有。因我现在感觉读书太少，样样感觉不够，大有遗憾之叹！你谓［为］什么不送他到高小读书，还读不适合他年龄的旧书，他现在究竟读什么书？下次来信，从详叙明。武儿也应教他识字，光阴一去不复来，请你注意！

岳母来家住，诸事要孝顺，劳苦切记不要她老人家做。韬儿既乖巧，甚喜！望细心抚育之。如果芦洪司有影相的，请带儿辈去合影一张寄我，免我在远想思之苦，切要切要！

祖母来信，说你随便骂老人家，这是大违孝敬道理，有则宜速改之，无则加勉。我们自己已经做了人的父母，对孝敬，应该要特别倡率才对。

你知道我的，我素来主张杀贪官污吏。我做了县长，当廉政守法以奉公，希望你们不要我贪财，更希望你们不要来信逼款，又说什么买田这些话。我是应份的钱当然要的，有钱积存，你们不说我也知道寄归的。总之，你们的困苦要钱吃饭的事，没有忘记，时时都在我脑海中的。现我远在异乡快乐还是苦？我不说凭你们良心说，我固然做救亡的工作，又未尝不是为救你们而吃苦，为你们生活而工作，我绝对不是一个享乐主义。

你知道我与金兰已成夫妻，于今女都生了，还有别的？你来信总是闹家用费，又说要去破除情面，这类话无异是威胁我，故意使我为难。如果你去闹她，我当然面子样不好看。你若听我的话，不应该说一些破除情面……的话，只好和平解决。既不听我的话，又何必来信告诉我，你怎样就怎样办。这并不是我生气，你是我十余年来的老婆，哪个的个性还不了解吗？我是一个最不愿听伤神的话，尤其在这长期抗战的时间，正苦无以慰藉，盼望你们来慰问一下，结果得到其信。现在废话也不多说了，兴安方面事，请勿再提及，我不久设法汇款回来就是了。我要金兰回家住，你可去信接接她，因她说九月间回家一看，你是她的姐，什么事要谅她，使她心服就好了。我身体很好，请放心！

此祝近安！！并叩

岳母大人福安

你的远征抗战的兄仁玙书于县府行署（印章）

玉妹：

我每到一处，凡有投信的地方，都是寄了信给你，我想你是封封收到了。数月来可是没有接到你的信，固然是我军队行止无常，流动不定的关系，或许是你寄信把我很少，也不无有原因。数百千里远征在他乡的我，对于你们在家里的人，生活怎样，我却很挂念。关于家里吃饭这问题，也是很关心！

我从前在洛河派六吉和副官到寿州共寄你大洋六百元，内琮弟有一百元外，余五百元统归你收用。于今有几个月了，还未见你来信。此笔款子有处化（花）没有？我很为念！

最近金兰来信说，家用费可按月领取，过去不久她寄了一些款了，回来给你用，你收到了吗？我并且要她按月陆续不断的寄来把你，她来信说是遵照我的话去做，可是我没有接到你的信，究竟她照话去做没有呢？我也是不明白。

你在家里身体健强吗？父母大人和祖母大人与令堂大人她们老人家都很康健吗？白弟在家做何工作？他的婚姻又怎样？满妹许人否？文武两儿在家读书勤学吗？其近况如何？我为了这些事，因久没有接到家信，一点都不明白，心内时时在念着不安！

你在何日才临盆产儿呢？我也为念！请你自己好自保养，将来生出来，是男的命名为善韬，是女的命名为曼丽。我与琮弟均好，请转告花枝弟媳放心，好好带［待］人是了。

此后我军行止，仍是无常，请你多多寄信来给我，使我对家里放心，但注意来信时，不要用有官衔的，可用普通信封，以免中途扣留而遗失，外面仍可写我们的队号，要写“探交”字样，才可收得到。现我部于昨（廿九）日开到安徽太湖县设防，闻说近日情况又变化，或许日内又转移他方。总之现在军队行止无常，移动地点在事前谁也不能知道的，不过通常以敌情为标准。关于作战方面，我政府早具决心，抗战到底，不问境遇如何，决不作城下之盟。在我们当此国难，身为军人，只好本政府之策略，继续不断努力杀敌，来尽匹夫之责。

一切我当谨慎，请放心吗？余容后叙，末了祝你

健康！并叩

祖母大人、父母大人、岳母大人万福！

你的兄仁玙　手书

七月一日于安徽太湖

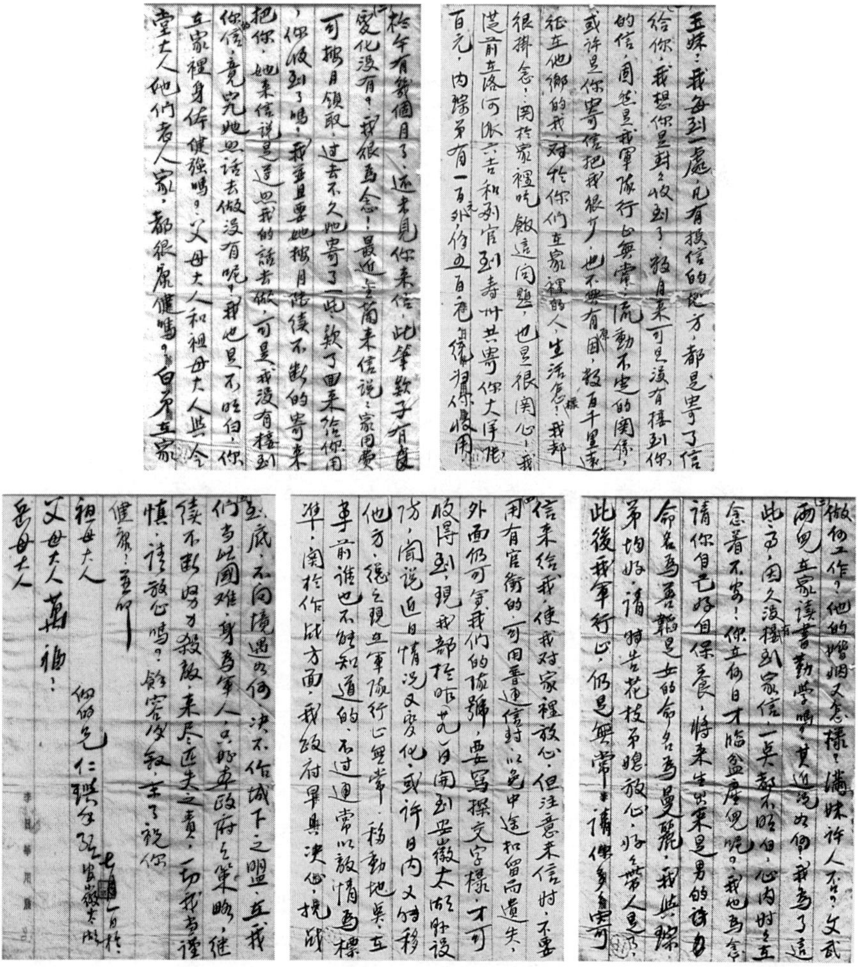

亲爱的玉妹：

我先后共寄给你的家信，有七八封了，你收到没有？大约因我军队行止无常，你寄来的信或被邮局遗失了吗？总未收到你的信，我非常挂心你们，你现在和文武儿辈及令堂大人大家都好吗？

玉妹，现在我们的国家真正危险极了，南京、上海、苏州等这些地方都被日本占去了，要快到汉口来了。不过他恃其武力，野蛮横占，我们大家都觉悟，抗战到底，不要为他武力而屈服，总会得到最后胜利的。请你耐烦抚带文武两儿，尤其要严管文儿读书。对于寄钱的办法，已经在双亲大人信上和前寄你那封上说得很明白。我今天不多写了，请速回我信，此祝

安好！

另有三页送双亲问安

你的远征要你担心的兄仁玙　手启

十二月二十三日

玉妹：

我营长职已交卸，现调第七军五一一旅参谋主任，一切均好，不劳远念。此后交通阻隔，音息或较前为疏，希好自爱重。对于祖母父母与令堂，善为孝敬；对于儿辈，须加意教养为要。此询

近好！并叩

祖母、父母、令堂诸大人福安！

琮弟仍在原团任连长，一切很好，可转达弟媳。

兄玙　亲启

十一月十五日（盖章）

玉妹：

我今天没多话讲了，数月来都没接你一封回信，别人家里都寄到无数封信，你为什么不多寄信把我？就准失了一封，你若寄了很多

信，决不会一起失了。现在，家里一切我非常挂念，越想越担心，请以后多写信把我吧！今天从简给你这些话，祝你

近安！并叩

祖母、父母、岳母大人福安！

兄仁玙　手启

元月十六日（盖章）

（来信请写探交，举例如后：安徽省定远县探交第五路军卅一军陆军一三八师四一二旅八二三团一营唐营长收便是）

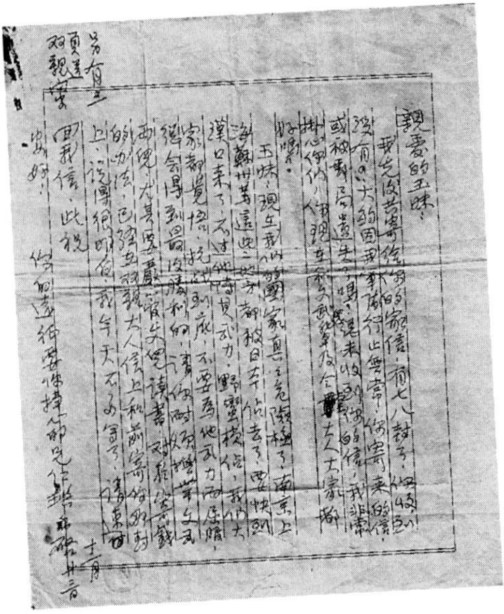

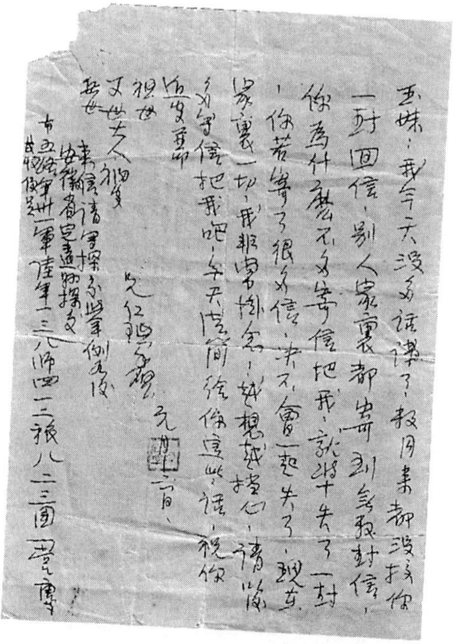

背景链接

这组信件从落款上看，多半写于 1937 年至 1940 年间。信的收藏者是湖南省社会科学院研究员、原历史研究所所长吕芳文先生。他由于多年跟踪研究这个家族的历史，几年前，因为偶然的机会得到此信。

写信的人叫唐仁玙，生于 1907 年，是湖南省永州市东安县芦洪司镇伍家桥乡弯塘村人，国民革命军中央陆军军官学校南宁第一分校毕业。抗日战争爆发，唐仁玙参加部队，开始了他戎马倥偬的军旅岁月。1938 年秋，日本侵略军攻占湖北省红安（即信中黄安）县城。年底，唐仁玙奉命出任湖北红安县县长兼县军民抗日游击总队队长。据湖北红安现存的抗日资料显示，当时红安县城“为敌所占据”，抗战异常艰难，没有钱，也没有米，但是唐仁玙没有退却，他们把县府设在紫云乡三圣庵。主要执行上峰部署的战时军务，并赴各乡推行救亡政令，动员群众破坏公路、桥梁，阻止侵略军对武汉的突袭合围。此外，还创办起红安县抗日游击干部训练班，开展各种抗日救亡活动。

唐仁玙，摄于 1938 年

1940 年 4 月 10 日，唐仁玙参加国民革命军 171 师在檀树岗召开的军政会议，并正在作救亡工作汇报发言时，日本飞机突然轰炸，他来不及躲避，就被侵略者罪恶的炮火击中，年轻的生命再也没有苏醒过来。尸体埋葬在县府行署三圣庵的后山上，173 师中将师长钟毅为他的殉难深感悲痛，专门撰文吊唁。那一年，他年仅 33 岁。

据吕芳文先生调查研究，唐仁玙是唐生智的同族堂侄儿、黄埔军校第六期学员。当时黄埔军校刚好建立分校，因此唐仁玙来到国民革命军中央陆军军官学校南宁第一分校读书并毕业。该分校实际是个政治学校，建立于1926年春。第一期学生受训18个月，分步兵、工兵、炮兵3个科目。唐仁玙在这里受到严格的培训，培养出了一个军官的必备素质。抗日战争爆发后，他先后被编配至第5路军第19军陆军第57师第113旅225团第1营、31军陆军138师412旅823团1营、第7军511旅、第7军171师某团。

唐仁玙照片题词

唐仁玙出身当地望族，父辈中有的加入同盟会，很早就参加革命，有的跟着蔡锷出生入死，同族堂叔唐生智更是远近有名的人物。十几岁时，唐仁玙到离家十几里地的小田竹冲唐家一个私塾读书，中午不能回家吃饭，父亲唐生泰就把他托付在拜把子的好兄弟唐礼故家吃中饭。在那里，唐仁玙认识了唐礼故的独生女儿唐春玉。她有一头乌黑亮丽的头发，两只眼睛像深潭一样，且完全没有农村女孩的土气。美丽的唐春玉着实打动了唐仁玙，所以唐仁玙总感觉在唐礼故家的日子过得极快。

也许有父辈的友谊，还有唐仁玙自己的喜爱，不久唐仁玙如愿娶回了唐春玉这个同姓不同宗、祖辈并不共一祠堂的女孩子。她的一颦一笑、她的举手投足、她的美目流转完全俘获了唐仁玙的心。而他的男儿气概、纤细情怀，也是春玉托身的最好慰藉。唐仁玙对春玉的怜爱让其他的小姐妹们羡慕不已。

不久，身为唐生智卫兵的父亲请求唐生智帮忙，让自己的长子到黄埔读书。唐生智喜欢这个知书达理的同族侄子，让他参加考试并

唐仁玙军戎装

交代自己的部属曹茂宗（后升任新七军军长）留意。唐仁玙不负众望，考进黄埔军校南宁第一分校，这才不得不依依惜别娇妻爱子。那时，他已经是两个孩子的父亲。此后，他们鸿雁传书，述说牵挂，无论在哪里，彼此都有一份深深的爱意。

由于长期征战，他们聚少离多，年轻的妻子唐春玉只有与两个幼儿做伴，两个儿子一个叫唐善文，一个叫唐善武（后来生了三子唐善韬）。自抗战以来，唐仁玙随部队转战台儿庄、上海、南京，迁徙于蚌埠、定远、太湖，最后在黄安得以扎营。一路走来，他也由连长、营长、旅参谋长，升至团长。艰苦的抗战生活也锤炼了一个年轻军官的心性。唐仁玙从小受到良好的私塾教育，文墨兼通，有较好的文字表达能力。悠悠国难事，拳拳家国心。一路颠簸，他始终没有忘记家乡的亲人。从信中可以看出，因为部队以战事为要，出入行止无常，他常常接不到亲人的来信，无尽的牵挂跃然纸上。他特别关心两个儿子的成长，再三叮嘱妻子要教孩子读书。他又是一位孝子，在信中批评妻子对祖母的态度，强调一定要懂得孝道。

作为兄长，唐仁玙的言行对两个弟弟及家人产生了很大影响。

比他小两岁的大弟唐仁琮，中学毕业就跟随他投笔从戎。抗日战争爆发，被编入 138 师 412 旅 822 团 4 连，由班长、排长，升至少校连长。唐仁琮受唐仁玙教诲和影响最深。两人的部队经常在一起，他们总是谈起家里的事，写信、寄钱常常一起完成。当仁玙被敌机轰炸阵亡的消息传来时，仁琮万分悲痛。同年 7 月 8 日，仁琮在安徽寿县淮南铁路战役中与日军厮杀肉搏，不幸遭敌机投弹殉难。

抗战爆发时，唐仁玙的小弟弟唐仁瑞刚刚结婚，新婚妻子是远近闻名的“白姑娘”。小两口恩爱甜蜜，整天缠绵在家。他在外得知，甚为担心。他给家里写信，让小弟弟切莫玩物丧志，与其无所事事，不如到部队锻炼。在他的主张下，唐仁瑞终于告别家人，以学生兵身份参加抗战，被编入新编 22 师 61 团 1 连，不久晋升为准尉、排长。1939 年 11 月，唐仁瑞随部队参加了争夺昆仑关的桂南大会战。11 月 16 日，在克复南宁六圹大林村时，唐仁瑞与日寇败退残军遭遇，不幸中弹牺牲。

（吕　雁）

叔侄同荣效国命

方惟善，摄于1994年

一位在国家危难之时毅然投笔从戎的热血青年，一位在枪林弹雨中无所畏惧的青年军人，一位父母眼中孝顺的儿子——集三者于一身的方惟善在其饱含深情的家书中，除了对家人的牵挂和问候，仍然不忘鼓励自己的侄子积极参加抗战，为国效力，以将来叔侄同赴抗战前线、同立战功互勉。

父母亲老大人膝下敬禀者：

八月廿七日及九月一日所发手谕于九月廿三日均照收到，跪读一切敬知。

福躬康太［泰］，阖家清吉，下怀甚慰。连喜侄自周店分手后，五月廿三日抵里并及征国民兵等敬悉。以男意见，谨呈于后，请大人采纳，转饬行进：（一）慷慨应征，为国效力，成功成仁，以荣宗祖，此为上策；（二）乘机投训，以立资础，或来男处，途远资艰，此为中策；（三）声请缓役，终为不免，致背抗令，有失民权，此为下策。

要为婚姻计，须看征兵之缓急及中千与否？如未中千不用声请手续，待男用一妥善方法再来男处。如万一中千，急急入伍者不用甚么手续，令其入伍并嘱以“尽忠报国”“疆场效命”，免生致累，此为青年有所不免、雪耻复仇之良机也。如上峰不甚紧急，可以呈明理由，声请缓役，须经许可，结婚后再为入伍。至于填名一节，事无不可，恐其弄假成真，难免上峰申斥。

现在各军师团不分亲异，都以兄弟相看，只要肯吃苦，肯耐劳，严守律己，服从命令，就合青年军人，都有出人头地。但男出门之时可说无亲无友之倚靠，只有立志自励，忍劳耐苦，现稍有地位，终非素志，岂甘雌伏乎？望大人放心，将来叔侄同荣，为国效命，事后可知德和。无知小人不与记［计］较，任其自作自受，后报不迟。

连喜侄另函鼓励，男在外如常，望勿远念。倘征兵区员诬以抗令，可将男之优待军人家属证明书呈请，即可证明虚实。仰求玉体时加珍摄为祷。男在前方与敌相持已有四月有余，与后方师部相巨［距］百余里，所来信件都是延迟月余，因交通所困耳，望勿见疑。对于连喜侄之进行，俯启示道，容余后禀。

专肃敬请

金安

荣根、孝曾、克明、克俊均此

男　惟善　上（印章）

九月廿三

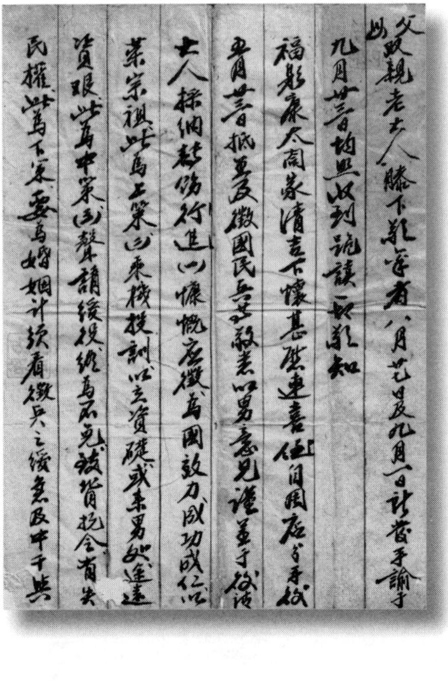

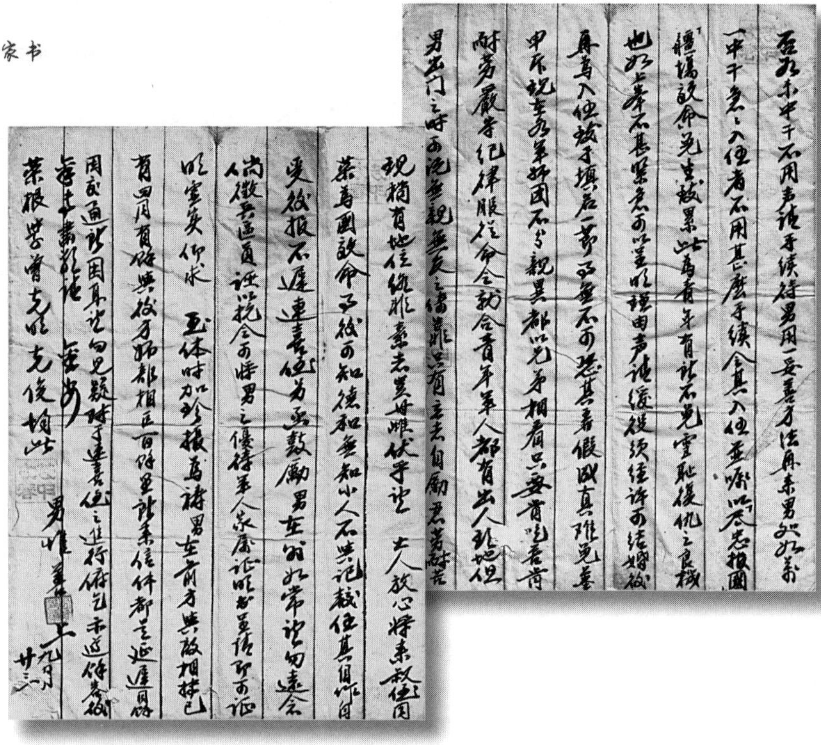

父母双亲老大人膝下：

敬禀者男在安福接奉手谕，跪读悉知敬知。

福躬康泰，阖家清吉，下怀甚慰。

本师于八月廿八号奉命开往湖南省衡阳县，廿九号即由安福县出发向衡阳前进，男跟随营部步行于九月八号吉抵衡阳。身体较在安福强健，望勿远念，示复原照。辎营部全衔男收可也，仰求玉体时加珍摄为祷。

前函嘱男不良嗜好切勿沾染，敢不遵命，请可放心，余言后奉。

肃此敬请

金安

诸位兄嫂侄等均好

男克昌谨上于营部

九、八

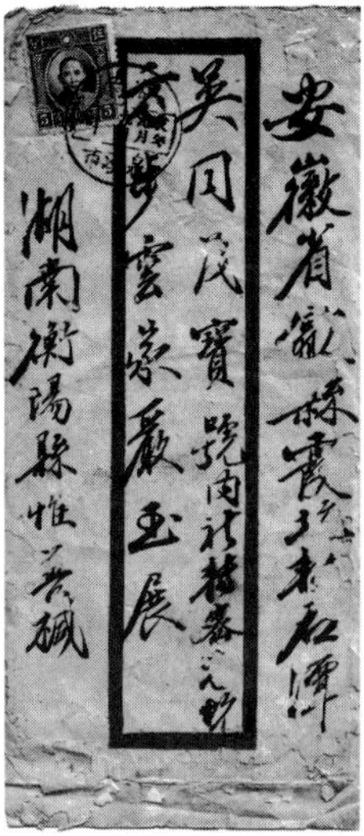

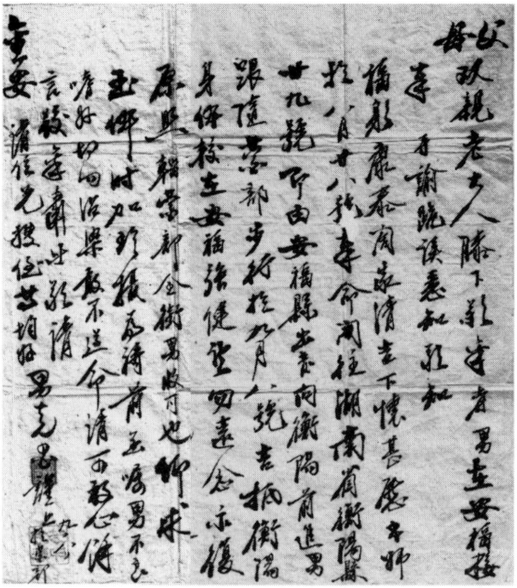

永裕堂支下：胞兄荣根、效曾、克明、克俊；胞姐玉梅、玉爱；侄男连喜、友喜、连功、承祖、来继、素珠等：

祝你们大家好！（以后出生的侄男女辈，不知你们的名字，所以无法问候了。）克昌于民国二十七年七月间，因日本侵华，眼见国土沦陷、家破人亡，迫不得已遂投笔从戎，参加抗战救国行列。在外已历五十余年，从未见面，音讯杳无，午夜维思，转辗莫策。现值海岸开放，通邮探亲，互通音讯，实在愧无额面！不知家中近况如何？今特拜托友人探亲之便，带信探交询问，敬乞原谅。见信后，请即回音，克昌在台，身体健康，生活淡平，两袖清风，祈勿远念。回信可写“台湾省台北县板桥市光正街十八巷十五之一号方惟善收”可也。

余言后叙，专此敬候

诸位安好！

排行老六，乳名克昌（印章） 手书

1989 年 3 月 24 日

春芳孙男青览：

于七月20日和九月25日的来信，均有收到。藉知故乡逢时过节，都比从前过得繁荣，也是社会跟着时代的步伐。像我们童年时代，过古历元月初一，那天早上，家家户户都要朝拜八老爷。由庙里接他出来，供在承德堂前面空地桌上，给大家朝拜，然后送到祠堂里休息。而后再由青少年和值年者领队，由青少年将八老驮上，从祠堂出发，经江凹外坝地，上文头、竹岗岭，狐狸青兴、荷花形，游行一大圈，到祠堂停止。约在五时左右，再送到庙内安位，以保全村安宁。

中秋节吗？大家吃月饼享月，青少年在外面空地上打百步，玩到午夜兴尽而休。现在呢？我在你的信上得知大要。不知道现在家里环境如何，对于交通、卫生方面，是否有所改良？（对水源、公厕、照明等设备各如何）

问我为何投笔从戎？说起来，也是一段历史。因为从1936年起，日本鬼子非常野心，夺取我东北后，要以最短时间内灭亡整个中国。自从卢沟桥事变后，日本鬼子大肆侵略，烧杀掳掠，残无可忍，政府迫不得已发起全民抗战，极［挽］救中国。我在救亡图存的号召下，就决心参加救国工作，故于民国27年七月间投考中央第三分校十六期，毕业后，就参加江西南昌战役，以及湖南长沙第二、三、四次大会战和湘粤等地各战役，后迁台湾了。

本想回家团聚，心有余而力不足，只待两岸关系条约签定后再作行止。我在台一切正常，望勿远念！顺此即询近佳，并祝阖家快乐。

愚祖父（人名章）手谕

1990.10.21

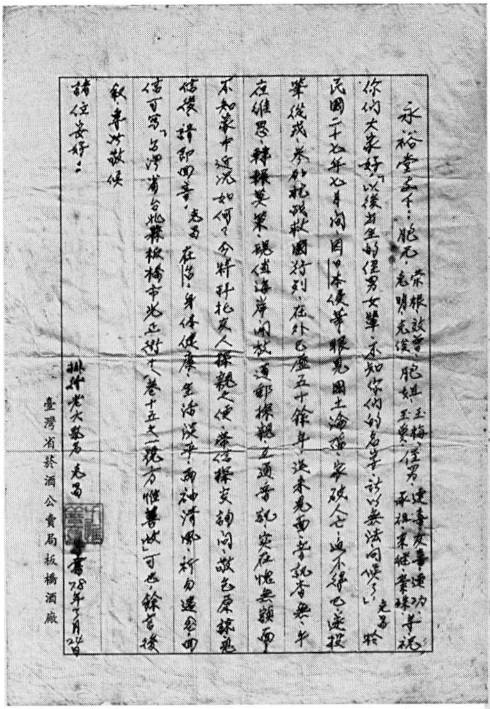

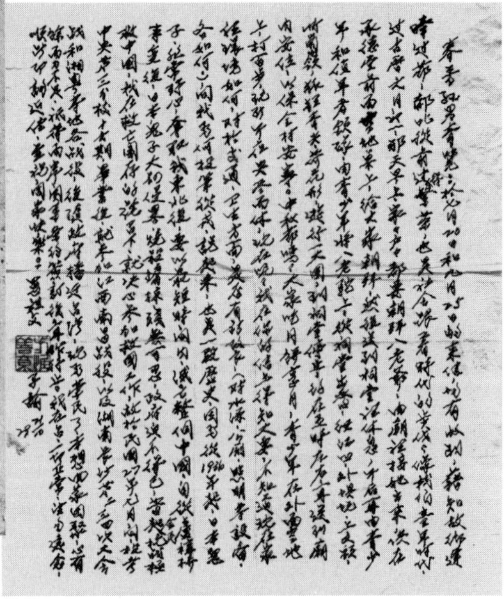

背景链接

叔祖父方惟善，是一位抗战老兵。祖籍皖南歙县昌溪乡密川村，是我祖父方尉文（乳名克俊）之胞弟。因我父亲过继于其房下，故亦称之为祖父。

旧时的密川村很美，它处于群山环抱、翠竹掩映之中，形似盆地。村中有古樟两株，形似姐妹，高耸云天，树冠十余亩，挡风遮雨，荫被后人。南北两条小溪绕村而过，至村东水口观音庙前汇合，向东南方向直奔昌源河。村旁有水田百余亩。数百年来族人种茶犁田，丰衣足食，人丁兴旺，达五百余众，可称世外桃源。全村皆姓方，据传北宋末年先族人方腊即从此出走至古徽杭路旁霞坡村率众人揭竿起义，仅三月余起义队伍就达十万余人，连克睦州（今浙江建德）、杭州、歙州（今安徽歙县）、婺州（今浙江金华）、衢州（今浙江丽水）等六州52县。

曾祖父名步云，字金海，生于1861年，清光绪初年秀才，年少习医，早年即在歙南石潭村做私塾先生，且为周围十里八村民众除疾解痛，一生济事行善，人称“金海仙”，1943年去世。祖父方尉文，1903年12月出生，排行老四，14岁随族人赴浙江宁波余姚一漆店学生意做伙计，1962年回乡，1973年9月去世。叔祖方惟善，乳名克昌，排行老六，1911年6月出生。

叔祖身材魁梧，年少时随曾祖父习文读经学医，且尚习武，十三四岁即练就一身少林功夫，18岁时随曾祖父同做私塾先生。1936年5月赴徽州府歙县徽城民众教育馆学习新科学，接受新思想。卢沟桥事变爆发后，中华民族处于危难之中。在举国上下救亡图存进步思想影响下，身怀报国之志的叔祖毅然投笔从戎，于1938年7月投考中央军校第三分校十六期学习。从叔祖寄给曾祖父的家书中知悉，当年8月底毕业后其分配至某师营部，即随国民革命军部队参加了1939年3月江西南昌战役，后转战湖南长沙第二、三、四次大会战及抗战史上最为惨烈的衡阳孤城保卫战，还参加了湘粤等地战役。在战斗间隙写给曾祖父的战地家书中，仍不忘鼓励侄辈方连喜慷慨应征，为国效力，成功成仁，并以积极参加抗战、救亡图存、效命疆场为己任，且以将来叔侄同赴抗战前线、同立战功互勉，展现了一个在国家危难之时满怀爱国热忱、精忠报国的热血青年军人形象。

1949年8月，叔祖迁往台湾省，后退役转业移居台北县板桥市，与女儿一起生活。时隔四十余年后，叔祖在寄回的思乡家书中仍不失一腔忧国忧民、期盼海峡两岸统一、民族复兴的爱国愿望，实为吾等晚辈后人学习之榜样。

（方春芳）

抗战是我们伟大的母亲

“天下兴亡，匹夫有责。”在民族生死存亡之际，不知有多少英雄豪杰前赴后继！有一位名叫王孝慈的西北汉子，他把抗战视为伟大的母亲，以争取民族解放为己任，在他的影响及家人的相互鼓励下，儿子、弟弟相继投入抗日洪流。

【王孝慈（原名向宗仁）1938年10月25日给弟弟向宗圣的家信】

吾谦爱弟[①]：

来信收阅，备悉一切。“抗战”是我们伟大的母亲，她正在产生新的中国、新的民族、新的人民。我们要在战争环境中受到锻炼，我们要在敌人的炮火下壮大起来。抗战是我们的神圣职责。我们的健康、智慧及勇敢要在抗战中诞生，要在争取抗战胜利中光扬发大，我们要为驱逐日敌寇出中国抗战到底，我们要为争取中华民族解放事业奋斗到底。

俊安说：“他［我］至死也不愿退过黄河！”这句话令人听了如何兴奋、如何激动！这种意识不仅表现了他是我们的好子弟，并且表现了他是中华民族的好男儿，他是黄帝轩辕氏的好儿女！他不仅是我的儿子，同时他也成了我的战友。因此，我当更对他关切、对他爱护。我托了朋友，抗战的朋友，照顾他的生活了，祈你们勿念！

你是一位不满十七岁的青年，正应当在人生的大道上努力前进！你现在度（过）着教书的生活，我认为这是不利于你的前途的。我不愿你把你教师的生活继续下去。你应立即奔上抗日的战场，在战斗的

---

① 收信人向宗圣（1920—1942），王孝慈的五弟，即信中的老五。原在家乡陕西渭南教书，在其兄王孝慈的感召下，于1938年底离开日寇从未染指的家乡，奔赴山西抗战前线，参加了八路军（贺龙领导的120师）。1942年5月23日，在山西忻县兰村与日寇的激战中被炮火击中，不幸牺牲。

环境中创造你的人生，开辟你的前途！俊安是我的爱子，我既赞成他的行动，这决不是无意味的称赞。你了解吗？也希你打破庸俗人的见解，勇敢的走上民族解放的战场，与俊安、与阿兄、与全中国抗战的朋友们、与全世界拥护正义的人士们，手携手的向光明、向真理的大道前进！

西娃[①]念书是次要的问题，脱离旧乡村旧家庭，走上新环境，新时代的大道，却是首要的事情。你了解我的意思吗？人是环境的产物。客观的环境是人们真正的学校，铁工厂里出铁匠，蒸馍铺里出的蒸馍技师，宋家出的吊粉的，冯家出的拧绳的。封建的旧家庭产生的是家庭奴隶，大工厂里产生的是赁银奴隶。在阶级斗争的过程中即产生阶级解放的战士，在全民族抗战的战场上，便产生了中华民族解放的英雄。以上的道理，你懂得吗？我希望你们能把西娃送到陕北边区去，或送到我处来，或送到西安纱厂当女工去，这都是正当的办法。老实说一句话，西娃在家中待下去，必定要变成家庭奴隶。我记得西娃在小时是那样的活泼，但在去年我见她时，她是那样的不活泼而无生气，真使我伤感。这不是某个人的罪过，这是时代的罪恶，这是环境束缚的结果。你倘若要在吾家乡待下去，也要和西娃变成一样的不活泼，所区别者，不过男女性的分别而已。

“四月解冰，八月飞霜”，这是人们形容辽县气候的话。可是我们住的和顺，现在还是七月，早已下霜了，人们都需要穿棉衣。我们这里到冬天的寒冷就可想而知了。我不久要去河北省，特此告你，来信仍寄旧地。

附及[②]：

这封信是一九三七年十月廿五日，在和顺石拐写给老五的。距今

① 西娃：指王孝慈的大女儿，1923 年生。

② 此封家书是用毛笔书写的，在信的末端有一段附及内容，是王孝慈 60 年代回家乡用钢笔字补记的，附及内容中的一九三七年十月廿五日，应该是 1938 年 10 月 25 日，可能是推算错误。

已廿三年了。老五在抗战时，在兰村战斗中负伤而后牺牲了。

一九六一年六月二十三日孝慈记

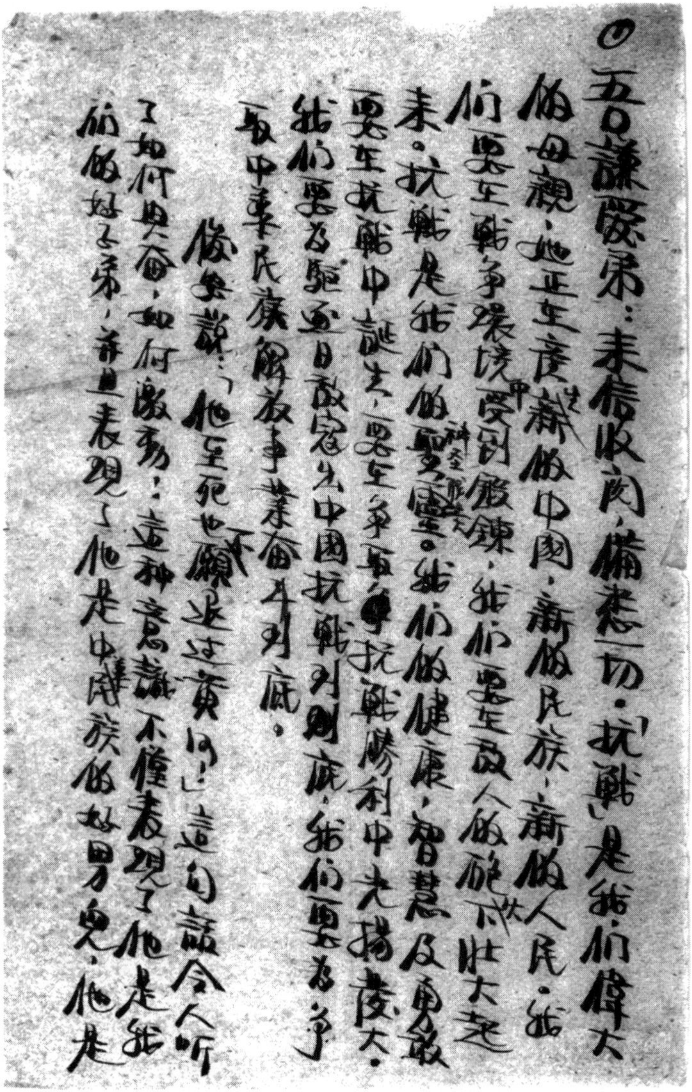

①吾謙賢弟：來信收閱，備悉一切。「抗戰」是我們偉大的母親，她正在產生新的中國，新的民族，新的人民。我們要在戰爭環境中受到鍛鍊，我們要在敵人的砲火下壯大起來。抗戰是我們的神聖的搖籃。我們的健康，智慧及勇敢要在抗戰中誕生，要在爭取抗戰勝利中發揚光大。我們要為驅逐日敵寇出中國抗戰到底，我們要為爭取中華民族解放事業奮斗到底。

俗語說：「他至死也願過黃河」這句話令人听了如何興奮，如何激動！這種意識不僅表現了他是我們的好子弟，并且表現了他是中華民族的好男兒，他是

②

黄帝子孙裴氏的好女儿！他不仅是我的儿子，同时他也成了我的战友，因此，我应更为他关切，对他爱护，我许了朋友，抗战的朋友，也应该他的生活了，对你们勿念！

你是一位不满十七岁的青年，正应当在人生的大道上努力前进！你现在正度着教书的生活，我认为这是不利于你的前途的。我不愿你把你教师的生活继续下去，你应立即奔上抗日的战场，在战斗的环境中，创造你的新人生，开辟你的前途！俊然是我的孩子，我赞扬他的行为，这决不是无意味的赞扬。你了解吗？也希你打破庸俗人的见解，勇敢的走上民

③

族解放的战场，与健男，与阿兄，与全中国抗战的朋友们，与全世界拥护正义的人士们，手携手的向光明，向真理的大道前进！

西娃念书是次要的问题，脱离旧乡村旧家庭，走上新环境、新时代的大道，却是首要的事情。你了解我的意思吗？人是环境的产物，客观的环境是人们真正的学校。铁工厂里出铁匠，裁缝铺里出的裁缝技师，宋家出的是吊膀的，冯家出的是撑绳的，封建的旧家庭产生的是家庭奴隶，大工厂里产生的是雇佣奴隶，在全民族阶级斗争的过程中，产生阶级解放的战士，在全

④

民族抗战的战场上，便产生了中华民族解放的英雄，这些的道理，你懂得吗？我希望你们能把西娃送到陕北边区去，或送到我处来，或送到西安纱厂当女工去，这都是正当的办法。老实说一句话，西娃在家中活下去，只定要变成家庭的奴隶。我记得西娃在小时是那样的活泼，但在去年我见她时，她是那样的萎不活泼而无生气，真使我伤感，这不是某个人的罪过，这是时代的罪恶，这是环境给她束缚的结果。你倘若要她在老家乡村下去，也要和西娃一样的变成一样的不活泼，所区别的，不过男女性的分别而已。

"四月解冰，八月飞霜"，这是人们形容塞外气候的话。可是我们很的和顺，现在还是七月，早已下霜了，人们都需要穿棉衣。我们这里到冬天的寒冷，就可想而知了。我不久要去河北省，特此告你，来信仍寄此地。

附及

这封信是一九三七年十月廿五日在和顺石拐写给老五的，距今已廿五年了。老五在我写信时，在三村务农中，今天信由其缩短了。

一九六二年六月二十三日 李之云记

【王孝慈的长子向俊安 1938 年 2 月 26 日给九叔及五叔、七叔的家书】

九叔及五叔：

我们学校要移往翼城县，因战事的影响，我们要组织游击队，要和日本鬼子拼一下，我们以后再见吧！请你们告诉我老祖父和祖母，叫他［们］老人放心吧！我到翼城后我们再谈！五叔！我希望你在家乡要努力作救亡工作，现在战争已到第二期了，敌人这次的目的要打到潼关，并且在廿日以内要达到目的。我想我们的家乡也站在险要的地位，你们想敌人一到潼关，就等于到了西安，我们关中道就无法可当，希望你在乡村能组织起游击队更好！你们现在要知道晋南成了收复华北的根据地，也就是收复中国一切失地的根据地，也就是保卫世界和〈平〉的根据地，再谈！

致民族解放万岁！

侄向俊安于 2.26 上午 10 时

七叔：

我因到了曲沃，敌人的飞机每日来该地轰炸，初到校一切都没有办好，所以不能给你来信。现在来到了翼城，今天我要寄信报告给你。

本月十六日上午五时咱们在西安离别，本日上午十二时才由西安程［乘］车来晋，本日晚就宿在潼关。第二天七时许渡过黄河，本日下午六时由风陵渡程［乘］了火车北上，于十八日上午十二时在侯马镇下车，又步行了廿五里路才到曲沃。因战事的紧张，我们学校才移到翼城，昨天（二十六日）下午六时起程来翼城，当晚下一点到了翼城，我们的同学自动组织游击大队，我也想去参加。

致民族解放万岁！

侄俊安于 2.27 上午 7 时

代问

七妈及弟妹们近日安好！

来信落山西翼城民大第四分校第五队

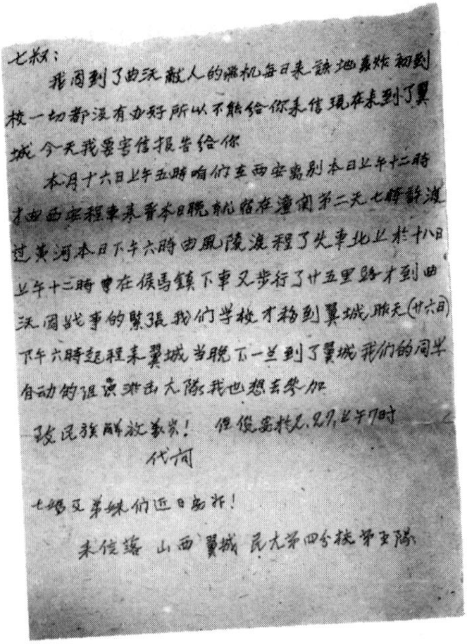

七叔：
我們到了曲沃敌人的飞机每日来該地轰炸 初到
校一切都没有办好所以不能给你来信 現在来到了翼
城 今天我要寫信报告给你
本月十六日上午五時咱们在西安离别 本日上午十二時
才由西安起程東来 晋本日晚就宿在潼關 第二天七時許渡
过黄河 本日下午六時由風陵渡起程了火車北上 於十八日
上午十二時曾在侯馬鎮下車 又步行了廿五里路才到曲
沃 因战事的緊張 我们学校才移到翼城 昨天（廿六日）
下午六時起程来翼城 当晚十一点到了翼城 我们的同学
自动的组织游击大隊 我也想去参加
致民族解放敬礼！ 侄俊安於2.27上午7时
代问
七婶及弟妹们近日安好！
来信寄 山西翼城 民大第四分校第五隊

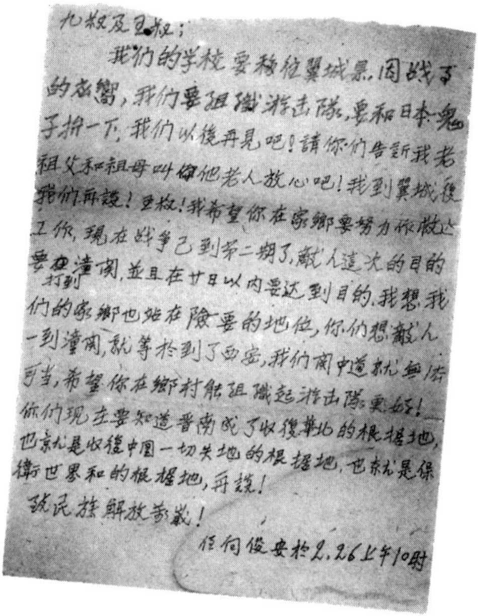

九叔及五叔：
我们的学校要移往翼城县，因战事
的影響，我们要組織游击隊，要和日本鬼
子拚一下，我们以後再見吧！請你们告訴我老
祖父和祖母叫他老人放心吧！我到翼城後
我们再談！五叔！我希望你在家鄉要努力作救亡
工作，現在战争已到第二期了，敌人這次的目的
要打到潼關，並且在廿日以内要达到目的，我想我
们的家鄉也站在險要的地位，你们想敌人
一到潼關，就等於到了西安，我们關中道就無法
可当，希望你在鄉村能組織起游击隊更好！
你们現在要知道晋南成了收復華北的根据地，
也就是收復中國一切失地的根据地，也就是保
衛世界和平的根据地，再談！
致民族解放敬礼！
侄俊安於2.26上午10时

背景链接

王孝慈，1905年6月29日生，陕西渭南人。1925年在西安上中学时就积极参加反帝反军阀的斗争。1927年入西安中山军事学校学习，同年加入中国共产党。1928年参加著名的渭华起义，曾担任延长县委书记、宜川特区党委书记。1930年至1937年在北方从事地下工作，曾三次被国民党逮捕，入狱六年，遭受严刑拷打，但他始终坚贞不屈，保持一个共产党员的革命气节。

1937年9月，当他终于回到魂牵梦绕的老家，才得知家里母亲、妻子、女儿（小女儿）均已不在人世了，他的老父亲一个人带着三个年幼的儿孙（小儿子向宗圣、大孙子向俊安、大孙女西娃）艰难度日。10月初，王孝慈探亲后回到太原，杨尚昆把他介绍给陈赓（时任129师386旅旅长）。王孝慈跟着陈赓到了阳泉，被任命为正太路沿线特委组织部长，率领阳泉矿工抗日游击队开展武装斗争。1937年10月，娘子关失守，日军随后占领阳泉。王孝慈带领阳泉2 000多名矿工游击队向晋中转移，于11月初到达和顺县官庄村，与平定撤出来的学生汇合，组成平定抗日游击队，王孝慈任政委。在八路军总部的关怀下，在官庄村隆重召开了平定抗日游击队成立大会，朱总司令和徐向前到会讲话。这支游击队当时活动在太谷、榆次、昔阳、寿阳、平定一带，与当地农民一起同日寇展开斗争。

1938年后王孝慈在山西太行山区先后担任晋中特委组织部长、冀西特委书记、太南区党委组织部长。在此期间，他的儿子向俊安参加了八路军，走向抗日战场，父子并肩作战。1938年10月王孝慈给他的五弟向宗圣写信，鼓励他走出家乡奔赴抗日前线："你应立即奔上抗日的战场，在战斗的环境中创造你的人生，开辟你的前途！"

1945年4月，王孝慈作为正式代表参加了党的七大。新中国成立后，历任天津铁路局党委副书记、全国铁路工会副主席、北京铁道学院（今北京交通大学）院长、甘肃省副省长、甘肃省政协副主席和全国政协常委。1989年离休，1992年8月在北京逝世。

2009年7月1日，王孝慈的女儿向里南、女婿靳贝民夫妇将这三封珍贵的家书捐赠给中国人民抗日战争纪念馆。

（李文华）

刘中新：你在哪里？

一位经过长征走向抗日战场的热血男儿，为人民、为国家、为民族抛家舍亲，出生入死，最终也没能回到他日夜思念的家乡，甚至连一张模糊的照片也没能留下，留给亲人的只有这四封字句滚烫的家书和无尽的等待……

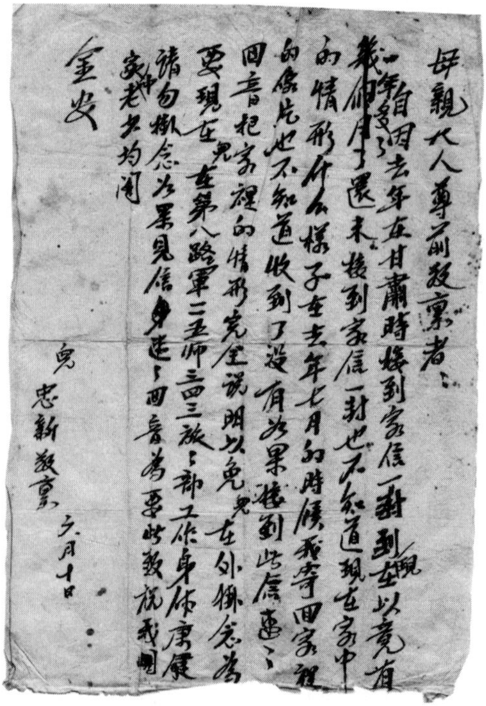

母亲大人尊前敬禀者：

自因去年在甘肃时接到家信一封，到现在以竟［已经］有一年多了，还未接到家信一封，也不知道现在家中的情形什么样子。在去年七月的时候我寄回家里的像片也不知道收到了没有。如果接到此信，速速回音，把家里的情形完全说明，以免儿在外挂念为要。现在儿在第八路军一一五师三四三旅旅部工作，身体康健，请勿挂念，如果见信速速回音为要。

此致祝我家中老少均阁

金安

儿忠新敬禀

六月十日

母亲大人尊前膝下敬禀者：

儿自从去年五月在甘肃省的时候，接到家中回信两封，我还在原地休息，到八月一号开往山西侯马车站休息了两三日，儿又给家中写了一封，内有像片两张。

到第二天又坐火车开往河北省以来，又给家去了数拾［十］封信，始终未有接到家信一封，也不知道儿写给家信收到了没？想念的，现在也不知道我弟昌柗还在家里没有。儿在外挂念。所以我不断梦见我妈妈和我的弟弟。

在前天的夜里正在睡安觉的时，然忽［忽然］见了我的妈妈，妈妈以竟［已经］老得不像了。我就大喊起来，忽然喊了一声，同我在一块儿睡的同志听着了，他就叫惺［醒］我问我喊什么，我当时也说不出，仔细一想，原来是作了一个梦。

到上午吃把［罢］午饭的时候，我正在房子里卧着看书，忽然有一位同志说道：送信的来了！我听道［到］了就连忙跑到外边去看，我见有好多的家信，我看了半天都是另［别］人的，原来没有我的一封。人家接到了家信，把家里的情形都知道了，可是我的家里也不知什么样子，也不知我母亲和我弟弟的身体如何。夏季的收程［成］什么样子？希望你接到了此信速速回知为盼。

现在我在八路军一一五师三四三旅旅部副官处工作，和几位很好的朋友都在一块工作，每天说说笑笑非常快乐，同时我的身体也很好，请你不必想念。现在也不知道我妹妹身体如何，家中情形什么样子，来信时也要说明。我以前在家中出来的时候，一气［起］出来了三四拾［十］个朋友，现在也不知到何处工作去了，我在这里连一个也没有见到，也不知咱们那里有回去的没有。你如果来信时完全说明为盼。

此致即情［请］

大安

儿中新鞠躬（刘中新印）

七月十七日

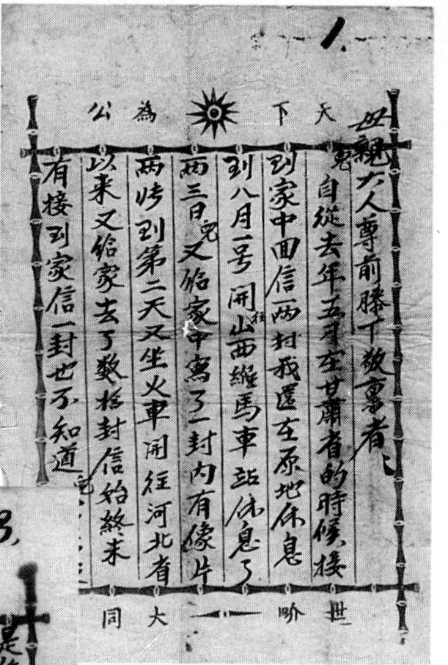
1.

天下為公

母親大人尊前膝下敬稟者
兒自從去年五月在甘肅省的時候接
到家中回信兩封我還在原地休息
到八月一号開往山西經馬車站休息了
兩三日兒又給家中寫了一封內有像片
兩張到第二天又坐火車開往河北省
以來又給家去了數拾封信始終未
有接到家信一封也不知道兒

世界大同

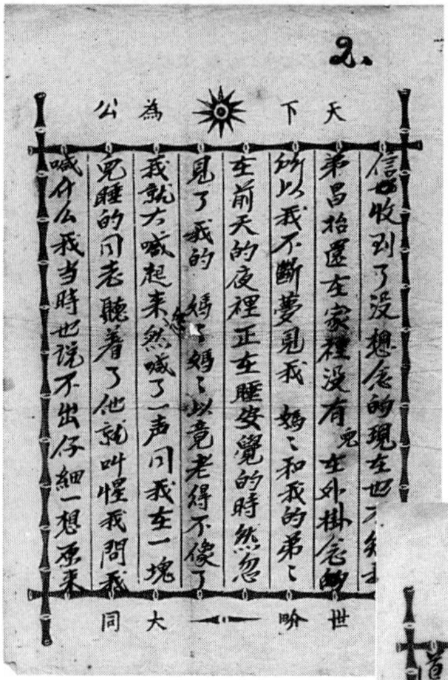
2.

天下為公

信收到了沒想念的現在也不知
弟昌裕還在家裡沒有兒在外掛念的
所以我不斷夢見我 媽媽和我的弟弟
在前天的夜裡正在睡安覺的時然忽
見了我的 媽媽以竟老得不像了
我就大喊起來忽然喊了一声同我在一塊
兒睡的同志聽着了他就叫醒我問我
喊什么我当時也說不出仔細一想原來

世界大同

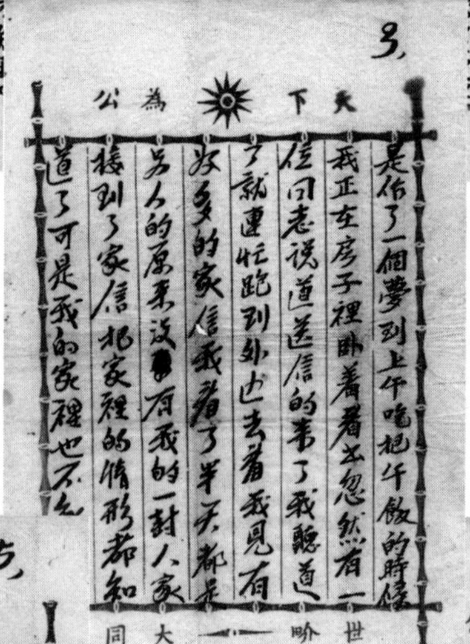
3.

天下為公

是作了一個夢到上午吃把午飯的時候
我正在房子裡臥着看書忽然有一
位同志說道送信的來了我聽道
了就連忙跑到外邊去看我見有
好多的家信我看了半天都是
另人的原來沒有我的一封人家
接到了家信把家裡的情形都知
道了可是我的家裡也不知

世界大同

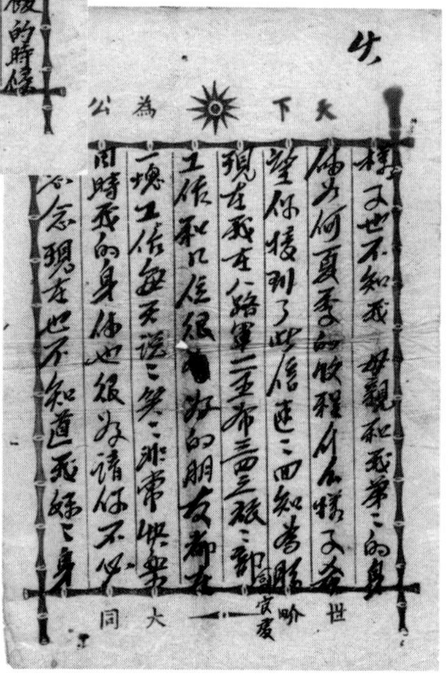
4.

天下為公

樣子也不知我 母親和我弟弟的身
體如何夏季的收程什么樣子希
望你接到了此信速速回知書照
現在我在八路軍一一五師三四三旅旅部
工作和几位很好的朋友都在
一塊工作每天說說笑笑非常快樂
同時我的身體也很好請你不必
念念現在也不知道我婦婦身

世界大同

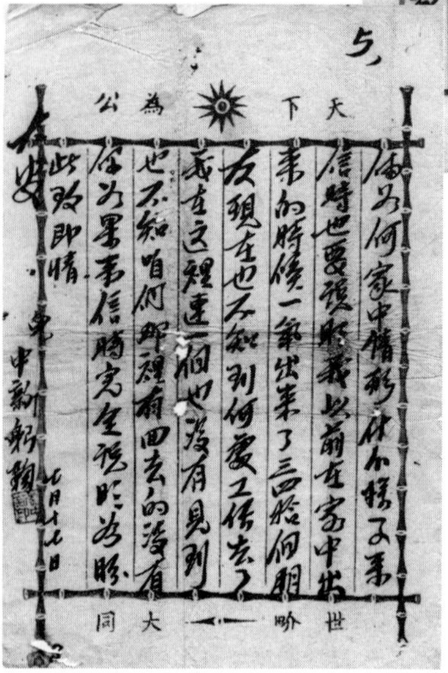
5.

天下為公

體如何家中情形什么樣子來
信時也要說明我以前在家中出
來的時候一氣出來了三四拾個朋
友現在也不知到何處工作去了
我在這裡連一個也沒有見到
也不知咱們那裡有回去的沒有
你以後來信時完全說明為盼
此致即請
金安
兒 中新 鞠
七月十七日

世界大同

母亲大人尊前敬禀者：

自因七月二十八号那天，儿接到家信一封，内云均悉，心中快乐至极了，并不挂念。不过你说叫我给家邮钱，可是现在我们的队伍住在敌人的后方，交通不便不能邮挂号信，所以有钱也不能寄回来。请你们再等一个时期，将来交通便利的时候，儿即速把钱和眼药就寄回来了，请你不必关心。现在儿还在一一五师三四三旅旅部工作，住在山西省孝义县兑九峪一带，近来身体很好，请阁［阖］家老少勿念。

此致并祝

金安

儿刘中新（刘中新印）

七月二十八号

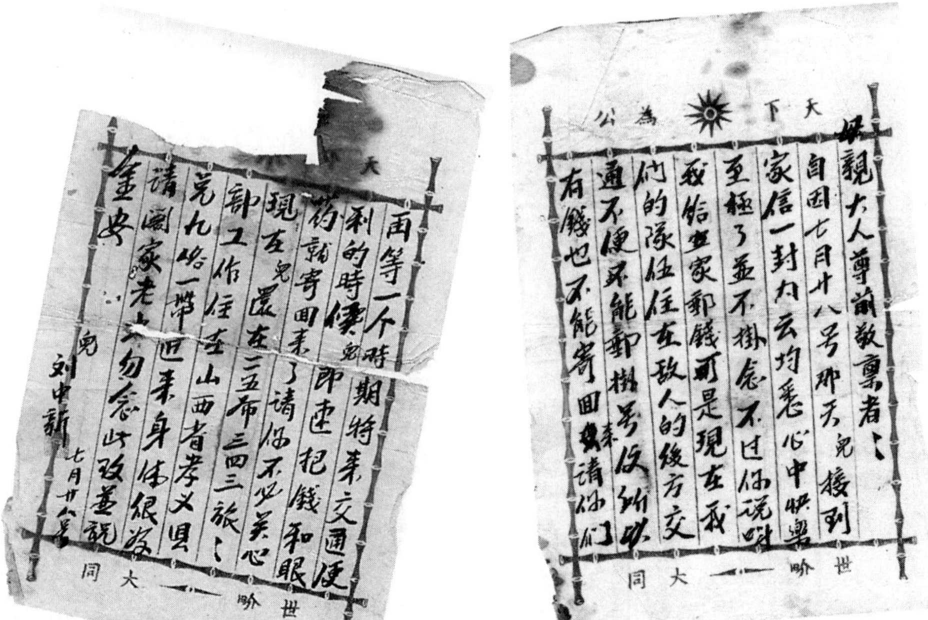
天下為公

母親大人尊前敬稟者：
自因七月廿八号那天兒接到
家信一封內云均悉心中快樂
至極了並不掛念不过你说叫
我給我家郵錢可是現在我
們的隊伍住在敌人的後方交
通不便不能郵掛号信所以
有錢也不能寄回來請你們
再等一個時期將來交通便
利的時候兒即速把錢和眼
藥就寄回來了請你不必关心
現在兒還在一一五师三四三旅
部工作住在山西省孝义县
兑九峪一帶近來身体很好
請閤家老少勿念此致並祝
金安
兒刘中新
七月廿八号

母亲大人膝下敬禀者：

从我接到家中回信，不觉已有月之久来了，也没有写信回来。对于我在甘肃省宫何镇王家禄收［休］息了有半年之久，现在行动到了山西省侯马车站。现在要行动，不必回信，以后我来信再回信。你大小在家中要保养自己的身体，对于我在外面的身体是非常强健，你大小在家不必挂念。

现在是全国动员抗战的时非［候］，我在外都是为了抗日救国，不能在家来孝顺母亲大人，以后回家再来孝顺母亲大人。现在我在国民革命军第八路军一百一十五师政治部工作的，余话不必多说，以后再说。完。

儿刘中新（刘中新印）

九月七日

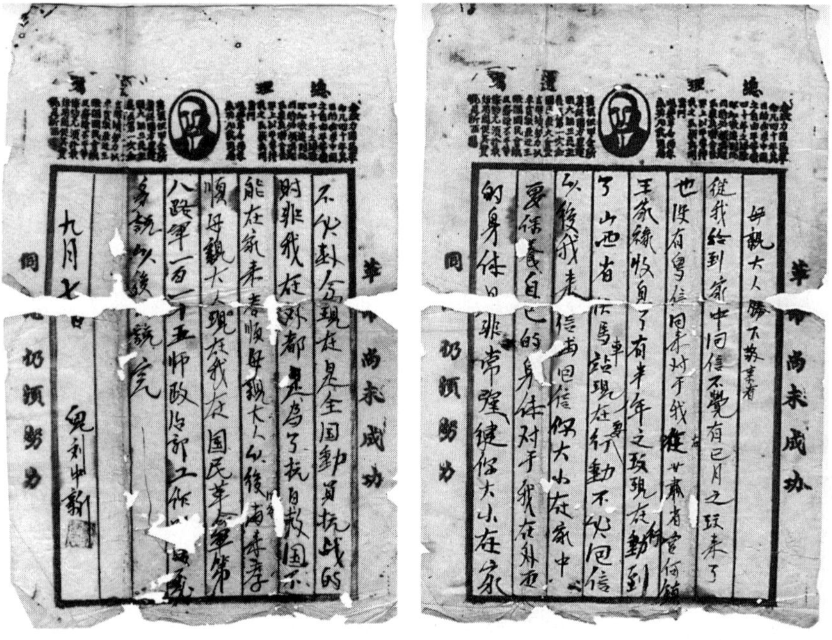

背景链接

笔者在搜集整理东固革命根据地相关史料时，发现了八路军老战士刘中新（又名刘忠新）写给家中的四封家书。信中所流露出来的报国之志、思乡之情、孝老之心溢于言表，令人感慨万分。

刘中新在家乡中的谱名为刘昌榜，有一个弟弟叫刘昌柗。这四封家书均由刘昌柗的两个儿子刘发照、刘发熙保存至今。

当年刘中新所在的东固区苏区（今为江西省吉安市青原区东固畲族乡）曾有 2 400 多人参加红军，占全区总人数 8 000 人的三分之一强。由于当时东固区扩红支前工作做得好，全区青年踊跃参加红军，出现了整营（二三百人）整连（一百多人）去当红军的喜人局面。1930 年 10 月红军攻克吉安后，曾有一次性两个营（500 多人）参加红军的盛况，因此东固区被评为中央苏区一等模范区。据 1934 年的统计，在主力红军长征后，东固区青壮年劳力不足 400 人。新中国成立后统计东固区有名有姓的烈士达 1 400 多人，无名烈士就更多了，由此可见东固人民对中国革命所作出的重大贡献。

刘中新大概在 20 世纪 20 年代末期参加红军，长征到达延安，后在八路军 115 师政治部和 343 旅工作。据初步考证，此四封信分别写于 1938 年、1939 年 6 月至 9 月间。其中的一封家书这样写道："现在是全国动员抗战的时非［候］，我在外都是为了抗日救国，不能在家来孝顺母亲大人，以后回家再来孝顺母亲大人。"在一封长达五页的家书中，详尽描述了梦中思念亲人和家乡的情景，以及看到别人收到家书而自己没有时的失落感。信中还特别写道："我以前在家中出来的时候，一气［起］出来了三四拾［十］个朋友，现在也不知到何处工作去了，我在这里连一个也没有见到，也不知道咱们那里有回去的没有？你如果来信时完全说明为盼。"信中对家乡战友的思念之情和牵挂跃然纸上。从现在已知的情况来看，十有八九是牺牲了，当时刘中新是一位幸存者。

据他的亲属讲，刘中新在新中国成立之初还给家里写过一封信，并寄来一张穿军官服的照片，但不知什么原因，最终未能与家人联系上，这张照片后来也下落不明。因此，寻找刘中新便成了全家人一个等了几十年的愿望。刘中新的弟媳，也就是发照、发熙两兄弟的母亲黄龙秀老人心中一直念叨这位兄长的下落。

刘中新这些家书保存了七十多年，凝聚了刘家几代人的一片亲情。随着时间的推移，他们思念亲人的心情愈发浓烈，于是委托笔者代为寻找。笔者将有关资料给了来到东固寻根的陈东海同志，他父亲陈光将军曾任343旅旅长、115师代理师长。他回到北京后，找了一些曾在115师和343旅工作过的将士亲属打听情况，但至今尚无确切消息。笔者还通过梁兴初将军之子梁晓源继续打听有关情况。他们提供了部队演变的有关史料。

根据他们提供的信息，笔者又查阅了相关资料，发现343旅在1939年后分别演变发展进入了三个部队：一是343旅686团1营、343旅685团新2营、343旅补充团，三部分演变为今天第38军的三个团。二是原属红一军团红二师后为343旅685团（缺2营）发展为八路军苏鲁支队，再演变为第43军的一部分。三是原属红一军团"模范红五团"的343旅685团2营演变成八路军晋察冀军区第五支队，并与686团3营和旅部机关一起发展为今天的第16军的某团。当年的343旅部机关在1938年9月改编成八路军东进抗日挺进纵队，并由肖华带队进入山东乐陵。刘中新随343旅究竟进入了哪一个部队，尚需深入调查，希望知情人提供相关信息。

老红军、老八路刘中新：您在哪里？家里人、家乡人想念你！

（丁仁祥）

愿献头颅保中华

程雄

“天不怕，地不怕，愿献头颅保中华。”这是程雄同志《红岩诗草随笔》中的名句。为了民族、为了家乡，他毅然走向抗日最前线，在临行前写给父母的辞别书中，已做好为国捐躯的准备，同时又为不能尽孝而自责。不久，他就血染沙场，以实际行动实现了自己的诺言。

双亲大人膝下：

在这里大概有一个相当的时间住吧！最近的工作情形，是分着两个方向进行，就是军队和民运。这当然是军队的工作要紧，但是民运方面虽然在军事上看起来比较是占次重的地位，而在这军民合作集中一切力量，来应付这第二期抗战对敌的反攻，以期达到抗战胜利，达到成功的目的。所以因这许多的重要焦点，我们这批政治工作同志，每天按时分布在各部队授课外，余下的时间，就是进行乡村的民运宣传工作，使当地的民众能达到和我们游击队的切实合作。

儿过去多半是担任内部的事情，对于在外面工作的时间就很少。在今天一半是因为他们的工作分配不过来，一半是根据自己兴趣，所以在上午就和一位胡同志赴第十一连里去讲了一堂课，该连住的地点是在佛祖岭（即新五祖庙）。对儿所讲的呢？也没有怎样的充分准备，不过随便同他们把抗战形势大略分析了一下，所提出的几个重要点：1. 抗战的两大阶段；2. 一期抗战失败的原因；3. 二期抗战的四大原则。

在讲过这几个问题后，又补充几个救亡歌曲，而士气大觉振奋，抵下午四点钟返队。在五点钟，我们又全体赴县城举行“五五”及胜利大会，到会各〈有〉关及民众大概有六千人以上。在会毕大举游行，歌声轰动了宿松县城，高呼口号声震原野。因为今天的捷报迭至，区副军长亲至前线指挥胜利的英勇抗战，望江现已克复，安庆城外之要点及飞〈机〉场等地被我收复。安庆正在围攻中，城内火焰冲天，炮声震地，敌之师长郝文波全师反正，而安庆在指顾之间，即可克复。儿想在今天这样的热烈大会，第二次其他纪念大会，就可在安庆城内举行了。

近来

二位大人康健吧？兄妹等都好吧？敬祝

金安

儿　实穗跪禀

五、五

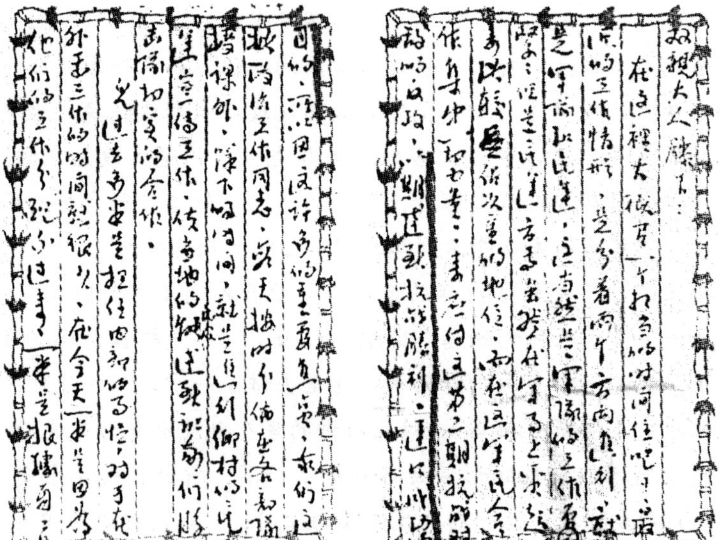

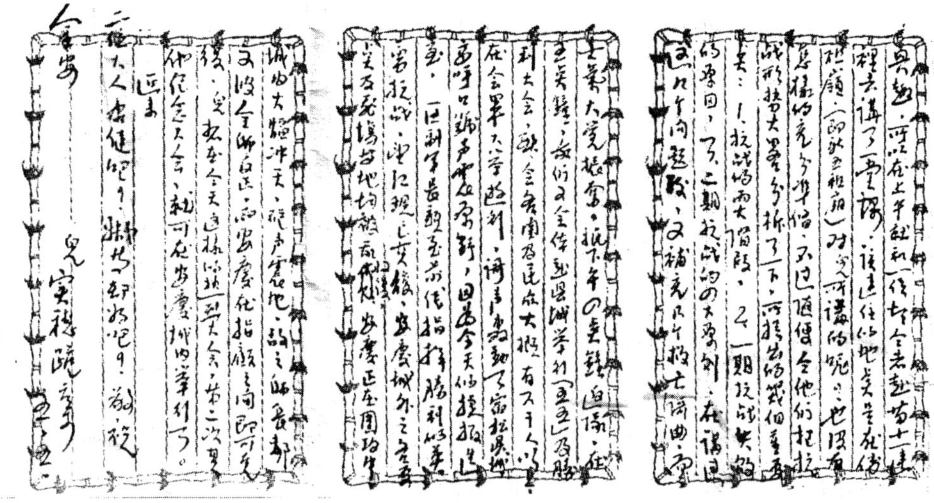

亲爱的双亲大人膝下：

儿这次为了民族，为了阶级，为了可爱的家乡，为了骨肉相连的弟妹，求得生存和幸福，儿不得不来信辞别双亲大人，如果不能活着的话，双亲大人应保重玉体，抚育好弟妹。生活难度的话，可卖掉土地、房屋，把生命糊过来，到十年八年我们就好了，有饭吃、有衣穿、有房子住。现在儿就要离开大别山，走上最前线消灭敌人，保卫中华，望双亲不要悲伤挂念。儿为伟大而生，光荣而死，是我做儿子最后的心意，罪甚！罪甚！

背景链接

程雄是安徽省岳西县店前镇人，乳名实穗，又名世杰。1919 年 9 月出生于一个贫苦农民家庭。1938 年在店前参加省属 26 工作团，任委员，同年加入中国共产党。1939 年到新四军江北游击纵队，1940 年在该队举办的青年大队学习，4 月上旬到路东省委驻地来安县半塔，后被分配到新四军任连副政治指导员兼党支部书记、连长等职，1943年8月17日在江苏省六合县桂子山与日本侵略军作战中壮烈牺牲。

他的父亲程海波目不识丁，专为地主种地种田，深受压迫剥削。程姓在店前虽是大户望族，但由于他家世代没有一个读书的出人头地，除受地主欺压外，更受户尊的欺凌。程海波饱尝不识字的痛苦，拼命也把大儿子实穗送到店前高等小学读书，实穗也深知读书机会来之不易，备加珍惜和努力。读书时，富家子弟有钱买纸笔学习，他家穷就用穷办法，以树枝当笔，沙盘当纸，竟练出一笔惊人的大字。十几岁即能写出漂亮的文章，常常受到老师的称赞。他经常告诫弟妹们说："做人要有大志，少年不努力，将来是废料。我们家虽穷，但志不能穷，财老过好日子，我们不想，也不要向他们伸手，自己动手动脑，勤俭持家，不愁没有好日子过。"

在店前高等小学读书期间，他听到九一八事变的消息，立志投军救国。为能掌握一些军事知识，在体育老师的指导下，他自制木枪、木手榴弹，在店前河滩上与同学们一起进行浅显的军事训练。一天，老师戏问他道："实穗，凭你那杆木枪能打死敌人？"他随即回答老师："有了木枪就不愁钢枪。"老师夸奖他说："这孩子有志气，事事不言愁。"

1937年夏，程雄小学毕业，本欲继续升学，奈因家贫无钱，不能实现自己的求知志愿，心情非常沉重。一天晚上，他离家而去，草草地写了一封信，信一开头就讲：

"慈爱的双亲大人，儿因家贫无钱升学，立志离开家乡，远走高飞，寻找光明，罪甚！罪甚！……"他究竟跑到哪里去了呢？原来在1936年末，他秘密结识了红28军第一便衣队队长陈彩林，并要求参加红军。陈彩林见他年幼又在学校读书，怕荒废他的学业，劝他还是好好读书，将来革命胜利了，大量需要人才。经过这次接触，程雄的思想开阔了，常以诗言志。

这次出走，他本欲去投红军，但当他走至太湖县时，突然发现墙上贴着一张布告，上面写着：“当此国难日亟，民族危亡之际，凡我本部同仁，愿意抗日者，一律到黄安七里坪集中。”下署：“红二十八军政委高敬亭”。

一夜之间，风云突变，程雄感到很茫然，最后还是回到家乡。随后，他在报纸上看到日本侵略者一手制造卢沟桥事变，中国军队在爱国将领宋哲元将军的领导下，奋起还击，打击了日军的嚣张气焰。他感慨万千，在《红岩诗草随笔》写下了“天不怕，地不怕，愿献头颅保中华”的联语。当时的岳西，由于交通闭塞，消息不灵，国民党县政府的官员们整天花天酒地，衙前街上看不到一张抗战的标语，听不到一句有关抗战的言论，以至于一些具有朴素爱国热情的青年，商量投奔抗日团体。但到何处去？又如何为国效劳？议论纷纷，莫衷一是。

1938 年夏，第五战区安徽省动员委员会直属 26 工作团，在团长陈穆的率领下，到达店前镇，开展抗日救亡宣传。程雄如久旱的禾苗遇到甘霖一样，立即报名参加。于是，他活跃于司空山麓、店前河畔、杏花村中，动员广大民众积极投入抗日救亡运动。

1939 年初，省动委会指示各县将所有抗日团体合并成政治大队，轮流到各县整顿抗日组织和地方基层政权，程雄被编入一大队，先后转移到太湖、潜山、怀宁、宿松等地活动。

这年 5 月 5 日，各路抗日武装组成敢死队直插安庆城，取得毙敌百余人的重大胜利。程雄参加了庆祝这次胜利的大会，当天晚上怀着激动的心情给双亲写下了上面的第一封家书。

1940 年 3 月，舒芜地委召集各地区来报到的共产党员和革命青年 500 余人开会，宣布成立青年大队，下分三个中队，一个女生区队。程雄在青年大队学习一个多月，于 4 月间到路东省委驻地半塔。5 月，被分配到新四军第 2 师 5 旅 13 团 2 营 3 连任副政治指导员兼党支部书记。临行前，他又给双亲写下了上面的第二封家书，从信中可知他已经做好了为国家和民族牺牲的准备，同时又为不能为父母尽孝而自责。

1943年8月，秋风习习，稻谷金黄，眼看秋收在望。为保卫农民秋收，不让日寇抢收粮食，新四军第2师5旅13团及地方武装东南大队警卫营，在分区副司令员兼5旅副旅长罗占云的指挥下，从安徽的义涧开赴江苏省六合、仪征一带保卫秋收，并且伺机给进犯我根据地之敌以打击。当时从南京进驻八百桥之日军小田大队200余人，纠合六合县伪军300余人，趁秋收季节向我东北乡抢粮。8月16日，13团侦察参谋周本彦率侦察队一个班，抓获两名抢粮日军，驻在八百桥的日军听到枪声，倾巢出动追赶，与我侦察队相持于桂子山西侧丁家山头。

罗副旅长和团首长得知后，急令二营取道周营抢占丁家山头，一营取道杨庄打援，三营为预备队在上刘监视敌人。日军遭我一、二营突然袭击，慌忙抢占桂子山和丁家山头，进行疯狂反扑。

在这危急时刻，二营营长董万银令连长程雄率部与敌抢占丁家山头。程雄立即集中全连战士补充弹药，沿羊肠小道向周营赶去。程雄率部至丁家山时，敌人机枪、炮弹像雨点一样向我军阵地倾泻。经过反复争夺，我军终于抢占了丁家山，完成了上级交给的任务，但连长程雄在战斗中壮烈殉国，年仅24岁。

（储淡如）

望妻进步共抗战

胡孟晋，摄于抗战前

1939 年 11 月 28 日，新四军五支队司令部秘书胡孟晋，结束了在家乡舒城的两个月假期，即将返回前线。面对依依不舍的妻子张惠，他强忍离别的伤痛，写了一封辞别书：“亲爱的，谁不愿骨肉的团聚，谁不留恋家庭的甜蜜……”

最亲爱的惠呵：

我们又要离别了！当你听了离别的声音，或者不高兴吧！

亲爱的，谁不愿骨肉的团聚，谁不留恋家庭的甜蜜。要知道国家民族重要，个人前途重要，因此又要别离亲人，而远征他乡了。

为了你的寂寞，为了你的思念，千里外的我，暂时停了救国的工作，越津浦，跨淮南，到达别离一载的故乡来。二月来的团聚欢谈，畅言国事，解释问题，你的政治水准提高了，民族意识加强了，革命的阵营中，增加一位健将了。

畸形发展的中国，教育不普及，人民的知识简单，而妇女尤甚，只要家而不顾国。大难当头，应踊跃赴前线杀敌，而妇女们阻碍其夫或其子之伟志。希望你将无知识的妇女组织起来，宣传和教育她们，使伊等知道：“皮之不存，毛何附焉”？“国之不存家何在”？使她们不至含泪终日，倚门遥望前线上的夫、子早日归来呢！（望胜利归来）

惠，最亲爱的人，你是妇女中的先进者，对于我这次的外出，请不要依恋，要知道你爱人的走，不是故意的抛弃你，而是为着革命，为着独立自由幸福的新中国而努力奋斗的啊！

家庭经济之困难，生活之痛苦，我是深知的。要革命成功，须经过困难艰苦的阶段，当此环境中是要立定脚跟，具坚强之意志，任何之外诱，不可动摇的，“国危见忠臣”，在困难中锻炼成真正的革命者啊！

富贵反多忧。钱是要人用，不要给钱用了人。在此抗战时，多少富翁成寒士，由此看来，金钱不足恃也。对于穷人要客气，要同情他；对富人也要与对普通人一样；对于守财奴，少与之来往，因为他只认钱，不认人，这些人不要看起他，但与之面子往来而已。

惠呵，我们要认清时代，当此革命时期，家庭衣食可维持就够了，不要有其他念头。要知道整千整万的难民，千百万的劳苦大众，生活是多么的痛苦呵！人生是要做伟大事业，而不是做了金钱的奴隶呵！太看重金钱的人是最污脏的，不要与之往来。

爱人呵，你在无事的时候，多多阅读书报，可使你知识进步，多多想工作的方法，切不要空想，也不要太挂念在外的我，劳神伤身，于事无益。好好教养二个小孩，切忌打骂。处家事，对外人，言语态度等事，可参考我的日记和通信，要切实的做，不然我的心思枉费了。请你真正的做吧，否则，太对不起在外的人呢！

最亲爱的人，你不要太念我，你的厚情我是知道的，我不是个薄情的人，请你放心，决不辜负你的热情呵！

在外的我，身体自知珍重，一切当知留心，请你安心在乡努力妇女解放的事业，成为女英雄，我在外对革命之伟业亦更加努力呵！别了，别了！

此致

敬礼

廿八、十一、廿八

群 于舒百

★辭别书

最親愛的惠呵！我们又要离别了，當你聽了"离别"的語音，或者你不高兴吧！親愛的，谁不愿骨肉的团聚，谁不留念家庭的甜蜜，要知道门家民族重要，個人前途重要，因此又要别离親人，而遠征他鄉了。

為了你的寂寞，為了你的思念，千里外的我，暂時停了救國的工作，越津浦跨淮南，到達别离一載的故鄉来。

二月来的团聚歡談，暢言國事，解釋问題，你的政治水準提高了，民族意識加强了，革命的陣营中，增加一位健將了。

「皮之不存，毛何附焉？」「國之不存，家何在？」使她们不致含淚終日，倚門遥望前線上的夫子，早日归来呢！（望勝利归来）

惠，最親爱的人，你是婦女中的先進者，对於我这次的外出，請不要依戀，要知道你爱人的走，不是故意的拋棄你，而是為着革命，為着独立自由。

最親愛的人，你不要太念我，你的厚情我是知道的，我不是個薄情的人，請你放心，决不辜負你的熱情呵！

在外的我，身体自知珍重，一切当知留心，請你安心在鄉努力婦女解放的事業，成為女英雄，我在外对革命之偉業亦更加努力呵，别了，别了，此致

敬礼

廿八·十一·廿八 群於舒百

妇女抗敌协会讲演词

各位保长先生、各位来宾、各位妇女同胞：

今天是某保妇抗会成立的一天，此会在各位保长先生领导之下，在各位来宾帮助之下，和各位女同胞努力下，将来定有光明的前途。本人的知识很简陋，没有很好的话向各位谈谈，请大家原谅！

现在我来谈谈这次中日大战中，我们妇女同胞有没有负起抗敌救国的责任。

这次中日大战，是中华民族生死存亡的关头，中国要是打败了，马上就亡国，我们都是亡国奴了，亡国奴的生活痛苦得很，一时也说不完。中国要打胜了，就是个强盛的国家，将来没有外国敢欺侮了。我们要中国打胜仗，必须全中国四万万同胞都团结起来，同心合力的去打日本鬼子，才能把鬼子赶出中国。但是我们看看，前线英勇杀敌的将士，大多是男同胞，我们妇女同胞参加救国工作很少，尤其我们乡村妇女同胞，不但不上前线救国，而且阻碍她的丈夫或是儿子去参加救国工作，这样是减少了抗战的力量，而无形中是帮助了日本。夫妻儿女团聚虽好，要知道，救国是大家的事。日本鬼子来了，大家都受奸掳烧杀之害，夫妻儿女失散，生命财产不保，种种痛苦很多。

外国的妇女与中国就不同，当国难的时候，送自己的丈夫或是亲生的儿子上前线，并且说："不打胜仗，不要回。"

妇女同胞们，我们也要学学外国女子的长处，虽不能直接上前线救国，我们在后方可以鼓励能上前方救国的人，或做有益国家的事，才不辜负我们妇女对国家的责任。

妇女同胞们，我们要团结起来，将妇抗会组织起来和健全起来，真正的做些抗敌救国的事，一致努力打走日本强盗，以求中华民族的独立和幸福。

本人的知识很差，瞎说了几句，请大家原谅。

讲演注意事项

（一）首先要知道会场上各种人或团体，如有工作团或乡长、保长，其他参加的人等，开口称呼：各位工作团同志，方乡长，各位保长，各位来宾，各位妇女同胞……

注：各位、诸位，是指二个以上多数人之称，只有一个乡长或一个保长，只能称某乡长，某保长。

（二）说话要明白清楚，要慢点，不要太快。声音不要太高，也不要太小，重要处声音宜高点。一句句地说，不要太急。

（三）目光要注意全场，不要对某一处望。

（四）态度宜和蔼，说到乐的地方要表示快乐，悲的地方要悲，才能感动人。

（五）不要怕丑，不要慌，胆子要放大。常说话就好了。

（六）要一句句的，说话式的，不要像背书式的。

（七）说话不要太长，重要的、要紧的说。

（八）听人说的事，可发挥自己意见。

（九）说话时可举例子比譬，可引古语或俗语，或文句故事来说。如说到日本奸掳烧杀事，可说出真事实来。又如说：“八十岁老妈砍黄稿……”送丈夫从军，又如“木兰从军”故事等，凡是与讲演时有关系的事或文句或古语均可引出。

（十）未讲演之前要先预备材料。先预备一个题目，然后再预备第一段说什么，第二段说什么，末尾说什么。例如讲：日本为什么侵略中国，然后就预备材料。

第一段说：日本是帝国主义，必须向外侵略……

第二段：中国是物产丰富，又是个弱国……

…………

末尾段：中国四万万人团结起来，武装起来打日本……

（十一）自己练习：初讲时私下多练习，在自己的屋内作会场，屋内东西当作许多人，站立着讲，就如开会时讲一样，多多练习，到正式开会时就能说了。

以上十一点是说个讲演大概，如能将以上都做到，再看人讲演学人家的长处，去自己的短处，多多练习，多多听，大胆地讲，将来可成为演说家了。

努力吧，妇女解放的先锋！

练习吧，未来的演说家！

奋斗吧，革命的女英雄！

天下无难事，只要专心耳。

不怕困难，不怕失败，不怕苦，升天下地皆可以！

一九三九、十一、廿四 群 于舒百

背景链接

2004年11月，81岁的新四军老战士张轼专程到蚌埠看望90高龄的大姐张惠，相聚几日，大家交谈甚欢。

张惠，摄于抗战前

临别之际，大姐郑重地交给张轼一个小小的包裹，里面是一批已经残破的书信，绝大多数写于60多年前的抗战时期。这批书信的作者是张轼的姐夫、战友胡孟晋烈士。

回家后，张轼将烈士家书一封封精心整理，小心裱托，逐字抄录，仔细品味，重温了与胡孟晋烈士共同度过的那段战争岁月。

胡孟晋，原名永荣，生于1912年，卒于1947年。原籍安徽庐江，后移居舒城百神庙钟家畈。他自幼丧父，与其兄胡永林随母亲钟氏移居舅舅家，靠租种别人的土地维持生活。

胡孟晋8岁入小学，12岁考入舒城县立桃溪高级小学，在校期间学习勤奋，成绩优异。毕业后入舒城中学读书，后又高分考入安徽省立池州（乡村）师范学校（高级师范班），曾任该校校刊编辑。1936 年毕业回舒城，在当地办学，推行陶行知先生的教育思想，倡导白话文。

胡孟晋在池州师范时，经朋友介绍，认识了张惠，双方情投意合，不久成婚，婚后生活甜美。胡的性格，内向细腻，温文尔雅，而张惠的性格外向大度，为人直爽，恰恰与胡性格互补，二人感情甚笃。

张惠与弟弟张轼，1978 年摄于九华山

1938 年春，积极从事抗日救亡运动的胡孟晋加入了中国共产党。1938 年底至 1939 年初，他任新四军四支队政治部战地服务团民运队五组组长，随军东进寿县、肥东、全椒，在全椒县城关协助汪道涵同志开展统战工作，组织群众救亡团体，成绩卓著。

1939 年 7 月，新四军五支队成立时，他调任司令部秘书，随司令罗炳辉、政委郭述申转战淮南津浦路一带。

11 月 28 日，胡孟晋结束了在家乡舒城的两个月假期，即将返回前线。面对依依不舍的妻子张惠，他强忍离别之伤痛，尽力勉慰妻子，写下了一封辞别书。

1938 年春胡孟晋抛妻别子，投笔从戎时，结婚才四年左右。夫妻离散，自是备感无奈和依恋。随后，胡在写给妻子的信中，既时时以“舍小家，顾大家”的道理与妻子共勉，又不免在信中抒发对妻子的思念和对家中的关切。从这封《辞别书》可以看出，两个人的感情是相当亲密的。

“我姐姐是个深明大义的人，和大多数别的妇女不一样。”张轼对

张惠与张轼，摄于 2004 年 11 月

笔者说。

张轼的祖父和父亲都曾教过书，父亲做过小学校长，并在广东汕头的《岭东日报》做过记者、编辑。张惠虽然没读过书，但也跟着祖父和父亲学了一些文化，更重要的是，相对同龄女子，张惠具有更强烈的国家意识，她从小就知道史可法、文天祥、岳飞等人的故事。因此，胡孟晋参加新四军时，张惠是积极支持的。张轼说，这在当地并不多见，“一般妇女，不阻拦丈夫、儿子参军就已经很不简单了！”

正因为如此，胡孟晋对妻子寄予了更高的期望，他通过平日通信和难得而短暂的相聚时光，积极鼓励、支持妻子参加妇女抗敌协会的各项工作。

大约是在写上面这封《辞别书》的前几天，胡孟晋在家里精心为妻子张惠草拟了一份《妇女抗敌协会讲演词》。

毫无疑义，胡孟晋本人是一个坚定的革命者和爱国者，可是在那种白色恐怖的岁月，他冒着生命危险，鼓励爱妻积极从事抗日爱国活动，令人敬佩。为了让妻子的讲演达到最佳效果，胡孟晋还细致地在讲演词后附了“讲演注意事项”。写这篇《妇女抗敌协会讲演词》时，胡孟晋已经积累了大量的宣传工作经验，所以他告诉妻子的讲演注意事项，也可以看成是他本人宣传抗日救亡运动多年经验的一个小结，甚至可以看成是对新四军宣传工作的经验小结。

“这些讲演注意事项就是放在今天，读来也具有启发意义。”张轼说。

仅凭这篇《讲演注意事项》，我们就可以想象胡孟晋是一位多么富有激情的讲演家啊！而张惠女士果然没有辜负丈夫的期待。据张轼介绍，张惠随后便在家乡投身于“妇女抗敌协会”的组织工作，在胡孟晋烈士逝世后又抚养几个孩子长大成才。

1942 年，为坚持皖江地区的抗日斗争，胡孟晋奉命随张凯帆同志去巢湖以东开辟工作，任湖东县中心县委委员、五区工委书记，长期与李本一师 527 团作斗争。1945 年春，他调任湖东中心县委组织部任副部长。

抗战胜利，“双十协定”后，新四军第七师奉命北撤，胡孟晋随军开赴苏北，先后任苏皖边区政府民政厅干部科科长、中共边区政府直属机关党总支书记。此时他已身患重病，仍坚持工作。

1946 年八九月间，国民党重点进攻解放区，华中分局和边区政府后方机关北撤山东，他随队北移，后又北渡黄河，驻冀南故城，直到 1947 年夏逝世。不久，张惠决定北上将烈士遗骸运回家乡。经舒城县人民政府函请山东省暨河北故城县同意，她仅用一床棉被，自行千里将烈士遗骸运回。县领导无不敬佩称奇，并给予一口棺材重新装殓，安葬于故乡舒城钟家畈，立碑纪念。

（陈宏伟）

张自忠：尽忠报国　取义成仁

张自忠

张自忠是抗日战争中牺牲的职务最高的中国将领，也是第二次世界大战反法西斯阵营五十余国中战死的军衔最高的将领。从抗战一开始他就有“报国必死”的决心，每上战场，都打得英勇悲壮，而且每次战前都要写下一封信，回来的时候再把信撕掉。枣宜会战前夕，他留下了两封信，一封信是致将士们，另一封信是致他的副将，却没给家里留下只言片语。

【1940年5月1日，张自忠亲笔昭告各将领、各部队】

致战友：

看最近之情况，敌人或要再来碰一下钉子，只要敌来犯，兄即到河东与弟等共同去牺牲。国家到了如此地步，除我等为其死，毫无其他办法。更相信只要我等能本此决心，我们的国家及我五千年历史之民族，决不致亡于区区三岛倭奴之手。为国家民族死之决心，海不清，石不烂，决不半点改变，愿与诸弟共勉之。

维纲、月轩、纶山、常德、振三、子烈、
纯德、铭秦、德顺、德俊、迪吉、紫封、
九思、作祯、亮敏、幹三、芳兰、之喆、
文海、春芳诸弟。

小兄张自忠手启

五、一[①]

---

① 该信现存台北历史档案馆。

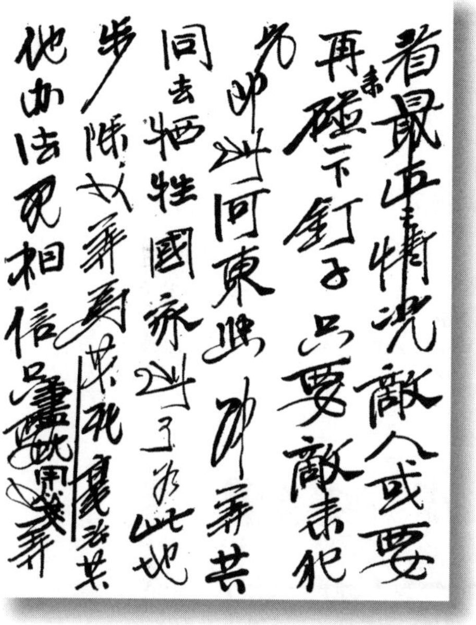

着最近情况敌人或要
再来碰一下钉子只要敌来犯
先[illegible][illegible]河东[illegible]功弟共
同去牺牲国家[illegible]了於此地
步[illegible]陈文弟为[illegible]我[illegible]英
他办法现相信只卢忱甫弟

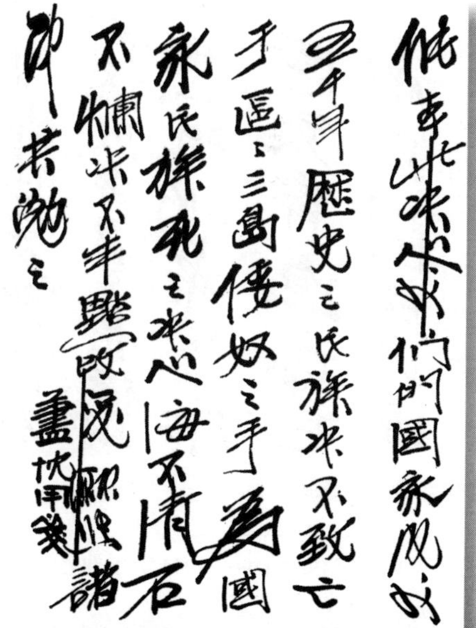

[illegible]七七[illegible]我们的国家民族
五千年历史之民族决不致亡
于区区三岛倭奴之手为国
家民族我之决心海不枯石
不肃决不毕[illegible]改[illegible]诸
功共勉之
卢忱甫弟

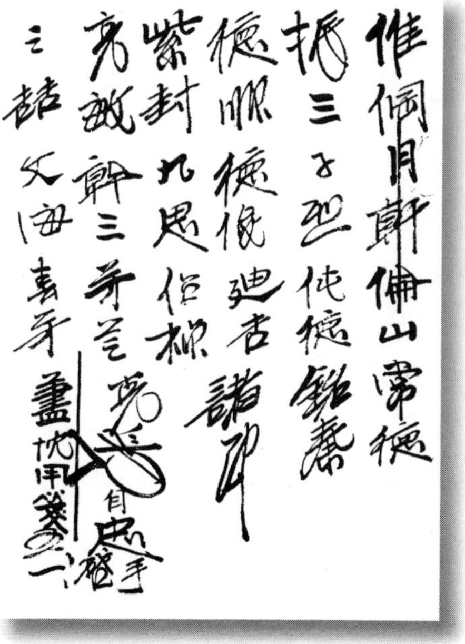

惟佩月薪佛山常德
振三弟[illegible]他德铭泰
德[illegible]德俊建吉诸功
紫封九思[illegible]
亮[illegible]三弟[illegible]
之喆文海表弟
卢忱甫弟
自忠手启

【1940年5月6日，张自忠致第33集团军副总司令冯治安的亲笔信】

仰之[①]我弟如晤：

因为战区全面战事之关系，及本身之责任，均须过河与敌一拼，现已决定于今晚往襄河东岸进发。到河东后，如能与38D、179D（38师和179师）取得联络，即率诸两部与马师不顾一切向北进之敌死拼。设若与179D、38D取不上联络，即带马之三个团，奔着我们最终之目标往北迈进。无论作好作坏，一定求良心得到安慰，以后公私均得请我弟负责。由现在起，以后或暂别，或永离，不得而知，专此布达。

小兄 张自忠手启

五、六于快活铺[②]

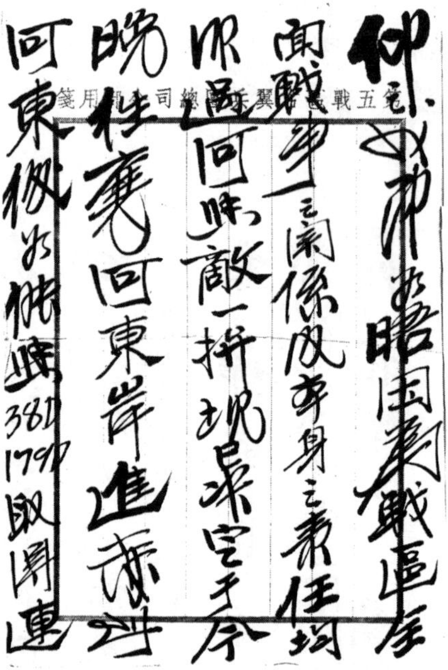

仰之我弟如晤因為戰區全面戰事之關係及本身之責任均須過河與敵一拼現已決定于今晚往襄河東岸進發到河東後如能與38D 179D取得聯

---

① 指冯治安（1896—1954），字仰之，时任第33集团军副总司令。张自忠牺牲后，他接任总司令。

② 该信现存南京中国第二历史档案馆。

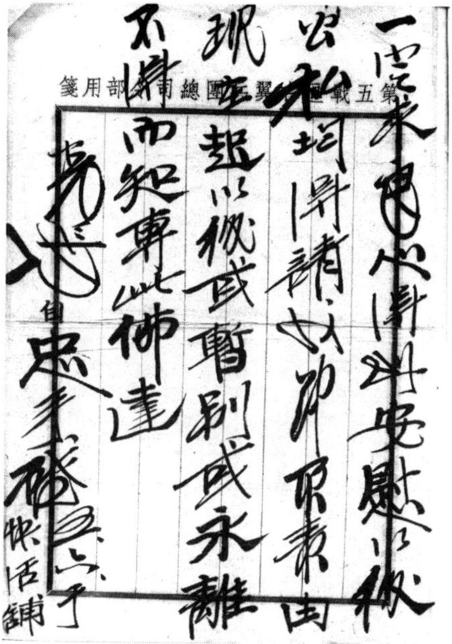

背景链接

张自忠时任第 33 集团军总司令，摄于 1938 年

张自忠（1891—1940），字荩忱，山东省临清市唐园村人。著名抗日将领，革命烈士，原国民党第 33 集团军总司令。张自忠 1917 年入冯玉祥部，历任营长、团长、旅长、师长等职。1931 年任第 29 军第 38 师师长。1933 年参加长城抗战，任喜峰口第 29 军前线总指挥，重挫日军，名声大震。1937 年全面抗战爆发后，先后任国民党第 59 军军长、第 33 集团军总司令兼第五战区右翼兵团司令等职。

张自忠在天津任市长时的戎装照，摄于1936年

1938年2月，时任第59军军长的张自忠奉命沿津浦路南进，支援淮北于学忠部。在固镇指挥59军与日军血战七天，夺回曹老集、小蚌埠，稳定了淮河防线。3月，又奉命支援临沂庞炳勋部，指挥59军在临沂城郊与日军精锐坂垣师团进行拉锯战。他抱定拼死的决心，曾致电鹿钟麟："战而死，虽死犹生；不战而生，虽生亦死。"经七昼夜鏖战，取得临沂战斗的胜利，为夺取台儿庄战役胜利奠定了基础。

同年5月中旬，在徐州突围时，奉命掩护友军撤退。在战斗人员不足的情况下，59军在萧县南部地区顽强阻敌。不久投入武汉会战，在潢川、大别山一带阻击敌人。10月率部安全撤回鄂西，升任第33集团军总司令。1939年11月，奉命率部攻击黄家集一带日寇，取得鄂北第二次大捷，荣获"宝鼎勋章"，并兼任第五战区右翼兵团总指挥。

1940年5月，日军为了控制长江交通、切断通往重庆运输线，集结数十万大军发动枣宜会战。当时中国军队第33集团军只有两个团驻守襄河西岸。张自忠作为集团军总司令，本来可以不必亲自率领部队出击作战，但他不顾部下的再三劝阻，坚持由副总司令留守，自己亲率2 000多人渡河作战。出战前，他留下两封绝命书。一封写给第33集团军副总司令冯治安，一封写给全体将士，句句肺腑，字字千钧，舍己为国，感天动地。

5月6日晚，张自忠率2 000多人东渡襄河后，一路奋勇进攻。日军随后以优势兵力对其实施包围夹攻。张自忠指挥部队向人数比他们多出一倍半的敌人冲杀十多次，日军伤亡惨重。5月15日，日军一万多人分南北两路向张自忠率领的部队实行夹击。激战到16日拂晓，张自忠部被迫退入南瓜店十里长山。日军在飞机大炮的掩护下，向中国军队的阵地发起猛攻，一昼夜发动九次冲锋。张自忠所部伤亡人数急剧上升，战况空前激烈。

5月16日一天之内，张自忠自晨至午，一直疾呼督战，午时他左臂中弹仍坚持指挥作战。战至下午2时，张自忠手下只剩下数百官兵，他将自己的卫队悉数调去前方增援，身边只剩下高级参谋张敬和副官马孝堂等八人。他掏出笔向战区司令部写下最后近百字的报告，交给马孝堂说："我力战而死，自问对国家对民族可告无愧，你们应当努力杀敌，不能辜负我的志向。"最后，浴血奋战，身负七处重伤，壮烈殉国。

29军大刀队

29军高级将领合影。前排左起：张维藩、张自忠、宋哲元、刘汝明、石友三，后排左起：郑大章、冯治安、赵登禹、佟麟阁，摄于1937年春。

蒋介石惊闻张自忠殉国，立即下令第五战区不惜任何代价夺回张自忠遗骸。一百多名将士拼死抢回张将军的遗体，连夜运往重庆。当灵柩经过宜昌时，全市下半旗，民众前往吊祭者超过十万人。灵柩运抵重庆，国民政府为他举行了国葬，蒋介石亲临迎灵致祭，抚棺痛哭，并手书"英烈千秋"挽匾以资表彰。

1940 年 4 月 15 日，张自忠（右三）在第五战区长官司令部驻地湖北老河口与战区高级将领合影

1940 年 5 月 28 日，蒋介石、冯玉祥、孙科、于右任、孔祥熙等在重庆储奇门码头祭奠张自忠将军灵柩

张自忠将军牺牲后，湖北民间开始流传这样一首《襄河曲》：“五月的炮火连天响，鬼子三路向西闯。十万铁军上战场，血战襄河保家乡！看吧！大洪山边，张自忠将军为国成仁，唐白河头，战死了钟毅师长。辉煌！辉煌！这是最后胜利的曙光！”

1940 年 8 月 15 日，延安各界一千余人隆重举行张自忠将军追悼大会，毛泽东、朱德、周恩来分别为张自忠将军题写了“尽忠报国”、“取义成仁”、“为国捐躯”的挽词。朱德、彭德怀联名题词：“一战捷临沂，再战捷随枣，伟哉将军，精神不死。”周恩来称赞张自忠：“其忠义之志，壮烈之气，直可以为我国抗战军人之魂。”

新中国成立后，中央人民政府追认张自忠将军为革命烈士，将烈士墓扩建为张自忠烈士陵园。北京、天津、武汉等城市设立了“张自忠路”。为纪念张自忠将军，弘扬张将军的爱国精神，中共临清市委、市政府决定建立张自忠将军纪念馆新馆，1998 年 10 月，新馆建成并对外开放，成为一处重要的爱国主义教育基地。

（段明艳）

古来征战几人回

褚定侯

1941 年 12月下旬，日军重兵进攻长沙，与中国军队展开第三次长沙会战，褚定侯率全排官兵奉命坚守浏阳河北岸，阻敌南犯。在即将与日军决战的前夕，他提笔给大哥写了一封长达六页的信，表现了一位军人忠于国家和民族的崇高气节，读来令人荡气回肠。

浩兄：

如握！

前日寄二书，不知收到否？弟已呈报告与团部，团长未能批准，云此非常紧急之时，不准弟请长假。弟部队已于昨日早晨出发进占阵地，而于昨日下午，师长亲自到弟阵地中侦察地形，改命弟单独守浏阳河北岸之村落据点，命弟一排死守此处，命弟与阵地共阵亡。又云若在此能坚守七天，则可有办法。因此弟于昨日（廿五）晚率部到守地，连夜赶筑工事及障碍物，阵地之后五十公尺处即为大河，河扩水深，无舟无桥，此真为韩信之背水阵矣。本日情报：敌人已达汨罗江，计程三四日后能到此，然前线队伍，能毕力能抵，则能否到此，是为问题。加之本日湘北本年冬首次飞雪，则敌人之攻势，该稍挫缓矣。然吾军各师官兵均抱视死如归之决心，决不让敌渡浏阳河南岸来。弟告部士兵“不要他渡河！”一句话，敌此次不来则已，一来则拼一拼。弟若无恙则兄可勿念，若有不幸则请兄勿悲。古云：“古来征战几人回”，并请告双亲勿悲，生死有命，富贵在天，然弟一切自知自爱，务祈兄勿念。

兄上次寄来洋二百元悉数收到，祈勿念。

家中近来有信到兄处否？弟已久无告双亲矣，请能代书告之，云弟安全也。时在阵地，一切不便，故不多作书。

待此次作战后，则弟当入滇谒兄安好也。兄若赐言，仍可寄浏阳军邮第一五〇号四一师一二一团二营六连弟收可也。时因北风雨雪交加，关山阻绝，希冀自爱，余不一一。

即请

冬好

侯弟 拜上

十二、二七

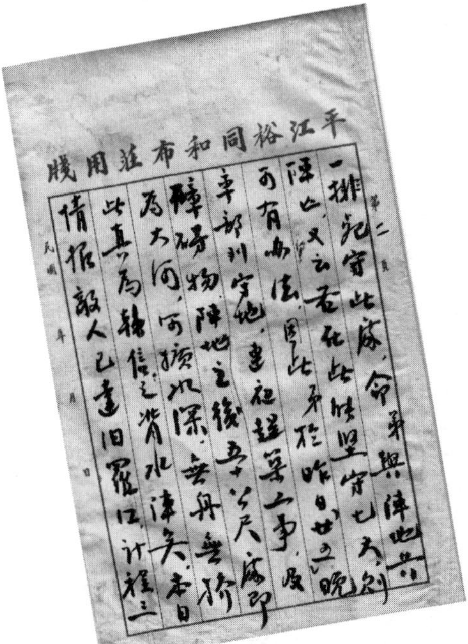

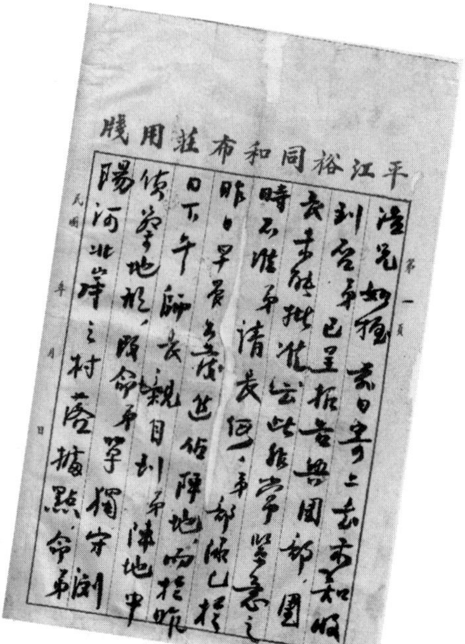

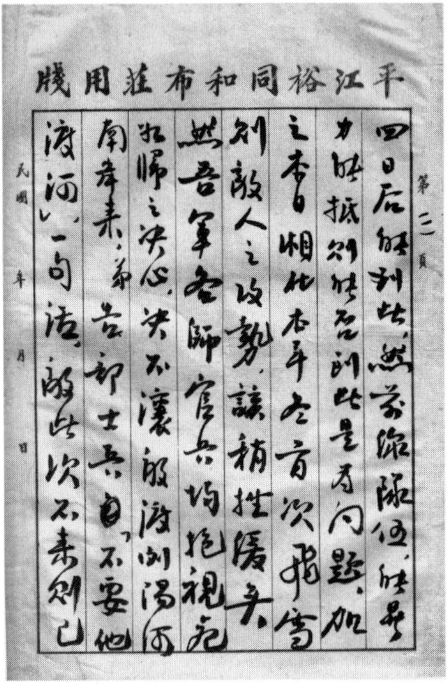
平江裕同和布莊用箋

第二頁

四日后能到此，然若论队伍，能最
力能抵御能否到此是否问题，加
之当湘北本年大有次抢当
则敌人之攻势，谅稍挫矣，
然吾军各师官兵均抱视死
如归之决心，决不让敌渡汨罗河
南岸来，弟告部士兵，自不要他
渡河一句话，敌此次不来则已

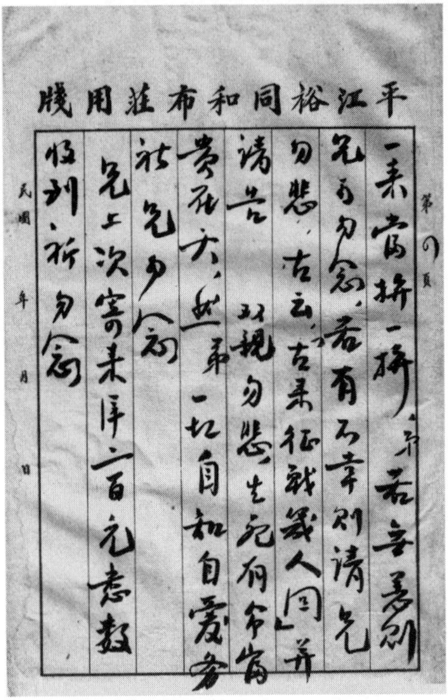
平江裕同和布莊用箋

第四頁

一来当拼一拼，弟若辛万一，则
兄可勿念，若有不幸，则请兄
勿悲，古云，古来征战几人回，并
请告 双亲勿悲，生死有命，富
贵在天，然弟一切自知自爱，务
祈兄勿念
兄上次寄来洋二百元，悉数
收到，祈勿念

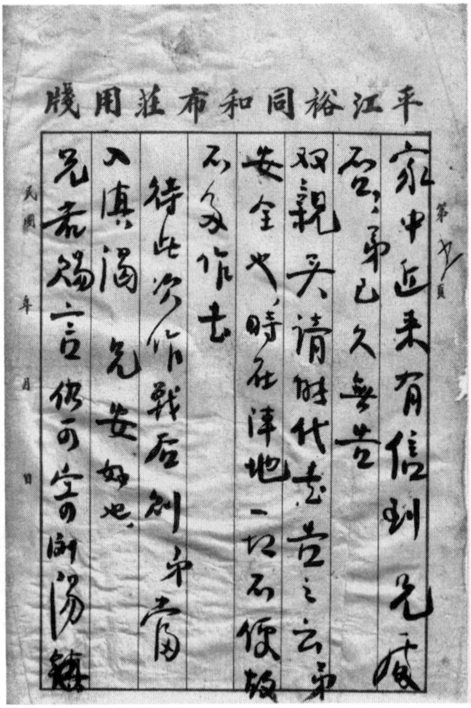
平江裕同和布莊用箋

第五頁

家中近来有信到 兄处
否？弟已久无告
双亲矣，请能代告之云弟
安全也，时在沣地一切不便，故
不多作书
待此次作战后，则弟当
入湘滇 兄安好也，
兄前函言仍可寄函湘阴

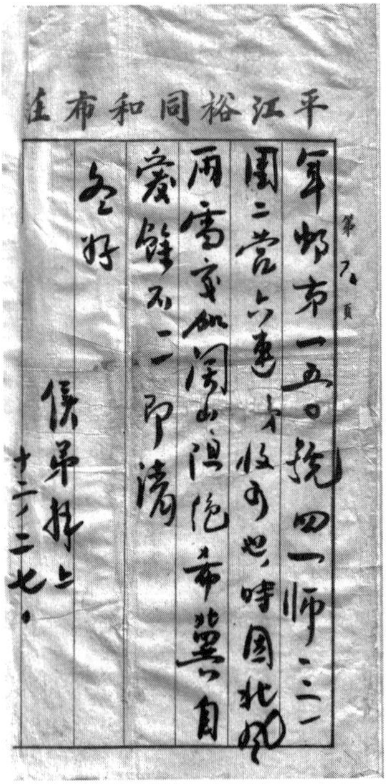
平江裕同和布莊用箋

第六頁

军邮第一五〇号四一师一二
团二营六连收可也，时团北驻
两当前加阅，但绝希望自
爱，余不一一，即请
冬好
侯弟 拜上
十二，二七。

背景链接

1941 年 12 月 8 日，日本陆军第 23 军开始进攻香港。为使攻占香港顺利进行，日军大本营命令驻中国湖南地区的第 11 军向湘南进攻，以牵制中国军队的南援行动。第 11 军司令官阿南惟几接受命令后，于 12 月 13 日发布了第三次进攻长沙的命令。12 月 23 日，日军在新墙河上游油港以北地区发起进攻，并扬言要在长沙度过 1942 年元旦，第三次长沙会战就此打响。

1941 年底，第三次长沙会战中草鞋岭的我国守军机枪阵地

中国方面迎战的是第九战区司令长官薛岳，他当时指挥的军队共 10 个军约 30 万人。守军上下同仇敌忾，战斗异常惨烈。陆军第 41 师 121 团 2 营 6 连排长褚定侯，率部奉命坚守浏阳河北岸，阻敌南犯。在坚守阵地的间隙，他提笔给远在云南昆明的大哥褚定浩（字经深）写下了这封信，书法潇洒飘逸，通篇贯穿着大敌当前、视死如归的紧张气氛与战斗豪情。

长沙会战中指挥第九战区部队三次参加长沙会战的司令长官薛岳（中）

这封家书写于12月27日，当时日军已经渡过汨罗江，正

在向南逼进。发出这封家书后不久，日军就进至浏阳河一线，褚定侯率部与日寇昼夜血战，在前有顽敌、后无援兵的困难情况下，直至全排官兵壮烈殉国，实现了“与阵地共阵亡”的遗愿。

褚定侯，字勇深，号相藩，1919年生于浙江省莫干山。1936年，他在杭州一中读书。七七事变后，回到了莫干山。不久，杭嘉湖地区沦陷，褚定侯终日在家，报国无门，感到十分苦恼。1939年，褚定侯得知天目山办起了省立浙西临时中学，就像在黑暗中见到了光明，欣然前往。那年冬天，周恩来和当时的浙江省主席黄绍竑一起来到学校视察，宣传抗日，给了褚定侯很大鼓舞，于是，他毅然投笔从戎，报考黄埔军校，入黄埔军校二分校17期学习。

据褚定侯的弟弟褚召南老人回忆：二哥去军校报到以前，曾去天台县老家看望祖母，在短暂的宁静日子里，他和邻村的一位姑娘互生情愫。但是，在山河破碎的日子里，有志男儿又怎会耽于儿女私情？海誓山盟中，二哥对姑娘说，等抗日战争胜利了，我一定回来娶你。然后，他就义无反顾地走了。

褚定侯毕业后先是被分配到了军令部，但他向上级提出：自己读军校就是为了参加抗日的，故要求编入一线部队。于是，他被编入了国民革命军陆军第41师121团任排长，到职不久即投入了第二次长沙会战。这次战斗以后，他写来家信说：日本鬼子非常狡猾，他们化装成农民前来侦察，但均被我方识破、消灭。会战中，我方士兵表现得十分英勇，他们在自己身上绑上手榴弹，然后舍身炸毁敌人的坦克。

仅仅两个月之后，褚定侯就率部参加了第三次中日长沙会战。面对日军的疯狂进攻，中国军队进行了英勇的抵抗，与敌人展开了多次拉锯战。关于战况，《大公报》的战地记者这样写道：

> 民国三十一年（一九四二年）一月一日在长沙真是一个顶大的纪念日，从这一天起，长沙城外的炮火连天，昼夜不停的一连四天，有人说从未有任何一年的爆竹能和那几天相比。敌人第

> 一、三、六、四等师团番号的士兵的鲜血染红了大稻区的沃土。先攻东南城角，攻不动，再攻南门，又攻不动，最后攻北门，仍是屹然不动。敌人作梦也不曾想到它面对着的是它所自称为消灭净尽的战士。而这些人的代表者，在元旦那天便写了一千五百封家书寄交给家人道："这一次不成功一定成仁"，哀兵必胜，何况敌人只携带了两星期的粮秣，从一日起就开始饿饭；而它们的上官却依然喝有名牌子的法国酒呢。我们的士兵在修械所高地创造出争夺至十一次的拉锯战，于是敌人溃退了。

从中国守军元旦那天写就的 1 500 封家书，可见将士们戮力同心、视死如归的气概。1 月 1 日夜，负责防守长沙南郊的预 10 师师长方先

长沙军民庆祝第三次长沙会战胜利

觉，在指挥战斗的间隙给后方的家眷写了一份遗嘱：

蕴华吾妻：

我军此次奉命固守长沙，任务重大，长沙的得失，有关抗战全局的成败。我身为军人，守土有责，设若战死，你和五子的生活，政府自有照顾。务望五子皆能大学毕业，好好做人，继我遗志，报效党国，则我含笑九泉矣！希吾妻勿悲。

夫　子珊

这封家书被师政治部代主任杨正华看到，决定在报纸上发表以鼓舞士气，于是拟了新闻稿连夜送给《长沙日报》。次日《长沙日报》头版刊出大字标题："方师长誓死守土，预立遗嘱"。

该师29团中尉侦察排长王维本后来回忆说，许多战士听说方师长立了战前遗嘱之后，十分感动，一些士兵和学校表示要"成则以功勋报祖国，死则以长沙为坟墓"，抱着必死的决心投入战斗，决不让日军越过防线一步。

到1942年1月中旬，由于我军官兵的合力抵抗，第三次长沙会战以中方的胜利而告终。日军伤亡56 000余人，被俘139人，中国军队伤亡28 000余人，中国军队取得了辉煌胜利！这是自珍珠港事件以来，二战盟国在亚洲战区中唯一的胜利，也是自太平洋战争爆发后盟军的第一次重大军事胜利。英国《泰晤士报》发表评论称："十二月七日以来，盟军唯一决定性胜利系华军之长沙大捷。"《伦敦每日电讯报》称："际此远东阴雾密布中，唯长沙上空之云彩确见光辉夺目。"

（蔡薇）

戴安澜：为国战死　事极光荣

戴安澜

在世界反法西斯战争的东方战场，中国不仅独自抗击了强大的日军，而且两次派出远征军，支援英美盟国军队。1942 年 3 月，戴安澜率所部第 200 师在缅甸同古保卫战中歼灭日军 4 000 余人。后在北撤回国途中遭日军伏击，受伤殉国。戴安澜将军牺牲后，人们在他的皮包中发现了两封信，其爱国情怀、报国之志，催人泪下。

【致妻子】

亲爱的荷馨：

余此次奉命固守同古，因上面大计未定，与后方连［联］络过远，敌人行动又快，现在孤军奋斗，决以全部牺牲，以报国家养育！为国战死，事极光荣。所念者，老母外出，未能侍奉。端公①仙逝，未及送葬。你们母子今后生活，当更痛苦。但东、靖、篱、澄四儿，俱极聪俊，将来必有大成。你只苦得数年，即可有出头之日矣。望勿以我为念。又我去岁所经过之事，实太对不起你，望你原谅。我要部署杀敌，时间太忙，望你自重，并爱护诸儿，侍奉老母。老父在皖，可不必呈闻。专此即颂

心安

安澜　手启

三、廿二

生活费用，可与志川、子模、尔奎三人洽取，因为他们经手，我亦不知，想他们必能本诸良心，以不负我也。又及

① 端公为戴安澜叔祖父戴端甫，知名爱国人士，是戴安澜人生道路引路人。1942 年 2 月 28 日，端公于广西全州病逝，戴安澜因奉命远征，未能亲临送葬。

【致友人】

子模、志川、尔奎，三位同鉴：

余此次远征缅甸，因主力距离过远，敌人行动又快，余决以一死，以报国家！我们或为姻戚，或为同僚，相处多年，肝胆相照，而生活费用，均由诸兄经手。余如战死之后，妻子精神生活，已极痛苦，物质生活，更断来源，望兄等为我善筹善后。人之相知，贵相知心，想诸兄必不负我也。手此即颂

勋安

安澜　手启

三、廿二

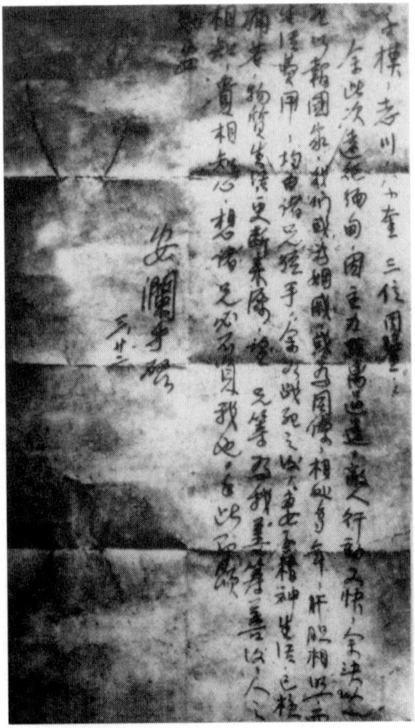

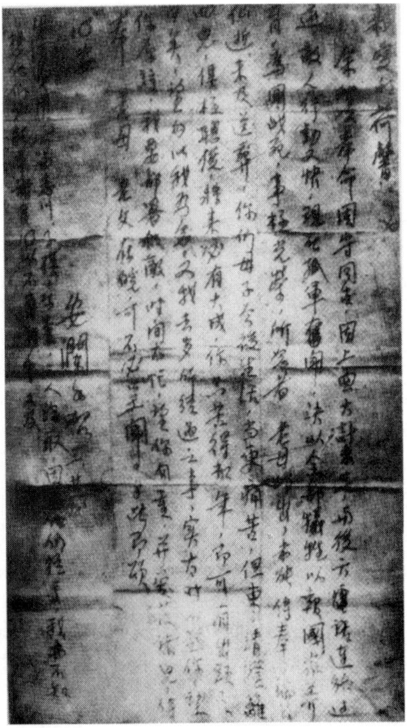

背景链接

戴安澜任73旅旅长时摄于庐山

戴安澜（1904—1942），字衍功，号海鸥，安徽无为(今属芜湖市)人。黄埔军校第三期毕业。曾任国民革命军第17军第73旅旅长、第89师副师长，第五军200师师长。先后参加长城抗战和台儿庄、武汉、昆仑关等战役。在昆仑关大战中，戴安澜指挥有方，重伤不下火线，击毙日军旅团长中村正雄少将，取得重大胜利。

太平洋战争爆发后，应美国和英国的一再请求，1942年初，中国组建了远征军开赴缅甸。戴安澜奉命率200师作为中国远征军的先头部队赴缅参战，“扬威国外，藉伸正义”。

3月，戴安澜率领200师不惜冒孤军深入的危险，开进同古，逐次接替了英军的防务。为了掩护英军安全撤退，充分做好迎战准备，戴安澜率部日夜抢修工事，布下三道防线，阻击迟滞敌军前进。同古保卫战打响以后，200师全体官兵坚守阵地，勇猛还击。虽是孤军作战，后援困难，但师长戴安澜决心誓死抵御到底。

3月22日，他在致夫人王荷馨的信中写道：“余此次奉命固守同古，因上面大计未定，与后方连［联］络过远，敌人行动又快，现在孤军奋斗，决以全部牺牲，以报国家养育！为国战死，事极光荣。”

“望勿以我为念。”可人非草木，孰能无情？就在给妻子写了寥寥数语的绝笔信之后，戴安澜又悄悄地给三位亲友写了一封托孤信，信中流露的是一个普通的丈夫与父亲对家人的眷恋不舍：“余如战死之后，妻子精神生活，已极痛苦，物质生活，更断来源，望兄等为我善筹善后。人之相知，贵相知心，想诸兄必不负我也。”

罗斯福总统颁发给戴安澜的懋绩勋章，现陈列于中国人民革命军事博物馆。

戴安澜带头立下遗嘱：只要还有一兵一卒，亦需坚守到底。如本师长战死，以副师长代之，副师长战死以参谋长代之，参谋长战死，以某某团长代之。全师各级指挥官纷纷效仿，誓与同古共存亡。敌人的猛烈进攻，造成伤亡猛增，掩体被毁。戴安澜指挥将士利用残垣断壁、炸弹坑继续抵抗。他还采取百米决斗术，等攻击的敌人到达 50 米处时，才从战壕里一跃而出，或用手榴弹集中投掷，或用刺刀进行肉搏。同古保卫战历时 12 天，200 师以高昂的斗志与敌鏖战，以牺牲 800 人的代价，打退了日军 20 多次冲锋，歼灭敌军 4 000 多人，打出了国威。

4 月 25 日，戴安澜率部克复棠吉。5 月初，中英盟军全面溃败。5 月 10 日，远征军大部队退至胡康河谷，受到日军第 56 师团阻击。负责在温佐一带掩护撤退的戴安澜 200 师，一时与军部失去了联系。在后有追兵、前路不通的情形下，戴安澜决定带部队进入缅甸中北部山区打游击，并寻隙退回国内。

5 月 13 日夜间，戴安澜率 200 师潜过曼德勒至腊戍的公路。5 月 18 日傍晚，在通过细包至摩哥克的公路时，被敌人阻击于康卡村。当时雨雾浓密，200 师官兵冒着弹雨，杀开血路。戴安澜率 599 团一营前往战斗最激烈的地方，忽然数颗子弹飞来，他的胸部和腰部各中两弹，柳树人团长、刘杰副团长不幸牺牲。受伤后的戴安澜被参谋长周之再在草丛中找回，他仍然指挥部队突围。5 月 19 日，全师撤出战斗，远离公路，深入山地。5 月 20 日黄昏，部队从另一小道安全通过细摩公路。

5 月 26 日下午，参谋长周之再、步兵指挥官郑庭芨问戴安澜如何把部队带回去。这时戴安澜已不能说话，示意他们拿出地图来，在地图上指示由原地附近的莫罗渡瑞丽江，向北前进回国。又示意卫士扶起他来，向北——祖国的方向凝望片刻后，38 岁的戴安澜永远闭上了双眼。时间为下午 5 时 40 分，地点是缅北的茅邦村，距离中国云南不到 100 公里。

官兵们含泪将师长遗体简单火化，放在一口很小的棺材内。当地一位华侨知道后，痛心地说："这寿材这么小，怎么配得上将军的英名与地位？"于是捐出了自己的寿材。部下护送戴安澜灵柩历经艰辛，辗转从缅甸回到国内。当戴安澜将军的灵车抵达昆明后，数十万民众夹道垂泪。

10 月 16 日，国民政府追赠戴安澜为陆军中将。29 日，美国国会授权罗斯福总统追授戴安澜懋绩勋章一枚（即功绩勋章，又称军功勋章，戴将军获得的是军官级）。戴安澜将军成为第二次世界大战反法西斯战争中第一位获得美国勋章的中国军人。美国总统罗斯福签署的命令中说："中华民国陆军第 200 师师长戴安澜将军于 1942 年盟国缅甸战场协同援英抗日时期，作战英勇，指挥卓越，圆满完成所负任

戴安澜将军、夫人王荷馨和孩子们合影

务，实为我同盟国军人之优良楷模。”

1943 年 4 月 1 日，在广西全州，上万人为壮烈殉国的抗日英雄戴安澜举行隆重的安葬悼念仪式。国共两党领袖均亲撰挽词。毛泽东赋挽诗《挽戴安澜将军》：“外侮需人御，将军赋采薇。师称机械化，勇夺虎罴威。浴血东瓜守，驱倭棠吉归。沙场竟殒命，壮志也无违。”周恩来题写了挽词：“黄埔之英，民族之雄。”蒋介石的挽词是：“虎头食肉负雄姿，看万里长征，与敌周旋欣不忝；马革裹尸酹壮志，惜大勋未集，虚予期望痛何如？”1943 年秋，戴安澜的灵柩由广西全州迁葬于安徽芜湖故里。

1956 年 9 月 21 日，中央人民政府内务部追认戴安澜为革命烈士。2009 年 9 月，戴安澜被中共中央宣传部、组织部、统战部等 11 个部门联合评为“100 位为新中国成立作出突出贡献的英雄模范人物”之一。

（丁　章）

“防空须知”最关情

从 1938 年 9 月 28 日日军飞机首次空袭昆明，到 1944 年 12 月 26 日最后一次空袭景东，云南遭受日机野蛮空袭长达六年零三个月。伴随着一次次空中惊魂和遍地开花，亲历者们怎样度过了那段梦魇似的岁月？仔细捧读下面的家书，你不难发现答案。

家书第十一号

卅一年四月十四日

贤妻启明母如晤：

夫于旧历二月十八日由家起程，十九日由下关搭车，廿日清吉抵省，仍在防部照常服务，望勿注念！惟起省时，抛妻别子，觉着此次离别加倍伤感！在吾妻亦有同情也。启明此次结婚，事前已由贤妻料理一切，我两父子现成回家，在人面前，争着一点威光也，全赖吾妻内助得力。但办事以后，虽小有亏欠，我们父子慢慢苦还，望吾妻不必着急为要！此方小生易［意］销路虽有减色，不过陆续料理，每月也有赢余的！

夫起身时，目睹家庭苦状，兹由中国上海银行先行汇回国币三百元整，系汇交与四叔何体礼兑收，俟兑着后，又向四叔取用。此款先行还与星庄赵老师一半，其余还与二叔保定老一点，留作家用一点，望妻处置可也。夫起身前日，吾妻手背忽而疼痛，未知近日好妥否？至以为念！崇保父处，夫已寄去□□□□□。赵表兄昆玉，严行劝告，一切痛苦情形，夫已照弟媳所言写去矣，望转知弟媳为要！此次夫所带礼物，不敷分配，又在昆明买上础石围屏一架，附价国币廿五元，车费用去国币一百卅三元五角，住店及早饭午去食，又去国币三十六元零，连同雪梨膏及础石费用，共耗费国币五百元零矣。启明儿处，成立铺面情形如何？日内夫当写信去问，俟回信后，又再告知吾妻可也。

夫此次下省，做事机会很多，内侄女天桂丈夫李南轩处，他也相约。李团长允恭处，也约夫当上校军需官。不过夫看防部如有照例加给米贴及生活借贷金等项，就在原位，也比别处相差不多。现航委会来一优待防空人员公文一件：略谓防空人员，有救护与保安人民责任。处此立体战争，前方作战部队，本属危险，但后方防空人员，其功用与危险性，无异于前方作战部队。□是为国家出力，则防空人员家属之免除使役与摊派款项，与前方作战部队，应置同等待遇等语。公家优待防空人员，有此明令！则今后我家如遇摊派使役，尽可援例免除，至摊派款项，以值此生活高贵，大帮小补，我们要承认一点，此意望吾妻告知二叔两位及子能大耶［爷］为要！

我们父子出门，家中人手单薄，望妻告知新媳妇少回家间几次，大家做一个伴要紧，并且遇新媳妇回家，或者吾妻出喜洲间，要请二婶四婶两位或其他老年人作伴要紧！此外我们住处旷野，早晚出进，关锁门户为要！南面围墙，俟动工时，一直围下，两家不要留门，由北面出进，方觉紧亲。

夫因生活关系，挣扎出门，望妻好好教育子女，待承儿媳。在儿媳也要好好拂［服］侍婆婆，彼此相敬相爱，就不会发生口舌了！儿媳所言招呼伊二哥一层，俟进行妥当后，又再通知可也。启慧已赴喜洲就学，小佑小周上，也要教他上学，好好叫喊，不要动辄发气，自家伤些精神！坟地，官庄二舅家如来提，价值在国币四千元外，就分与他，如出不上价，丢起他也不要紧！

我家所欠帐［账］目，夫随时在心，一有成款，自当汇寄归还，望妻宽心为要！

夫起家时，以心中伤感，不克进我院，向长辈辞行，望妻道达一下。大庄王子毅，尚未找着事，迟早几天，也有办法。喜洲阿公阿婆处，容缓数日，夫当写信去问安。此次我们办事，诸多仰靠岳家接济，这种情节，我们时刻挂在心的。子平处告知忍气为要！那些不良子弟，让他一步为高！启仁母处：告知要改脾气，父母上要尊敬，乃兄处于今日，思念大妈不少！二弟媳要耐心维持家事为要！余言不及，此祝健康！附颂

□□□□□

夫亮采手启（盖章）

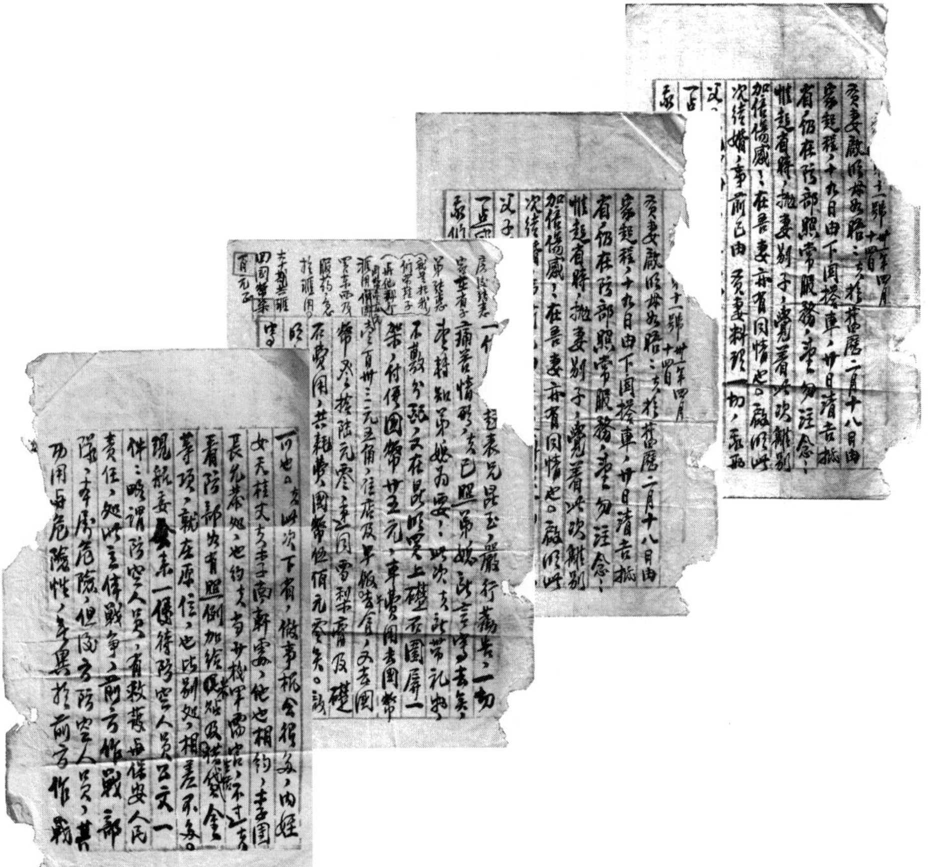

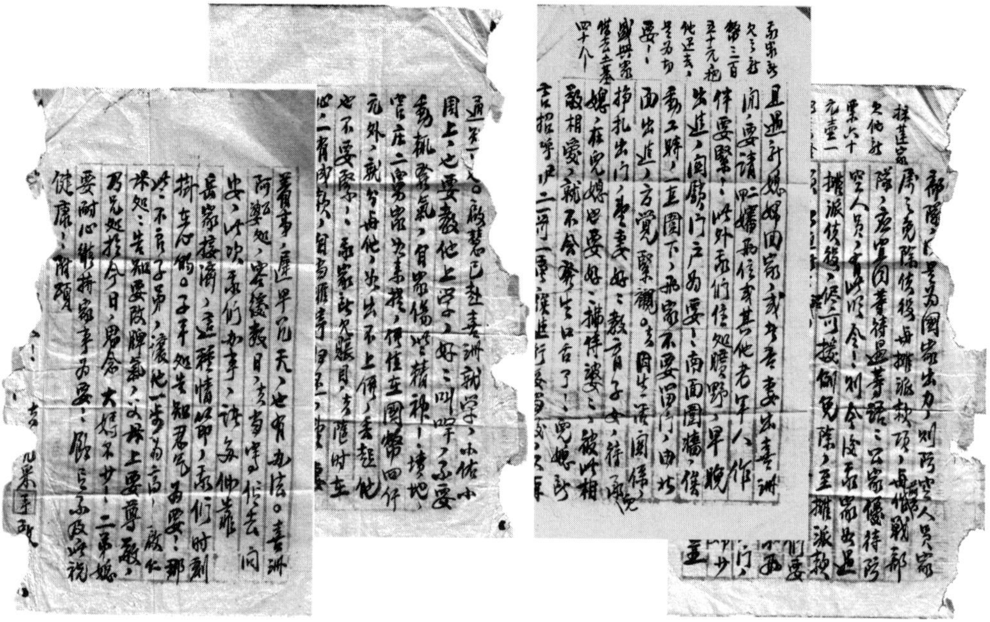

【信眉补记】

信内夹汇票两张，一张系大庄杨克武汇用，国币四百元，请四叔向杨总办□厂处兑取。杨克武言，代乃祖母买东西，急于汇用。

另一张系大庄张老表家房后张惠家在省子弟张惠（就是托我们带鞋子与他那个）汇用，国币一百元，伊因买东西及服药，急于汇用。

本期共汇回国币七百元正。

采莲家欠他新票六十元，壶一把，马镫一支，水祥叔借去土基廿个。

我家所欠之新币三百五十元，把他还去，是为切要！盛兴家借去土基四十个。

家书第十五号

廿九年元月四日发

贤妻小后母如晤：

昨于十二月廿七日，寄回第十三号家书一件，信中声明大庄人杨绳祖由夫处汇用新币二十元，请二姨妈代行向他兑收。此刻，夫又交与何扬用去新币二十五元，收条上言明，请诚之叔代行垫还，或请二叔处转向大叔归还，亦无不可。此二柱收用后，夫又另行寄回，以备家用。近日夫在省照常清吉，望妻不必远念。空袭虽然紧张，可是防空司令部迁移圆通寺后，后背圆通山上，有三个石洞可以躲避，比较以前在宪兵司令部时安全得多，目前警报发过三次，十二月卅一，一月一号、二号，敌机只炸着铁路，损失甚微，昆明市上空，并未来到。此外，夫服务已达年半，组长宣布保夫阶级，并有加津贴之说，目前尚未实现。二姑妈案件，可请子平、持邦先到县署党部查问省之公文到达与否，然后才能准备到案。余容后叙，顺祝

健康！

各婶母、叔父、各弟兄辈、各亲戚处统此问安！

夫亮采手启（盖章）

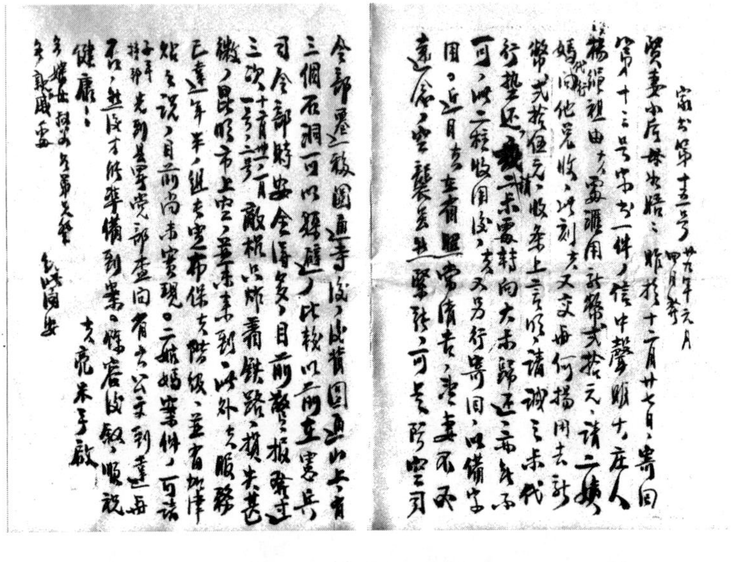

启明大儿见字知悉：

吾儿来信，为父已经接着。父近日在防部，照常清吉，空袭虽紧张，防部后面靠圆通山，山脚有石洞，厚度很厚，可以保险，望儿勿念！

前带与吾儿皮鞋一双，未知合脚否？儿之亲事，依儿所言，就提下来张表叔家这一头也好！不过汝母来信，前函言已提成，准备押准程，后函又言张表叔已准可，不过不许押准程，竟究情形如何？望儿从速回复，以便为父得个明了！手艺一层，望儿暂且在表婶家操持，待出师后，为父自然替儿想办法！

目前敌机西上炸滇缅铁路，几次经过下关。若遇警报发出后，赶快躲遇北头，要躲人少处，有树木或田埂坑凹处，如高房大屋及石碑旁边，切不可躲！附寄防空须知，及避难方法一份，望儿看在心头，告诉表婶及各同事，照此行为为要！遥传下关及大理被炸，未知确否？速予回信，以免为父焦心！余望儿小心冷热为要！

张表婶及各同事处统此问安！

父亮采手谕（盖章）

十月卅一日

【信眉补记】

来信错字：

原谅　舒服　生疮　无光　逼迫

杨书明回关时，寄交旧线衣一件，如寄回家中，望儿回去取用为要！

吾儿每写信，于名字下要注年月！

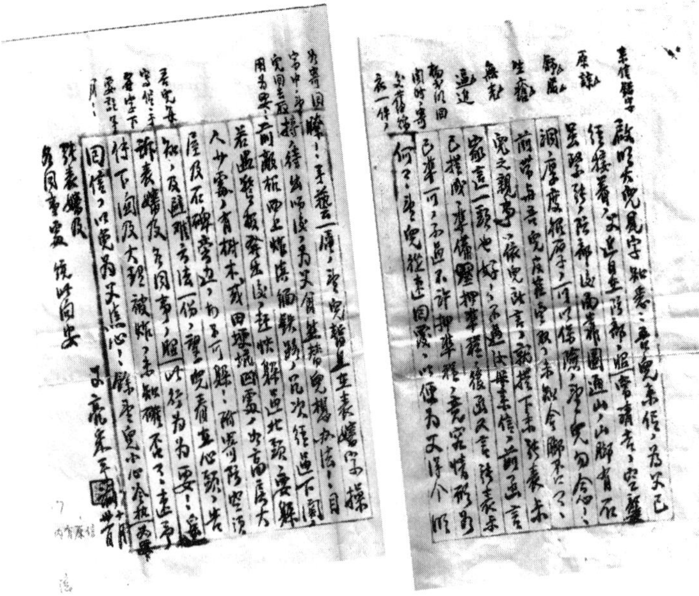

抄寄民众疏散避难方法

（1）避难以“疏散”、“隐蔽”、“镇静”为原则。

（2）空袭时离开市，愈远愈好。

（3）不着鲜艳衣冠，如“红”、“白”等色。

（4）侧卧较坐立为好全。

（5）隐蔽处所，不可人群聚集，以尽量分散为上策。切忌隐蔽于“高墙”、“石碑”、“牌坊”及“高大建筑物”暨“重要机关”之附近。

（6）卧于小树下，较避于大树下及丛林中为安全。

（7）伏卧于小防空洞（用人工挖成土坑）较大地洞为安全。

（8）出外隐蔽，宜轻装便服，并携带简单救济药品，不可多带杂物。

（9）既已隐蔽，不论敌机到达已否，不可向外窥视、偷瞧，以免暴露。

（10）敌机若已在附近投弹，不可群起奔避，以免敌人用机枪扫射。

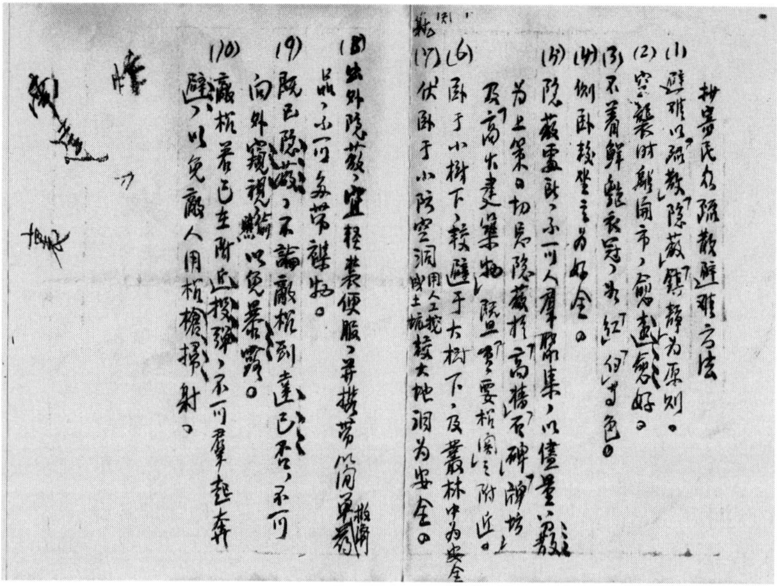

抄寄民众疏散避难方法
(1) 避难以疏散、隐蔽、镇静为原则。
(2) 空袭时离开闹市，愈远愈好。
(3) 不着鲜艳衣冠，如红、白等色。
(4) 侧卧较坐立为安全。
(5) 隐蔽处，不可人群聚集，以尽量疏散为上策。切忌隐蔽于高楼、石碑、牌坊及高大建筑物、既显重要机关附近。
(6) 卧于小树下，较避于大树下，及丛林中为安全。
(7) 伏卧于小防空洞（用人工挖成土坑）较大地洞为安全。
(8) 出外隐蔽，宜轻装便服，并携带简单救济品，不可多带杂物。
(9) 既已隐藏，不论敌机到达已否，不可向外窥视，以免暴露。
(10) 敌机若已在附近投弹，不可群起奔避，以免敌人用机枪扫射。

背景链接

上述几封家书是由收藏家宋辞先生捐赠的，他也不太清楚家书作者的具体情况。从家书内容可知，作者何亮采在云南省防空司令部任职。这几封信是从他的系列家书中选出来的，虽然并不连贯，足可见其爱国爱家的丰富情感。他是一位井井有条、情感细腻的男人，上敬老人，下爱儿女，格外体贴夫人持家的辛劳，在家书中不惜笔墨对家事一一进行安排。

抗战时期，云南作为大后方，也常常遭到日军飞机的轰炸。何亮采在家书中透露了日军对云南的轰炸情况，作为亲历者，他也积累了丰富的防空知识，为我们保存了见证那段历史的宝贵资料。其中，最引人注目的是其写给儿子的信中附带的一份“防空须知”，共有 10 条。何亮采在信中一再嘱咐儿子“看在心头，告诉表婶及各同事，照此行为为要”，其对亲人、朋友及同胞的关切可见一斑。

1937年7月7日，日本发动全面侵华战争。不到一个月，国民党政府即放弃北平、天津、察哈尔、绥远等省市。8月13日，日军大举进攻上海，11月12日上海失陷。11月20日国民政府迁都重庆，12月13日南京失陷。到1938年上半年，华北地区几乎全部沦陷，华东、中南大部地区也相继丧失。此时，云南处于全国抗战后方，内地和沿海沦陷区大批机关、学校、企业向西南后方撤退，有相当大一部分都集中在云南，云南也因此引起了敌军的注意。

日本从发动侵华战争开始，即把对中国城市滥施轰炸作为侵华战争的血腥手段，妄图以此“摧毁中国的抗战意志”，达到“迅速结束中国事变”的目的。自1938年秋，日军即依仗其空军优势，连续不断地对我后方城市空袭，在对延安狂轰滥炸后，又相继对重庆、成都、贵阳、桂林等城市进行轰炸。9月28日，9架日机于横琴岛(位于广东珠江口外)起飞，首次入侵云南，空袭昆明市，此次轰炸导致无辜平民伤亡150余人，炸毁房舍190余间，这是日军空袭云南和准备进攻云南的开始。此后，日军对云南的空袭一发不可收拾。尤其是1940年10月至1942年，日机对云南的空袭迅速升级，使用其所谓疲劳轰炸手段，集中攻击主要城镇和交通线，企图截断滇缅公路国际交通线和唯一通向内地的滇黔公路线。在这两年零三个月内，日机进袭云南共199天，465批次，2 452架次，约占日军进袭云南总天数的70%，总批次数的91%，总架次数的68%。

据原云南省防空司令部统计资料显示，从1938年到1944年最后一次空袭，日机空袭云南共281天，508批次，出动飞机3 599架次。其袭扰活动范围几乎遍及云南全省，20多个市县的主要城镇，投弹7 588枚，无辜群众伤亡7 592人(其中死亡4 628人)，毁房舍29 904间。人民生命财产以及城市建筑、交通运输、工农业生产等其他方面所遭受的损失远远不止上述统计数字。

昆明是云南省遭受日机轰炸最多、损失最惨重的城市。日机进袭

150批次，1 099架次，约占日机袭扰云南总批次的29.5%，占总架次的30.5%，敌空袭地域由城区到郊区，北到沙朗村，南到呈贡县城，东到小石坝，西到龙潭村，在半径20公里范围内所有重要目标无一幸免。城区140余处被炸，北郊茨坝、西郊马街和海口工矿区以及当时唯一的石龙坝发电厂均遭袭。敌空袭昆明造成人员伤亡数量占全省遭敌空袭伤亡人数的46.4%，毁坏房舍占全省遭敌空袭毁坏房舍的70%。何亮采信中所提到的下关，即现在的大理，也是受日军空袭损失惨重的地区之一。

在这样频繁的空袭并经过多次血的教训后，云南省政府及民众对防空都有了较深的认识。1937年8月14日，云南成立省防空协会，10月14日组建云南省防空司令部，督导当地高射炮部队、防空情报机构及防护团。为更有效防止日机肆意破坏，1938年底，云南省防空司令部又将高射炮营扩编为5个连。

防空司令部的成立，特别是其防空警报系统的建立，对于指导和帮助老百姓应对空袭十分有效。据昆明抗战时期航空委员会防空总监部编印的《防空警报信号大纲》和《防空警报实施细则》记载，当时的防空主要警报信号有电动警报器、汽笛、手摇警报器，辅助警报器有警钟、警锣、军号、警报球（夜间球内置灯）、警报旗帜、传音筒。在老一辈昆明百姓中记忆犹新的莫过于“红灯警报”方式。《防空警报实施细则》附表中写道：“球之颜色采用红绿二色，夜晚球内置灯，球以竹篦或藤编成，外糊透明光之丝麻纱等材料，并涂以前二项之色彩，球之直径最小不得小于五十厘米”；“注意情报，挂一个红圆球（灯）；空袭警报，挂两个红圆球（灯）（上下串连式）；紧急警报，将球（灯）卸下；解除警报，挂长圆柱形绿球（灯）一个”。

在《防空疏散之理论与设施》（1940年6月初版，航空委员会防空监消极防空处编印）指导性一书的“疏散与为疏散被炸损害”一节中记叙：“抗战人为消极的疏散人口便是积极参与抗战力量为中心”，并阐述了从“市民之错误心理与观念”（怠惰、幸免、萎缩、盲从心理）到“疏散实际问题之研究”，对“疏散设施、疏散后防空与市政之措施”等记载也都较为详细。如在“疏散后房屋建筑等级”中有“沿公路建筑房屋，应距离路边至少五十公尺，房屋顶面及其墙面，不得用红色或白色、其他显著颜色粉墙”。这些具体的措施在上述家书中也能得到印证。

1940年、1942年云南两次加强防空力量，为抑制敌机入侵起了一定作用，尤其保护了石龙坝发电站，确保了昆明地区的用电。此外，昆明还积极增筑防空壕洞，添辟城门八处，方便城内居民迅速向城外转移，不致拥挤堵塞城门，并严密救护收容组织，修建疏散住宅区，发动舆论动员群众自由疏散。在一张《昆明市空袭时民众疏散区域分配图》上，我们看到，当时昆明市城内疏散民众分为了11个区域，并以小西门、大东门、大西门、北门等13个城门口或缺口作为疏散民众的出口。在“出城外之办法”一栏中介绍昆明市民出城后到何处躲空袭，如“出大东门隐蔽于太和街马路附近及交三桥附近之防空壕穴内”。

云南防空司令部积极应对，并采取了预警和有效疏散民众的多种方式及构建防空穴、壕、洞、坑等，敌军虽多次轰炸，仍在较大程度上保证了重要机关和人民的生命财产安全，减少了战争的损失。

（戴　莹）

挺进敌后　打开局面

这四封信是挺进军10团成立以后，与10团有关的上级领导李楚离、段苏权、李运昌写给10团领导人的信，是政委吴涛保存下来的，具有十分珍贵的历史意义。前两封信，是在敌人频繁扫荡，抗战进入困难时期，战友互相鼓励、领导十分关心10团建设情况的见证。李运昌的信写在抗战接近尾声，涉及我军向东北发展的重大指示精神，洋溢着革命的乐观主义精神。

【1941年1月4日李楚离同志给白乙化、吴涛同志的信】

乙华①、吴涛②同志：

单德贵③同志送学员回来同时又接到张鹤鸣④同志由平北的来信，得知你们在极端困难的条件下，由于领导的正确、干部的团结与战士的英勇，取得了无数的大大小小的胜利，基本上完成了党所交给你们的任务。这就克服了冀东的孤立现象，便利了今后的坚持。预祝你们今年获得更大的胜利，来减低我们更多的困难。

---

① 乙华，指白乙化（1911—1941），生于辽阳，7岁能诗善画，青年时入东北讲武堂。1929年考入北平中国大学，1930年加入中国共产党。九一八事变后，发誓“杀敌在今朝”，曾组建3 000人的义勇军，与日军激战在辽西热北。参加了1935年的一二·九运动，并带领东北学生到黄河河套垦荒。七七事变后，变垦荒队为抗日先锋队，与王震率领的八路军会师，编入八路军挺进军萧克指挥下的第10团，任团长。1941年2月4日，在指挥鹿皮关战斗中壮烈牺牲，时年30岁。

② 吴涛（1912—1983），原名吴文启，蒙古族，辽宁省沈阳市人。1935年加入中国共产党。参加了一二·九运动。曾任中共绥西垦区工委组织部部长、宣传部部长。抗日战争时期，任绥西垦区抗日先锋队中队长，总队组织科科长、参谋长，冀热察挺进军抗联支队政治部副主任，平北分军区第10团政治处副主任、主任、副政治委员，晋察冀军区第10团政治处主任、政治委员兼中共中心县委书记，冀察热辽军区热西支队政治委员。

③ 单德贵，原八路军第13团副团长，1944年投敌。

④ 张鹤鸣，晋察冀军区第13军分区第1区队队长，冀热辽军区第17军分区副司令员兼第14团团长。

至于说到我们对你们的帮助，这是我们的任务。我们感觉得半年来在这方面做得非常不够，以后需做更大的努力帮助你们去克服困难。手榴弹以后计划经常供给，可惜这次因敌人的扰乱与我们部队的分散，不能满足你们的希望，这些小小的遗憾，我们愿在下一次补偿之。

因环境关系，电台暂时与我们离开。这里有一封电报，希望你台给发给平西。

子光[①]可速来，我们估计敌人最近会有一次较大的进攻。他正可利用在敌人未进攻以前的间隙，赶快前来，以便我们能很好安置那批干部。

听说来的干部当中有两个女同志，可是她们总在平北不来，使我们觉得内中也许有些玩意儿，如果那些玩意儿是在平北同志们的身上，我们愿把那两个女同志留在平北。赶快叫那个男同志来吧。如果是在来到冀东的同志们当中，我们就希望她们赶快到冀东努力工作，把冀东创造出一个局面来后，恋爱的玩意儿冀东也是不反对的。或此或彼，希望同志们赶快来吧。总是先到冀东为有利。

此致

布礼！

楚离[②]

四日

以后平西如有东西给我，到你处后，请即来电，我即派人去取。

---

① 子光，即李子光（1902—1967），原名贾一中，河北冀县人。1926年7月加入中国共产党，抗战时期任冀热辽军区第14军分区政治委员。1940年4月任抗日民主政权蓟县、平谷、密云联合县县委书记。

② 楚离，即李楚离（1903—2000），河北人，1924年加入社会主义青年团，1927年加入中国共产党，参加过北伐战争、八一南昌起义。1938年参与组织领导冀东武装抗日大暴动，参与创建冀东抗日根据地。解放战争时期参加辽沈、平津战役。曾任中共中央监察委员会委员，第三、五届全国政协常委。

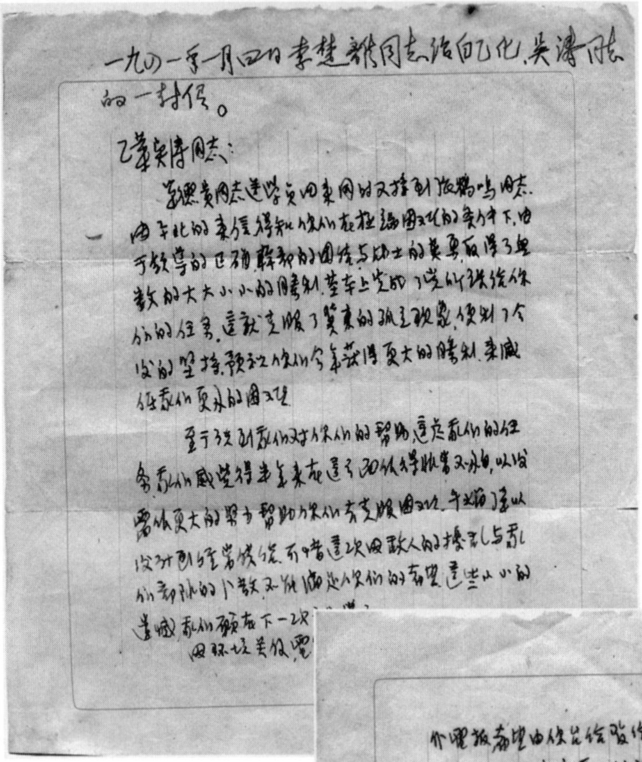
一九四一年一月四日李楚离同志给白乙化、吴涛同志的一封信。

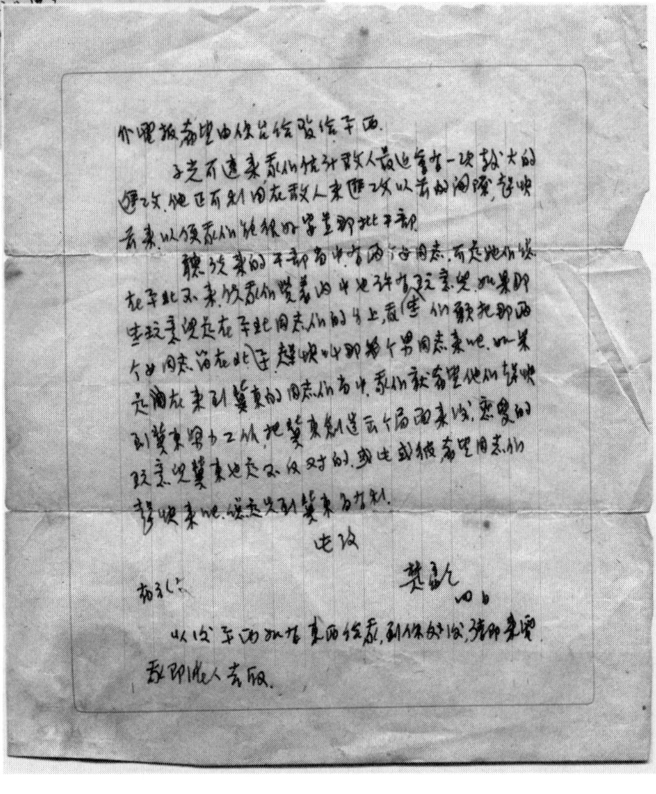
此致
敬礼
楚离 四日

白吴才[①]同志：

因一支队尚有许多事情，未能安妥，故暂下不能来，只好写这个简单信给你们，其他有许多事情，当由苏梅[②]同志转告！

第一，你们那种咬牙的精神是为人敬佩的，在环境恶劣和困难的面前，不叫苦，不喊怨，沉得着气，并且还有办法，不为客观困难所约束，而主观上能想设一切方法去挽救危机支持工作，这种精神是非常宝贵的，同时也是敌后游击战所必具的条件。

第二，你们虽为较年青的武装，但红军时代和今天八路军老部队的某些优良传统作风一般的是承继和发扬了，譬如部队的政治工作和群众工作，管理方式和战斗作风。经济制度等这些差不多还在个别方面表现异人的地方。

第三，弱点在什么地方呢？那主要就是个别同志的个人英雄主义，其表现在，对老部队和老干部的错误认识，光看到他们的重大毛病，没有看到他们的优良长处，或把主力和一切武装对立起来，因此对补充方面误解为新老关系，再者在某些事件中，对党和群众力量没有放到一定的估价程度，往往夸大个人的特殊作用。

第四，你们应趁着冬季时节，抽出一定的部队进行整训，充实编制，配备和调节干部，建立与健全各种制度，以培植和积储雄厚力量，应付将后新的大举进攻。

第五，你们的发展方向，无论从哪方面说来，总不能一味往东挤，因为这会失掉平北的作用，使我们力量有脱节的危险，这样，我们是千万不能同意的，请注意及之。根据平北近况，你们还须特别加强西北面工作和武装力量，那里虽穷寒，但意义是重大的。如力量许

---

① 白吴才，指冀热察挺进军第 10 团团长白乙化、政委吴涛、参谋长才山。才山（1910—1945），辽宁黑山县人。1928 年考入哈尔滨工科大学，1929 年入北平大学。九一八事变后参加辽西抗日义勇军，后流亡北平。1937 年加入中国共产党，参与创建平西抗日根据地，1939 年任晋察冀抗日联队总队大队长，继任第 10 团参谋长，1945 年牺牲。

② 苏梅，时任平北工委书记。

可时，最好有一部份［分］伸至天河里沟。或前二□地区及独石口以东。

第六，关于你们的补充问题，日后由昌延[1]拨给一些新战士，冀东每月一万五千元，你们可留其一半，炸弹待制造后，或平西这下送来也好，将送给你们一些。干部已电当复，但尚未复示。

最后，你们那里的具体情形望常来告！

致

布尔塞维克礼

段苏权[2]

6/1

大海沱

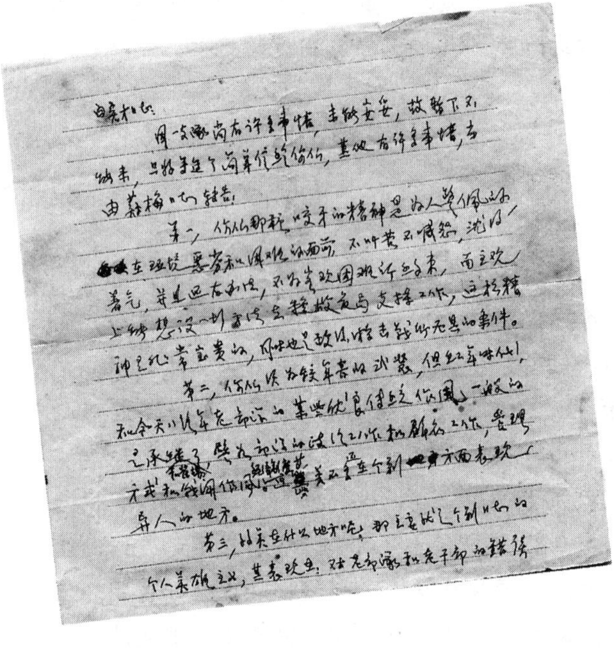

① 昌延，现北京昌平延庆的一部分。

② 段苏权（1916—1993），湖南茶陵人，1930年加入中国共产主义青年团，后转入中国共产党。1932年参加红军，1934年任红六军团政治部宣传部部长，随军参加西征。1937年秋入延安抗日军政大学学习。1940年5月任晋察冀军区平北军分区政治部主任。新中国成立后，历任东北军区空军司令员、华北军区空军司令员、军事学院空军系主任、福州军区副司令员、军事学院政治委员等职。1955年被授予少将军衔。

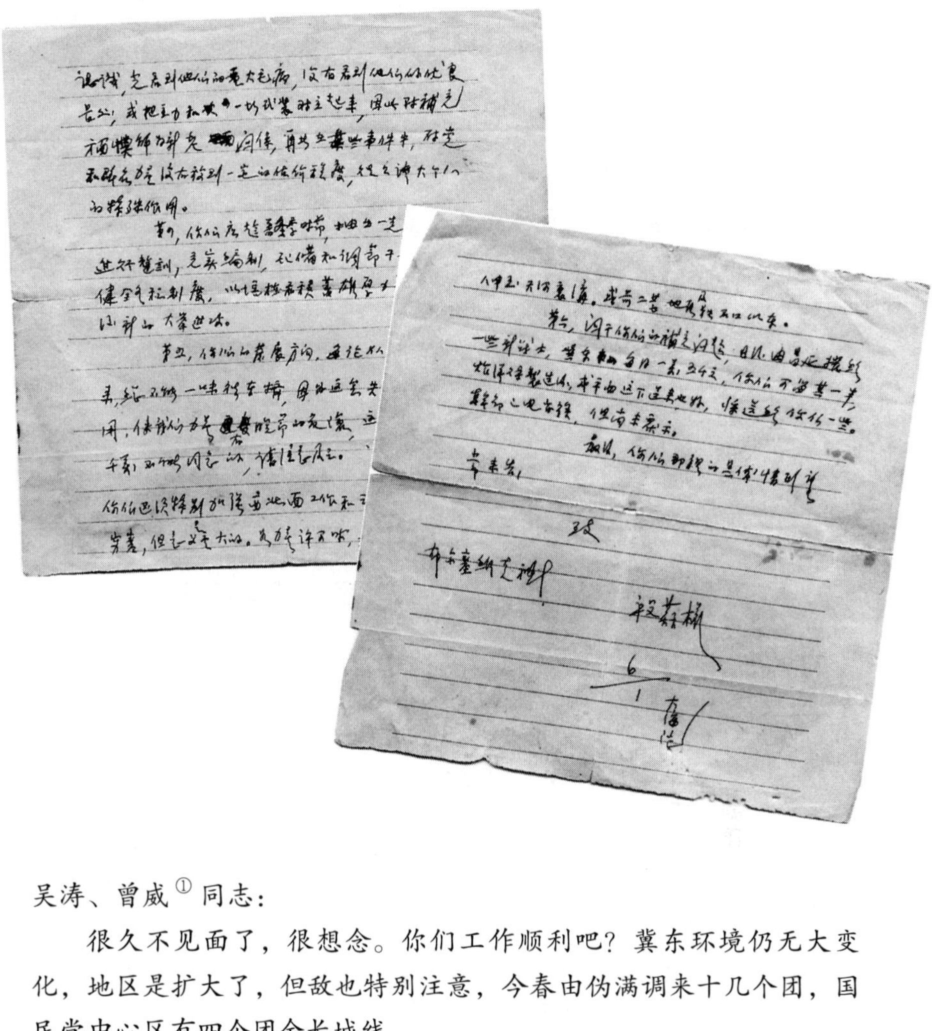

吴涛、曾威[①]同志：

很久不见面了，很想念。你们工作顺利吧？冀东环境仍无大变化，地区是扩大了，但敌也特别注意，今春由伪满调来十几个团，国民党中心区有四个团余长城线。

开辟热辽战役正进〈行〉中，还收获不大，这是一个长期艰难工

① 曾威（1916—2004），江西省泰和县人，1930 年加入中国共产主义青年团，1931 年参加红军，1932 年加入中国共产党。参与创建湘鄂川黔苏区，参加了长征。抗日战争时期，参与创建平西、平北抗日根据地，参加华北地区反“扫荡”中的多次战斗。解放战争时期参加了辽沈、平津战役。他先后三次入朝作战。1955 年被授予少将军衔。

作，你们那里情形望有便人来往时随时告我。

王亢[①]同志来冀热辽工作增加了向东北挺进的力量，将来去配合是会更好的。

我仍然很健壮，并未被紧张的环境所压倒，但工作多稍觉劳累。

今后来往人多再通信吧，于礼！

李运昌[②]

七月廿五日

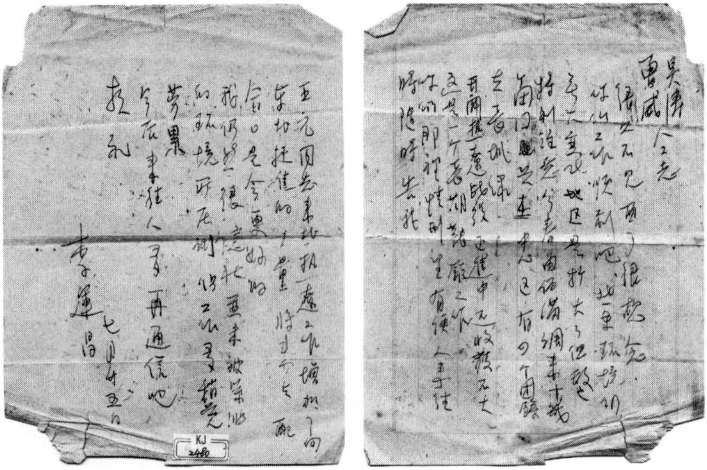

① 王亢（1911—1992），辽宁省营口县人。1937年参加中华民族解放先锋队，同年加入中国共产党。抗日战争时期，任晋西北抗日先锋总队中队长，平西抗日联军参谋长，晋察冀军区平北军分区第10团营长、团长，平北军分区参谋长兼热西支队队长，冀热辽军区副参谋长。解放战争时期，曾任四野51军参谋长等职。新中国成立后，曾任西藏军区参谋长、副司令员，解放军铁道兵顾问等职。1960年晋升为少将。

② 李运昌（1908—2008），原名李芳岐，河北乐亭人。1924年加入中国社会主义青年团。1925年考入黄埔军校第四期，后转为中国共产党党员。1938年夏秋领导发动冀东抗日武装暴动，成立冀东抗日联军，任司令员。后任八路军冀热察挺进军第13支队司令员、冀东军分区司令员、中共冀热边特委书记兼冀热行署主任等职。1944年9月，任中共冀热辽区党委书记兼冀热辽军区司令员、政治委员，率部开辟冀热边抗日民主根据地。1945年11月任热河省政府主席。1946年6月兼东北行政委员会冀察热辽办事处主任、冀察热辽军区副司令员、中共冀察热辽分局委员。1949年1月担任中共热河省委书记。新中国成立后，历任交通部常务副部长、司法部第一副部长等职。

王亢同志：

接到军区电令你来冀热辽工作，十分高兴。不知你何时交待［代］完东来？自四一年丰滦密分别后，迄今条经四年。你们在平北也曾经过艰苦斗争，无时不在关心着你的消息。

今春你由分局党校来一信，知道你一切情形。这次你东来工作是最好不过了，是我几年来的希望。大家同志们（党政军民）都热烈的欢迎，都希望你迅速东来。

开展热辽仍是一个艰巨的工作，我们部队已大部出口，打开局面还需更大努力。师军[①]代［带］十三团一部已到围场境内，他工作还好。其他情形见面再谈。

于礼

李运昌

七月廿五日

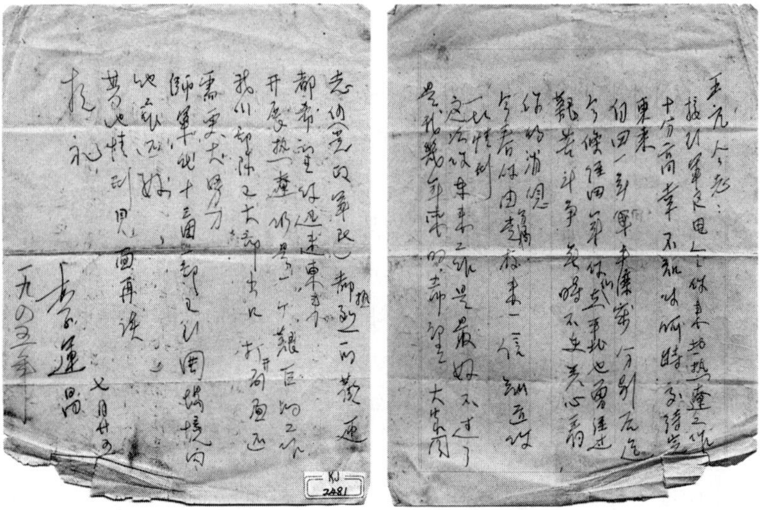

① 师军，辽宁省人，晋察冀军分区第13军分区5区队队长、冀热辽军区第14军分区16团团长。

背景链接

1939 年初，八路军晋察冀军区在平西建立了以萧克为首的冀热察挺进军，并确立了“巩固平西，坚持冀东，开辟平北”三位一体的工作方针。1940 年 1 月 1 日，冀热察挺进军步兵第 10 团在北京市宛平县正式建团。其前身是华北人民抗日联军。白乙化任团长，才山任参谋长，吴涛任政治处主任，辖属一、三两个营。

1940 年初，冀热察区党委和挺进军派苏梅、钟辉琨带一个主力连和平北游击支队进入平北，站住脚之后，又派白乙化率第 10 团开入平北，很快建立了数块游击根据地。到这年年底，平北发展为有五个抗日联合县政府和 40 万人口的大块游击根据地，边区在平北设立了第 14 专署。同时，平西抗日根据地发展为东北至平绥路，北至张家口，南至紫荆关，与晋察冀中心区连成一片的有 30 万人口的巩固根据地。边区政府这年在平西设立了第 6 专署。冀东地区抗日游击战争到 1940 年底发展成为拥有 100 余万人口的大片游击根据地。这年 7 月，边区在冀东设立第 13 专署，同时建立冀东军分区，司令员李运昌、副司令员包森、政委李楚离。至此，晋察冀抗日根据地已发展成为包括晋察冀边区、冀中和冀热察三个战略区，拥有 90 余个县政府和 1 500 余万人口的广大区域，成为华北敌后抗战的坚强堡垒。

1941 年 1 月 4 日，担任冀东军分区政委的李楚离在给白乙化、吴涛的信中，称赞 10 团克服各种各样的困难，取得了许多胜利，缓解了冀东孤立抗战的情况，便利了今后的坚持。信的后半部分说的是两个部队间的互相支持与援助，让人感到非常亲切与热情，充分体现了部队这个“家”的温暖。

1 月 6 日，担任平北军分区政治部主任的段苏权，通过担任平北工委书记的苏梅同志转给白乙化、吴涛、才山一封信，信中称赞他们继承和发扬了红军的优良传统和作风，同时也指出了他们的弱点，要

1942 年 5 月冀东军分区政委李楚离和王亢、吴涛等的合影

他们趁着冬季对“部队进行整训，充实编制，配备和调节干部，建立与健全各种制度，以培植和积储雄厚力量，应付将后新的大举进攻”。要求部队加强西北面工作和武装力量。对于部队人员和武器的补充问题也有具体的布置，并希望经常报告 10 团的具体情况。

李运昌写给王亢与吴涛、曾威的信，虽未注明年代，应是 1945 年，讲的是抗战胜利之前的状况，欢迎王亢来冀热辽工作，表示开展冀热辽是一个艰巨的工作，一定要更加努力。同时李运昌还给吴涛、曾威写了另一封信，介绍了冀东的抗战情况，表示王亢来冀热辽增加了向东北挺进的力量。

（乔玲梅）

“刘老庄连”烈士家书

李云鹏烈士

胡锦涛同志在纪念抗战胜利60周年大会报告中，把新四军“刘老庄连”和八路军“狼牙山五壮士”赞誉为抗日英雄群体。“刘老庄连”的82名官兵，在抗击日寇的进攻时，全部壮烈殉国。烈士们的英雄事迹，可歌可泣。透过“刘老庄连”烈士李云鹏的家书，我们可以近距离地观察和感受英雄们的内心世界。

父母亲大人大鉴：

自儿离家已经年余，记得曾在本年四月间，于泗县郑集寄家信一封，不知大人收到否？回音否？如家音回报，可惜我也不能等收了。我已离开此地转入本省淮阴了，以致家音不能等收，儿异常为念。不知大人身体近来健康否？不知家中生活情形和收成怎样？更不知当地情形如何？儿在外甚为惦念之。儿在外身体很好，生活也很好，而现在的我比从前粗壮而高大了，请大人不要为念。儿还在这里工作，工作也非常忙碌，可是为了——所以我之工作精神也非常兴奋。此信至家不过慰问而已。因现无一定的地止［址］，儿现在心目中所最挂念者，以我年老悲慈之祖母。儿离家时，祖母曾染重疾。不知大人的病痊愈了否？身体健康否？不知祖母饮食起居怎样？儿心中非常挂念。希二大人将我之情〈形〉讲给她听，以免大人之悬念。这次离家，未报此恩反而离家，是我之罪过也。待风息波静，凯然而归，全家团聚，以报此恩。儿现已将“亚光”改为“云鹏”，请父指教之。现因时间之短促，不能再叙。并祝

各位

叔父母的身体安康！各位小弟弟好吗？侄在外甚为挂念。

待［代］问

祖母大人：现在她老人家的身体好吗？生活好吗？我在外生活、身体都很好，请老大人切勿挂念为盼。

祝

身体安康

儿　云鹏上

七月四日

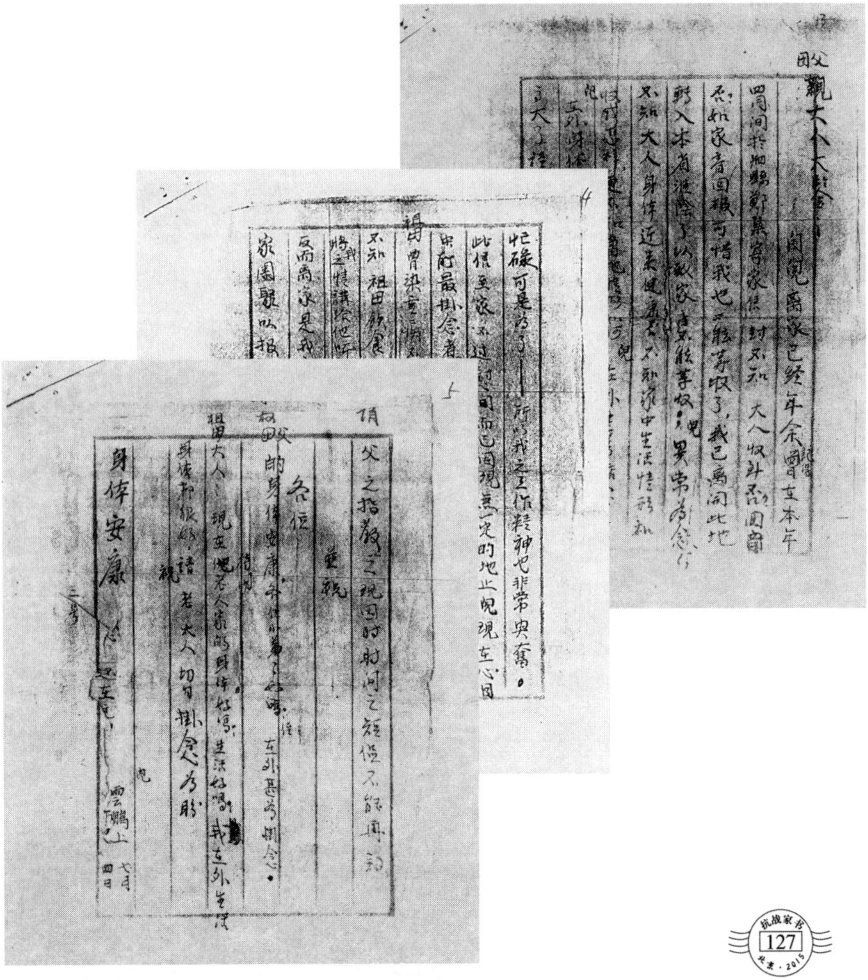

父母亲大人大鉴：

敬禀者男于前几日接大人清明之来信一封，洞悉家情，知家中遭此不测：三弟不幸夭折，吾祖母继又于六月间逝世。消息之传来，正如晴空霹雳，心中悲伤，恨不能插翅飞来。男从三月母亲去世，一切都由祖母照料，不辞劳苦，把我养活成人，不孝男竟弃年迈之祖母，踏上这浪流［流浪］的道路，像我这忘恩负义东西，真愧为世人！

父亲之嘱言，我紧记在心。现在，我的性格与前也有些不同了。请大人放心，我在此处作［做］工、生活都很好，工资也不多，只能作零用开支，不能剩余。我的身体也粗壮得很，起居饮食都很安宜，望大人切忽［勿］挂心。此处物质粮米都很昂贵，每人每日生活〈费用〉不下十元。此处地面荒乱，土匪猖獗，交通不便，皇军常常下乡扫荡与清乡，使儿也没有一定住所。待时局平靖［静］一些，儿定回乡。此处直到徐州都是如此的慌乱，望大人切忽［勿］驾临为佳。因地面不平靖［静］，交通不便，加之男又无一定之住所。又须许多经济，在途有很大的危险。男深感双亲为我之虑，我的详情有王孟庄宪珠告诉清楚，切忽［勿］悬念。关于洪筹表叔与他侄尊明、尊迁（洪魁之儿狗）都与我在一起，生活相同，望告诉他家人，切勿挂念。洪筹表叔也曾屡去家信，没见回音。以后他家来信可寄到这个地点，我再转交。洪凯表叔已去世二年余，不知他家人知道否？侯再荣也和我在一起，也告知他家人。

各位叔父、叔母大人：都好吧！侄在外也非常挂念，不知阖家弟妹安好否？现在读书没有？望再来信告诉我。我在外也很好，请大人不要挂念，今后望大人多多来信，并祝
阖家安好！

男 云鹏敬禀

四〈月〉初四

回音时寄淮阴北老张集西北八里陈庄陈以和先生转交。

据李云鹏弟弟妹妹保存的家书复印件，四月初四信第二页背面为：

外祖母大人：

现在好否？身体康泰。望告之她老人家不要挂念我，就说我在外问她老人家好哩。把我的情况也告诉她老人家。如没有事时，常把她老人家叫到我家住几天。

男

四、四

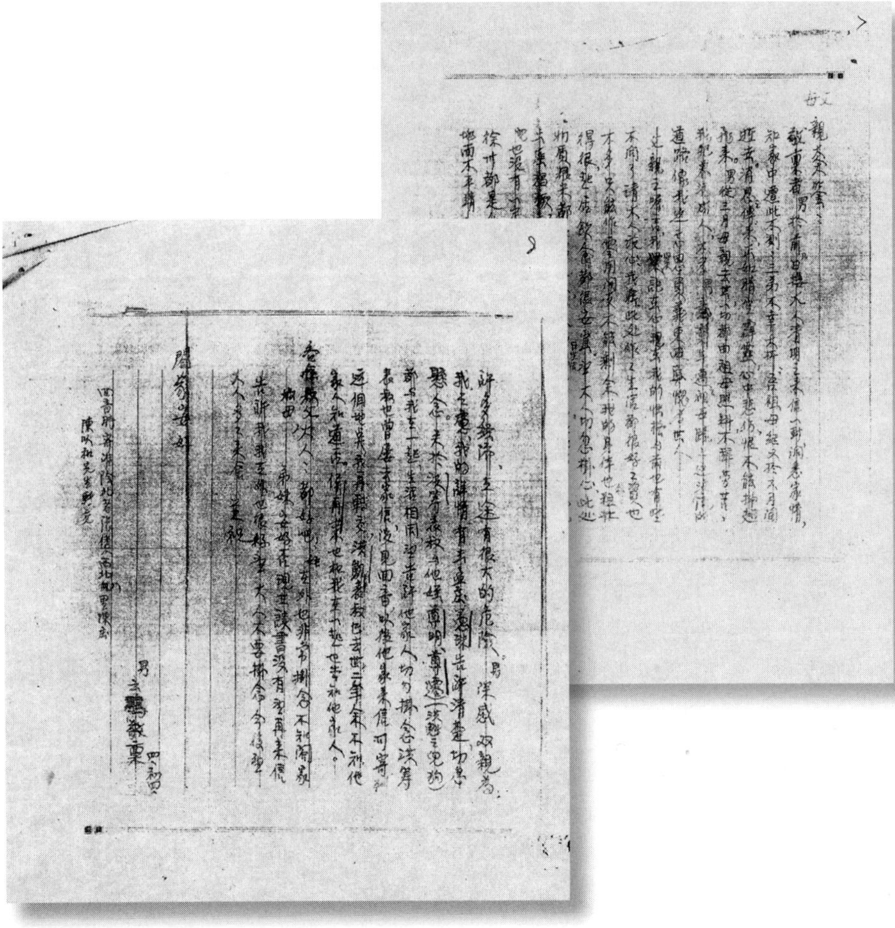

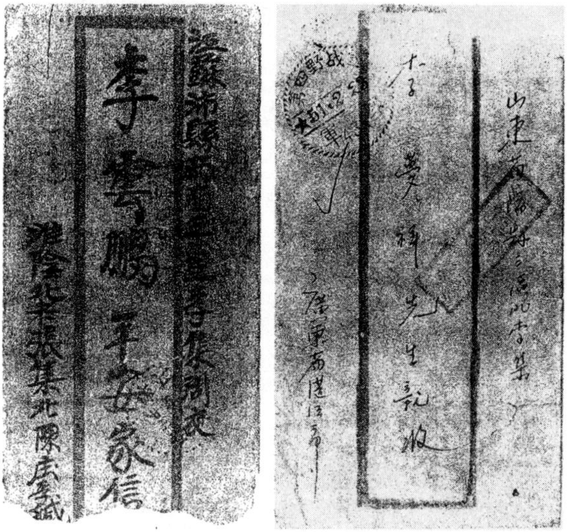

背景链接

1943年3月18日，日军第65师团川岛部在盐阜一带遭我抗日军民痛击，被迫撤到淮海区，沿途连续对我军民进行残酷“扫荡”。当日凌晨，日军分几路向北进犯，矛头直指六塘河，企图寻歼我主力部队和党政机关。驻扎在淮阴刘皮镇西南刘老庄的新四军3师7旅19团2营4连发现敌情后，立即集合队伍，走出村庄，进入交通沟，还击敌人。不料，交通沟断绝，4连受敌包围。经几次突围，均未成功。于是，全连指战员誓死固守阵地，与敌决战。从拂晓到黄昏，4连顽强战斗，英勇杀敌，先后击退敌人6次进攻，毙伤敌370余人。终因敌众我寡，4连的82位英雄，全部壮烈殉国。

战斗结束后三天，淮阴人民收殓烈士忠骸，建起公墓，举行公葬，安息英灵。1946年春，淮阴人民在刘老庄修建了“八十二烈士陵园”，淮海区行署主任李一氓专门撰写了《淮阴八十二烈士墓碑记》，并在当时的《新华日报》副刊上发表，向八十二烈士“致布尔什维克的敬礼”。他们还从地方武装中挑选82位优秀青年重建新的4连，被新四军3师7旅司令部、政治部命名为“刘老庄连”。闻名遐迩的刘老庄，从此镌刻着82位英雄的名字，永载着一页抗日救国的不朽篇章。

1943年7月5日，新四军军长陈毅在《解放日报》上撰文《新四军在华中》，深情悼念“刘老庄连”的英烈们。他写道：“我军将士坚不为动，乃从容将机枪步枪拆毁，并将文件杂物付火，将忠骸掩埋后，乃集中未伤者廿余名，进行最后之突围。战至下午五时，终全部殉国。此我三师七旅十九团二营第四连全部，连长白思才，副连长石学富，政指李云鹏，文教孙尊明，排长尉庆忠、蒋员连、刘登甫等以下计八十二人，无一投降者，无一生还者。呜呼壮矣……”

陈毅文中提到的石学富、李云鹏、孙尊明、尉庆忠、蒋员连、刘登甫等皆为江苏省沛县人。

李云鹏，沛县王店乡李集村人，1920年3月20日出生，刚三个月，生母病逝。父亲李梦祥为小学教员。1939年初，李云鹏奔赴丰县、沛县交界的华山，参加了中华民族解放先锋队。不久，光荣地加入了中国共产党。同年，他先后被编入湖西人民抗日义勇二总队第五大队、八路军115师685团、苏鲁豫支队。后来，他被派往延安抗日军政大学学习。1941年，苏鲁豫支队改编为新四军3师7旅19团2营4连。李云鹏在部队先后担任宣传员、文化教员、团政治处干事、连队政治指导员，从一名普通战士成长为一位文武双全的指挥员。

据李云鹏的父亲李梦祥老人回忆：“他参加八路军后，我到部队看望他时，他说：‘为了打倒日本帝国主义，虽然工作很累，生活很苦，但是精神很愉快。’还说：‘这回真是英雄有了用武之地了。’”李老先生说：“云鹏参军以后，很懂得保守军事机密。他离开家乡后，给家里来信，总是说‘儿在外，工作很好，身体也很健康’。从不提到部队

李云鹏父亲

李云鹏祖母

的行动和任务……”①

从前面第一封家书的书写格式来看，写信人是严格按照中国古代传统的书信格式行文的。他对父母亲等长辈的称谓采取双抬头，空格、另行等格式，以表示尊敬之意；提及自己，“儿”字则小写、退格。这说明李云鹏非常遵循我国古代传统，讲究孝道，尤其对抚育自己成人的祖母甚为牵挂，反复询问其身体状况。这封家书虽然只是一封普通的平安家信，但通篇充满了写信人的念家思亲之情。他想给亲人介绍一下自己的工作情况，但出于对家人的保护又不能明说。“儿还在这里工作，工作也非常忙碌，可是为了——所以我之工作精神也非常兴奋。”这句话寓意深刻，“为了”之后是一个破折号，从笔迹来看，作者当时极想介绍一下工作性质和目的，但有所顾虑，只好住笔，似又意犹未尽，所以还把破折号描了一下，然后话锋一转，说了破折号之后那句笼统的应付之辞。可见，在日本铁蹄蹂躏下的中国人民连通信自由和讲真话的权利都没有。

1942 年清明节前后，父亲给李云鹏写了一封信，告诉他家中发生了几件不幸的事情：三弟夭折，疼爱他的祖母病逝。收信后，李云鹏异常悲伤，便在四月初四（公历 5 月 18 日）提笔写了一封回信。

写作这封家书距李云鹏牺牲不足一年，当时家里连遭不幸，特别是他时常牵挂的祖母不幸病逝，对李云鹏的打击很大。当时，父亲要来看他，他一再表示不能来，因为形势太乱，路途危险。李云鹏知书

① 这不单是保守军事机密，因为他的家乡属于日伪统治区，通信往来受到严密监控，恐怕主要还是为了避免万一产生对家人的牵连。

达理，信末对几位叔父、叔母也是问候再三。信中还介绍了他的几位同乡、亲友兼战友的一些情况，免得家里挂念，这也体现了“刘老庄连”里沛县人多的特点。

信中提到的几位战友，靳宪珠、孙尊明同李云鹏一起在刘老庄战斗中光荣牺牲了。

“王孟庄宪珠”，经多方考证，此人叫靳宪珠，1919 年生。在阎寨村当长工时入伍。后父辈迁至沛城镇苗林村叶庄。1938 年参加八路军南进支队。

“刘老庄连”战士与李云鹏父亲合影

孙洪筹，又名孙异涛，沛县唐楼乡孙洼村人，1905 年生。1938 年入党，曾任解放军 42 军政治处秘书长，1951 年在广州病故。李云鹏信中说他们在一起，可能同是 19 团的战友。李云鹏的第二封家信，就是 1951 年 2 月由孙洪筹所在的四野某部从广东省湛江市转寄来的。

孙洪筹的侄子孙尊明与李云鹏同在 4 连，任文化教员，生前是一位非常乐观的 19 岁的共产党员。在战斗间隙时，他常给战友们编一些顺口溜，教唱革命歌曲。比如：“趁空吸上几口烟，杀敌立功勇当先。”“枪榴弹，威力大，火力点上开了花；曲射炮，不如它，鬼子个个都害怕，轰轰轰，打得鬼子回老家。”

孙洪筹的另一个侄子孙尊迁与李云鹏同在 19 团，不在一个连队，后为解放军 35 军 103 师 2 营班长，1949 年在解放南京的战斗中牺牲。

孙洪凯，1907 年生，1938 年参加革命，同年入党。任八路军苏鲁豫支队排长，后编入新四军 3 师，1940 年在宿迁阎湾战斗中牺牲，所以李云鹏在信中说“洪凯表叔已去世二年余”。孙洪筹兄弟叔侄四人为国捐躯，堪称满门忠烈。

侯再荣，曾任团护士队长、医生。1949 年任湖西专署医院医生，后离休。

连长白思才，江西（一说陕西）人，红军干部，参加过长征和平型关大战。刘老庄战斗中，敌人的炮弹炸断了他的右手，但他苏醒后仍与指导员继续组织战斗，誓与阵地共存亡！

指导员李云鹏也全身多处负伤，面色苍白，成了浑身血迹斑斑的“血人”。在战火纷飞的战壕里，他写出了给营首长的战斗报告，并与白连长一起在报告上签了字，表达了他们誓与敌寇血战到底的英雄气概。

副连长石学富，排长刘登甫、蒋员连、尉庆忠、李道合，班长刘忠胜、王洪远、袁培臣等，都是沛县人。

夜幕降临，一切都平静下来，一场惨烈悲壮的喋血鏖战结束了。终因敌众我寡，弹尽无援，我 82 位勇士流尽了最后一滴血，全部壮烈殉国。

（独道生）

左权：别时容易见时难

左权

左权，抗日战争中八路军牺牲的职务最高的指挥员。他把生命过早地献给了中国人民的解放事业，所幸他为后人留下了一摞鲜活生动的家书，才使我们永远记住这位情感细腻的威风男儿。70多年过去了，这些家书的纸张已变成了枯黄色，字迹也淡化了许多，然而，这字里行间蕴含着的绵绵深情却永远震撼着我们。

志兰①：

就江明②同志回延之便再带给你十几个字。

乔迁同志那批过路的人，在几天前已安全通过敌之封锁线了，很快可以到达延安，想不久你可看到我的信。

希特勒“春季攻势”作战已爆发，这将影响日寇行动及我国国内局势，国内局势将如何变迁不久或可明朗化了。

我担心着你及北北③，你入学后望能好好的恢复身体，有暇时多去

---

① 志兰，即左权将军夫人刘志兰，1917 年生于北京，1992 年去世。

② 江明，1913 年生，山东掖县（今莱州）人，北平师范大学肄业，参加过一二·九运动。1936 年加入中国共产党，曾参与发起中华民族解放先锋队（简称民先）。后任民先山东省队部、中共鲁西南特委、中共中央北方局青委负责人，中共中央太行分局秘书长，中共太行八地委、冀南二地委书记。

③ 北北，即左权将军唯一的女儿左太北，1940 年 5 月生于山西省长治市武乡八路军总部。因出生地武乡是太行山的一部分，叫太北区，八路军副总司令彭德怀以刘伯承的孩子叫刘太行，而建议左权的女儿取名左太北。左太北毕业于哈尔滨军事工程学院，先后在国家经委、国家计委、航空航天部等部门工作，曾任中国航空工业总公司计划司副司长，2000 年退休。

看看太北，小孩子极需人照顾的。

此间一切如常，惟生活则较前艰难多了，部队如不生产则简直不能维持。我也种了四五十棵洋姜，还有二十棵西红柿，长得还不坏。今年没有种花，也很少打球。每日除照常工作外，休息时玩玩扑克与斗牛。志林[①]很爱玩牌，晚饭后经常找我去打扑克，他的身体很好，工作也不坏。

想来太北长得更高了，懂得很多事了，她在保育院情形如何？你是否能经常去看她？来信时希多报道太北的一切。在闲游与独坐中，有时总仿佛有你及北北与我在一块玩着、谈着，特别是北北非常调皮，一时在地下，一时爬着妈妈怀里，又由妈妈怀里转到爸爸怀里来，闹个不休，真是快乐。可惜三个人分在三起，假如在一块的话，真痛快极了。

重复说我虽如此爱太北，但是时局有变，你可大胆按情处理太北的问题，不必顾及我。一切以不再多给你受累，不再多妨碍你的学习及妨碍必要时之行动为原则。

志兰！亲爱的：别时容易见时难，分离二十一个月了，何日相聚？念、念、念、念！愿在党的整顿之风下各自努力，力求进步吧！以进步来安慰自己，以进步来酬报别后衷情。

不多谈了，祝你

好！

叔仁

五月二十日晚[②]

有便多写信给我。

又自本区开始扫荡，明日准备搬家了，托孙仪之[③]同志带的信未交出，一同付你。

---

① 志林，即刘志林，左权夫人刘志兰的弟弟。

② 此信写于 1942 年。

③ 孙仪之（1906—1986），安徽六安县人。1933 年参加中国工农红军，1936 年加入中国共产党，参加了长征。抗战时期，任中国人民抗日军政大学校务部卫生处处长，军委卫生部副主任、主任，卫生部代部长、副部长，八路军前方总指挥部卫生部部长兼政治委员。中华人民共和国成立后，任中南军政委员、卫生部副部长兼中南军区卫生部部长、中国人民解放军总后勤部卫生部副部长、部长。1955 年被授予少将军衔。

请[illegible]世界书局

广东省清远[illegible]转

刘志兰同志亲收

左托

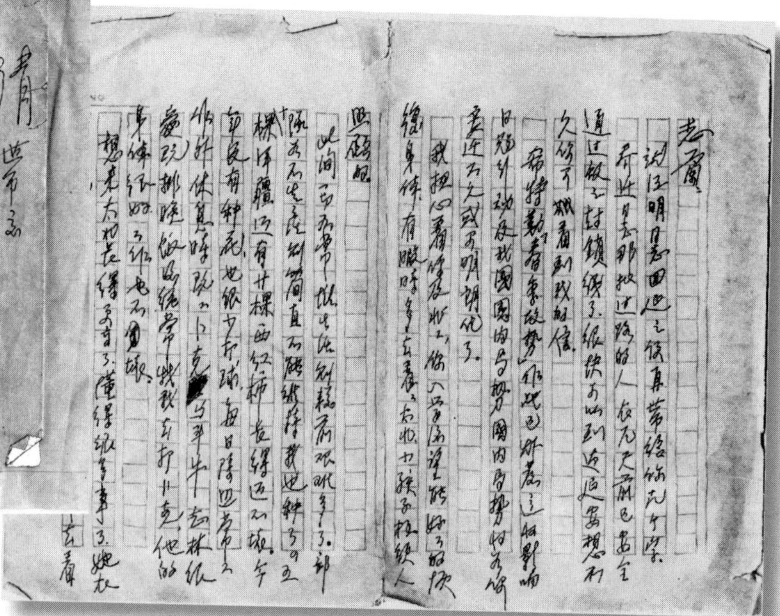

志兰：

就往明日要回延安，该真带给你几个字。

寄近日来那批过路的人，衣克大前已安全通过敌人封锁线了。很快可以到达延安，想不久你可以看到我的信。

希特勒看来数势，非此已非常之[illegible]影响日寇外动及我国国内的势力，国内局势的变化更近不久或可明朗化了。

我想心看你及北北，你入学后望能好好的使得身体有暇时多去看看北北，北北是个孩子，极缺人照顾的。

此间亦常做些针线，[illegible]。部除去不要之很多衣直不能[illegible]五棵，[illegible]有廿棵西红柿，长得还不坏。今年也有种花，也很少打球，每日仍照常工作外，休息时跑跑步，下去[illegible]与平生去林组来玩，那晓饭后绕常找我去打小克，他的身体很好，工作也不坏。

想来太北长得更高了，懂得很多事了。她在[illegible]

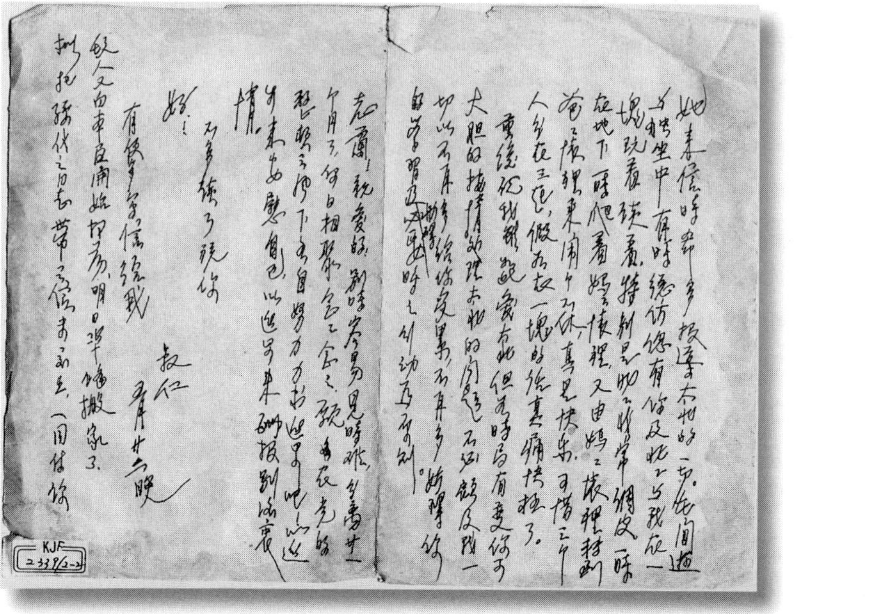

她来信时常多报道太北的一切。在信道中有时总仿佛有你及北北与我在一块玩着，跌着，特别是北北常调皮，一时在地下，一时爬着妈妈怀里，又由妈妈怀里转到爸爸怀里，来闹个不休，真是快乐。可惜三个人分在三处，假如在一块的话真痛快极了。

重续说我虽然离太北，但有时亦有变，你可大胆的按情况决定太北的问题，不必顾及我一切，以后不再多给你意见，不再多干涉你的学习及工作时之行动及决定。

志兰！就爱好，别时容易见时难，今年廿一个月了，何日相聚，念念之。能否在先的想照顾下去，自好努力于北平进步的以外，安慰自己，以后只来信报到你的情。

不多谈了，祝你

好！

有便常写信给我

叔仁

[illegible]廿六晚

敌人又由本区开始扫荡，明日准备搬家了。

此托孙仪之同志带之信未知收到否，一同付你

背景链接

这封家书是左权将军壮烈殉国前几天写给爱妻刘志兰的最后一封信。

左权，原名左纪权，号叔仁，1905 年 3 月 15 日生于湖南省醴陵市黄茅岭一个农民家庭。中学时他就参加了中共地下组织领导的社会科学研究社，阅读了《向导》等宣传马克思主义的读物。1924 年考入广州孙中山大元帅府军政部主办的陆军讲武学校，编入第一队。他在校勤学苦练，受到教官和同学们的称赞。

1924 年 10 月，左权参加了镇压商团叛乱。11 月陆军讲武学校一、二队学员转入黄埔军校。1925 年 1 月，左权在黄埔军校由陈庚、周逸群介绍加入中国共产党，1927 年 9 月到苏联伏龙芝军事学院深造。1930 年 6 月回国，先后担任中国红军军官学校第一分校教育长，以后历任新 12 军军长，红一方面军总前委参谋处长，红五军团第 15 军政委、军长和红一军团参谋长等职。1934 年 10 月，长征开始，红一军团作为先头部队，左权经常参与指挥战斗，协助聂荣臻等指挥渡赤水河、过大渡河、夺泸定桥、攻腊子口等战斗和直罗镇战役。1936 年，任红一军团代军团长，率部西征，迎接红二、四方面军北上。

1937 年 8 月，中国工农红军改编为国民革命军第八路军，左权任八路军副总参谋长。9 月 15 日，同朱德总司令、彭德怀副总司令率八路军东渡黄河开赴华北抗日前线。1938 年 4 月，日军以 108 师团为主力 3 万余人分九路围攻晋东南根据地周围的博爱、邯郸、长治等地区，左权亲自率总部警卫团参加战斗，歼敌千余人，粉碎了日军的围攻，并收复了辽县等 18 座县城，扩大了晋、冀、豫抗日根据地。1940 年 5 月，日军分三路围攻八路军总部驻地山西省武乡县王家峪，左权指挥部队警卫团打麻雀战，粉碎了日军的围攻。8 月至 12 月，左权参与领导了著名的百团大战，共毙伤日伪军 2 万余人，破坏铁路、

左权与妻子刘志兰及女儿

公路2 000余公里，拔除敌军据点3 000多处，取得了重大胜利。1941年11月，为保卫八路军黄崖洞兵工厂，他亲自选择地形，指导修筑工事，并指挥总部警卫团不足千人的兵力，采取“以守为攻”、“以静制动”、“杀敌至果”的原则与日军5 000余人激战八昼夜，毙敌1 200余人。中共中央军委称赞黄崖大捷为“反‘扫荡’的模范战斗”。

1942年初，日军接连向晋东南根据地发动“总进攻”。2月，日军采取“铁壁合围”、“捕捉奇袭”等毒辣手段，不断向八路军总部所在地区辽县（今左权县）麻田镇一带增兵，进行“扫荡”，被我军击破。两个月以后，日军又纠集3万多兵力，进行空前残酷的“五月大扫荡”。24日，八路军总部机关开始转移，左权亲自率129师及警卫连部署突围计划，在突围中，由于后勤部门对形势估计不足使几千人马阻滞在山西河北交界的十字岭，日军发现了目标，从四面合围，步步紧逼。左权命令作战科长及警卫连长护送彭德怀总司令转移至安全地带，自己坚持指挥突围。在总部机关和老百姓转移完毕、掩护部队冲向敌人最后一道封锁线时，一颗炮弹在左权身边爆炸，八路军卓越的将领左权将军壮烈牺牲，时年37岁。

1942年9月，晋冀鲁豫边区政府作出决定，将山西省辽县改名为左权县，并在涉县石门村西北太行山麓修筑了左权将军陵墓和纪念塔。1950年10月，中央人民政府批准将左权灵柩移至邯郸晋冀鲁豫烈士陵园。

左权将军可谓将毕生精力都贡献给了中国人民的解放事业，他谱写了自己辉煌的革命生涯、军事生涯，撰写和翻译了大量军事理论文章和著作，但很少谈及自己。正因为如此，这些家书便成为抗战时期八路军高级将领的家书代表作，这十几封出自左权将军内心深处的文字细腻地勾勒出其婚姻生活和家庭生活的多彩世界。

这批家书除了左权给母亲和叔叔的两封信写于1937年外，其余的信都写于左权与刘志兰1939年新婚后至1942年5月壮烈殉国的戎马倥偬、战事频繁、炮火纷飞的21个月中。

1939年2月，中央巡视团到达山西前线，巡视团成员、北平师范大学学生刘志兰随团来到山西后留在晋东南北方局妇委会工作。经朱德总司令做牵线红娘，左权与刘志兰结婚并于次年即1940年5月生下了女儿左太北。

这批家书写作的时间正值百团大战前后，日军将八路军视为华北的眼中钉、肉中刺，为此进行了残酷残忍、灭绝人性的“大扫荡”。面对险恶的战争环境——太行山抗日根据地是天不雨、地久旱、人缺粮、畜缺草，八路军战士缺枪炮弹药，但是中国共产党人却对抗战胜利的前途充满了信心。家书透露出左权将军对刚刚投身革命的亲密伴侣无微不至的关心与呵护；对刚出生才几个月就离别的女儿，这个沉默刚毅的军事指挥员在家书中一变而为慈父，字里行间凝结着对女儿冷暖关爱的骨肉亲情。

下面摘录几段左权家书中的内容，看看百团大战前后太行抗日根据地人民的战时生活。

> 接何廷英同志上月二十六日电，知道你们已平安地到达了延安。带着太北小鬼长途跋涉真是辛苦你了。当你们离开时，首先担心你们通过封锁线的困难，更怕意外的遭遇。今天安然到达了老家——延安，我对你及太北在征途中的一切悬念当然也就冰释了……你们走后，确感寂寞。幸不久即开始了北方局高干会议，开会人员极多，热闹了十多天，寂寞的生活也就少感觉了。你们

走时正是百团大战第一阶段胜利开展之时……（1940年11月12日左权致刘志兰第一封家书）

前托郭述申同志带给你的一包东西：有几件衣服，几张花布，一封信，听说过封锁线时都丢掉了。可惜那几张布还不坏，也还好看，想着你替小太北做成衣服后，满可给小家伙漂亮一下，都丢掉了，这怪不得做爸爸的，只是小家伙运气太不好了。（1941年5月29日左权致刘志兰第三封家书）

……半年来没接到你的信，时刻担心着你及北北的一切……二月间我们全处在反扫荡中……敌人的残酷仍然如故，新的花样就是放毒……因为毒伤，老百姓很死了一些人，伤的很多。女县长刘湘屏中毒非常厉害，全身发烂，皮肤掉了三分之二，幸而医治较早，大概可以不死了，其痛苦之极也可想而知。……亲爱的，时刻牵挂着你，你当同感，别后将两年了，不能不算久，愿共同努力，多多工作、多多学习度过未来的两年吧。（1942年4月1日左权致刘志兰第九封家书）

这封信表达出对女儿的思念及渴望全家团聚的心情："在闲游与独坐中，有时总仿佛有你及北北与我在一块玩着、谈着，特别是北北非常调皮，一时在地下，一时爬着妈妈怀里，又由妈妈怀里转到爸爸怀里来，闹个不休，真是快乐。可惜三个人分在三起，假如在一块的话，真痛快极了。"

此信写完后不到几天，左权将军就壮烈殉国了。

1942年7月3日的《解放日报》发表了刘志兰撰写的《为了永恒的记忆——写给权》一文，其中有这样的几段文字："虽几次传来你遇难的消息，但我不愿去相信。自然也怀着这不安和悲痛的心情而焦虑着，切望着你仍然驰骋于太行山际。……在共同生活中，你有着潜移默化的力量，我更是一个热情、积极的、幻想很深的青年，在你旁边渐变得踏实、深沉，一面开朗地认识革命事业的伟大规模，一面体验到人生的丰富意义。……或许是重伤的归来，不管带着怎样残缺的肢体，我将尽全力看护你，以你的残缺为光荣……在任何困难之下，咬着牙齿渡过去。有一点失望和动摇都不配做你的妻子……”

人的生命只有一次，然而，当一个人把有限的生命投身到革命事业中去，那他的生命就会得到永生。

（王家淼）

游击区的生活

吴润身，摄于1978年

看到这封叔侄间的书信，让我们感动的，不仅仅是这位已逾耄耋之年的老人忆往昔峥嵘岁月的热血沸腾，更是在他的记忆里那众多点滴细小的故事。现如今，虽然老人已经故去，但这些经历过战火和鲜血洗礼的、或温暖或辛酸或凛然的细节，将永远伴随着我们，让我们铭记住那段特殊的岁月。

碾孩、杏琴：

来信收到，看了您们的信，全家很高兴，知道您们全家七口人都好，小翔龙也活泼吧，我们非常欣慰！太原咱家也都好，望勿想念。

我今年已八十四岁了，您婶母也七十九岁，明年就也八十岁了。我们身体也都还基本可以，都能生活自理，但都有不同程度的小病。您婶母还是她那个老病，常好头疼，经常得吃治头疼的药。咱家现有一个十七岁的小女孩叫魏翠英在招呼我们。她还很勤快，不错，她系您婶母姐姐家的孙女，是亲戚。

朝辉现在厂党委组织部工作，他毕业后先当工人后到组织部，因他是党员，是在当兵时在部队入党的。他是厂办的电大毕业，毕业时考了前三名。按厂规定，毕业考前三名的厂照顾安排工作，所以他是按规定入厂的。他（她）的孩子已七个月了，尚未起名字，孩子很活泼，会笑了，很讨人喜欢！万媛还在新华化工厂工作，她们也不错。现在国防厂普遍困难，大都发不了工资，兴安化工厂还可以凑乎的，还能发了工资。万媛的厂较困难，过节时才发了七月份的工资。你退休了，不断写稿子这很好。我在庆祝抗战胜利50周年，让我写回忆录和自传，我懒于动手没写，只写了3个短篇文章登在厂报上。关于您写的敌人用木头子弹打人的事，可能是我当时讲错了，也可能是记错了，因为其意完全与当时情况不同，现把当时的情况与我的简历叙述如下：

我是在事变后半年即1937年后半年入党的，1938年参加工作，其简历是任过党支部书记，任过数任区委书记，后任过县公安局长、市公安局长、市公安局党组成员兼经保处长，大型厂矿保卫厂长，最后任党委书记，受过中共地委党校学习（相当于省委党校）和中央党校学习。其中工作最困难最危险的经历有三次，第一次在沁县五区任区委书记兼区政委时，第二次当中共代表与敌人停战谈判时，第三次是任兴安化工厂保卫厂长和任厂党委书记时。

先讲1943年任沁县五区区委书记时。五区在当时是沁县最危险的一个地区，它是接敌区也叫游击区，敌强我弱，是一个出生入死的地方，当时的干部认为是一个畏途，谁也不愿到该地区工作。当时的县委书记林纪青他动员时对我说：毛主席说过，越是困难的地方越是要去，这才是好同志。当时党是秘密的，我任五区区委书记时公开身份〈是〉区政委，一来区委书记是秘密的，二来当时还驻有一个部队的加强连，是营级编制，我兼这个连的政委，所以叫区委书记兼政委。这个区的环境十分恶劣，东西南北四面就有三面是敌人，东南面是沁县城敌人驻着，东面是固亦村有敌人据点，北面是漳沅镇是敌人的区指挥所，南面是二沁大道是敌人的封锁线，只有西面是伏牛山，是我们赖以存在和敌人作斗争的地方。

从五区到县委开会，还得过二沁大道敌人的封锁线，还得部队或民兵护送。我记得在1943年的秋天，我从沁南县委开会回区时，路过二沁大道敌人封锁线，护送我的部队已经返回去了，路过开村时，发现开村后面的紫山上哨树还立着。（哨树是防避敌人侵扰出发的一种信号，是用民兵看守，如没有敌情时哨树就立着；如发现敌人出发侵扰时就放倒，群众就躲避了）我以为没有敌情，就从紫山下走过，到临近紫山时发现山中间有人影走动，当时敌人穿的衣服是土色的，如不注意很难发现，实际情况是敌人已经把看树的哨兵捆缚起来，已有了敌情，但敌人还把哨树树立着来欺骗群众。

我发现山腰有人影走动，就赶快到石岩下隐蔽，但石岩下已有好多群众在隐蔽着，因之，我把随身携带的文件和手枪埋在沙里。不多时，敌人已来抓人了，我和群众一起逃跑，敌人开枪打人是用的木头子弹。他〈们〉为什么用木头子弹打人呢？不是因为他〈们〉没有真子弹，而是因为要抓民夫，准备第二天出发扫荡。敌人的规律是每次扫荡前都要抓民夫，他们用民夫给他们抢的东西来拿用。我混在群众中一齐跑掉，没有被抓住。敌人一方面用木头子弹打人（如果用真子弹把人打死了，他还抓什么？就达不到抓民夫的目的），同时还骑马追捕群众。

我为什么能混在群众中跑掉呢？因为当时在游击区工作的同志强调群众化，穿的衣服完全和群众一样，戴的手巾是布的，穿的鞋袜也是布的，不刷牙不洗脸，要洗脸也是一个月只洗一两次，不能戴毛巾，不能穿线袜子。当时群众对付敌人的经验有三条，即叫做："吃的好些，穿的烂些，见了太君（指日本人）走的慢些！"我们在五区（即游击区）的生活是：吞糠咽菜，风餐露宿，牺牲流血，倾家荡产。当时革命干部的待遇每天只有斤[①]四两小米，到了1942年最苦难时期一天减为14两，其余靠生产自救。

冬天穿不上棉衣，夏天换不了单衣。沁县有一位县委副书记，到端午节还穿着棉衣，到群众家里还披着棉衣，农家妇女背地里批评他不礼貌。但男人还和女人吵架，男人说什么不礼貌，你知道他穿的是什么，你穿上单衣了，他还穿着棉衣，能不披么？你给他把棉絮挖了，看他还披不披？后来女人果然给挖了，还给洗了。县委副书记高兴了，也再不披了！我们在群众家里吃派饭，一家七八口人，锅里煮着野菜，用糠面擦咯咯豆，大概有斤多面，煮熟了，一家人不能自己

① 斤，此处指1斤，当时1斤为16两。

舀饭，只有家庭主妇一手舀。吃上糠菜饭，半夜就饿醒了，再也睡不着了，三人一个家都同时饿醒来了，在家找东西吃什么也没有，故三人喝白开水充饥。正在此时，邻家送来一碗糠炒面，并说饿了不能喝开水，越喝越饿。三人分的把一碗糠炒面拌的吃了，才又睡觉！

风餐露宿，是整年不能在家睡觉，热天睡旷野，冬天睡土岗子。逢年过节，刮风下雨，更加不能在家睡觉，因为敌人就是乘机来家捕捉干部的。我们有个区委副书记刚从县委调来不到三个月就牺牲了，就是因为在老百姓家吃了夜饭走得迟了，就被敌〈人〉抓走了，后来跳井牺牲了！

所谓流血牺牲，就是全区主要干部大部牺牲了。区长牺牲了，区委书记牺牲了，区委副书记牺牲了，农会主席牺牲了，武委会主任牺牲了，公安助理员牺牲了等等，就是我是个幸存者。

所谓倾家荡产，就是因为我当干部，敌人把家烧光了，但左邻右舍都没烧。我和您婶母可以说是患难夫妻，因为我革命，敌人用刺刀放在您婶母的脖子上问你男人是不是八路，你婶母说不是，是个放羊的，问哪里去了，说是到我娘家拿衣服去了，才免于难。

那个时候工作很艰苦，每天是昼伏夜出，每天工作要下山上山，走卅多里路。死的死了，活的人也准备天天牺牲，时时牺牲，真乃是视死如归，前仆后继，为的不当亡国奴，为了社会主义和共产主义，消灭战争，消灭帝国主义。我们和群众关系真乃是鱼水关系，一家人关系，对老者敬如父母，对同年的男女如同兄弟姐妹。在群众家里给担水扫院，春天一块到地播种，夏秋一块到地里收割，群众对我们无话不说，我们对群众也不时交心。在游击区工作，如果没有群众支持，一天也待不下去。我记得有一次全区在开会，半夜被敌包围，我们还没起床敌人就把炮弹、子弹打到院里，后来起床不能开灯，走时裤子和鞋都没穿上，走到路上遇上敌人就跳到数丈深的坑里。第二天吐了血，就患了便秘病，在京透视时发现一根肠子被蹲坏了。自 1938 年武汉失守后敌人对国民党实行诱降政策，对敌后华北实行“三光”政策，对游击区实行蚕食政策，到处捕杀干部，就是蚕食政策的体现。

第二，1946年有一段实行停战谈判。我由五区区委书记由地委任命我为中共沁县代表进城与敌人谈判。实行停战谈判是蒋介石缓兵之计，一面和谈一面向解放区进攻。1945年日本投降，毛主席到重庆设立了双十协定，停战谈判就是这种继续，谈判的三方是国民党、美国人和共产党。我们进城后处处受监视，去厕所他们也跟着，住的房子窗外就是敌人的特务。在城住了四十多天，什么问题也没解决，最后还是地下党送出情报，我们的代表用工作之便，夜间以查火车之名跑出来的，有个太行区的代表跑的晚了就被敌人关起来了。

第三，是任兴安厂的厂长和书记。兴安厂是个军工火炸药危险厂，因为出了数次恶性事故，才把我由公安局调来的。这个厂用工人的话说是玩老虎的，它出过三次大事故。第一次是在火车上烧死×人，因为该厂拿的产品到上海试验失火出事的；第二是在四月九龙坡车站，把将校军官的皮大衣全部烧掉；第三丢失了图纸。由于这三次大事故在全国公安厅局长会议上点了名，才把我调来的。省市委要求派太原市公安局长去，否则我们省市委连觉也不能睡了！

最后讲我们的政权是从反动派手里夺来的，而不是固有的。我在1938年任支部书记时，第一是建党，第二夺政权，因为当时的政权是阎锡山的，他们不抗日，还反对群众抗日，通过发动群众选举夺了政权，第三，组织发动群众成立青救会、妇救会、儿童团、自卫队和成立农民自卫队站岗放哨，妇救会做军鞋，而后就是“二五减租”和大囤粮、大扩兵。党员带领群众参军，我们的军队都是地方党扩大的。

总之，大体就是这些。为了纪念抗日战争胜利五十周年，我写了篇文章，大体内容是，我们党之所以是不可被战胜的，其原因有三，第一是有真理，第二是有人民群众的支持，群众是我们的力量源泉和胜利之本，第三是有党的优良传统和作风。

供参考。

叔父　润身

一九九五年九月廿日于太原

背景链接

在纪念全面抗战爆发 70 周年的时候，我找出叔父生前给我写的七页长信，重温他老人家讲的亲身经历的抗日故事，希冀中国人民伟大的抗战斗争史能为我们每一个人所铭记。

吴润身夫妇与战友夫妇合影，前排右一为吴润身，后排右一为吴润身妻子，摄于20世纪50年代

叔父写信时已84岁，正值抗日战争胜利50周年之时。老人家当时兴致很高，在长达七页的家书中讲了多个抗日故事，这些故事既有叔父机智躲过鬼子追捕的惊心动魄，又有他和战友们当年睡旷野、饥寒交迫却时时准备牺牲的艰辛，更有记忆中让叔父觉得温暖的鱼水军民情……

叔父的长信说明，他以三次实际行动，实践了毛泽东同志的教导。他从县委机关去抗日最困难的游击区任区委书记，正说明了这一点。

为了保卫人民群众，叔父与战友一次又一次冒着生命危险开展对敌斗争，浴血奋战，出生入死。在叔父写给我的其他信中，还有很多感人至深的小细节。比如，一次叔父带着两名战士，在寒冬十月涉冰水过漳河，冻的腿脚比针刺还痛，他们咬着牙，把疼痛化为仇恨，破坏了敌人的交通线，使鬼子的火车半个月动弹不得，通信设备成为聋子、瞎子。为了分化瓦解敌人，叔父与战友经常开展政治攻势，把抗日标语写到敌人的据点和碉堡墙上。

在战争岁月中，叔父依靠干部和群众，按照上级要求，完成了囤粮、扩军、组织妇救会、做军鞋等任务，直至日寇投降。他机智英勇，视死如归，不愧为一名抗日英雄。

（吴念孩）

衡阳保卫战余子武将军绝笔

这是参加衡阳保卫战的余子武将军写给妻子程俊璧的最后一封家书，写于1944年6月27日，辗转至7月26日家人才收到，而余子武将军已在7月21日与日军的血战中英勇牺牲。

璧：

我十七晚上回到师部处理一切，下午十二时到车站乘车。十八日上午三时卅开车，下午六时到达衡阳。在衡阳驻了数日，现开到西南方——祁阳城。

长沙已失守，我军到湖南后仍未遇敌。湖南已沦陷七八县，老百姓扶老携幼逃难者不计其数，真是可怜！

周排长回来称你们于十八早搬东西落船，中午开船。想你们已到仁化并受许多苦楚矣！

曲江如未沦陷，可暂在仁化住定。如曲江沦敌，你等可搬到长江东仁化住定。后可时着培根等时步行至曲江取物，三日可以来回矣。

每月在军部后方领米未知能领足五百市斤否？念念。现在此逃难中，最要紧是食饭。其他要尽量省钱。亚彩不可留用，少个则减少个人食饭。

我身体平安请勿念。专此顺颂

闺好！

波字　顿首

廿七日

【信纸背面】：

我行止未定，故未将通信地址告你。波又及。

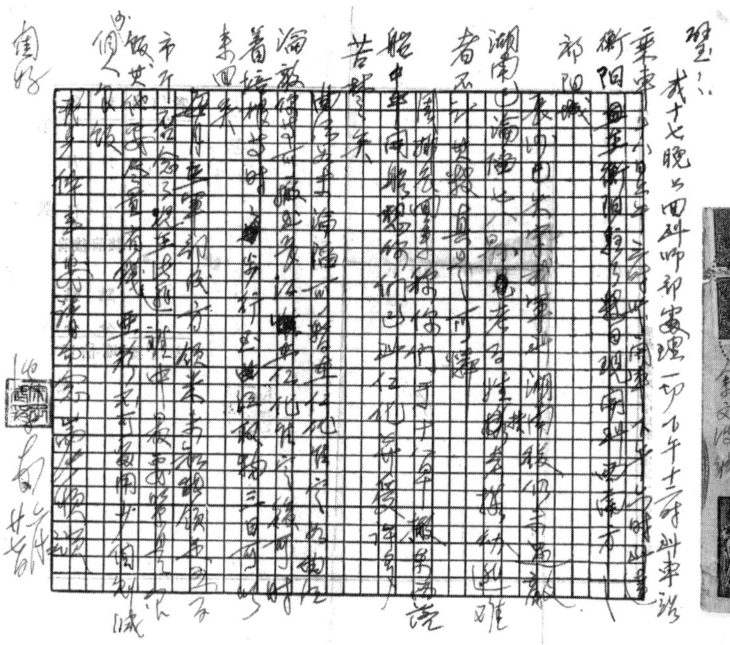

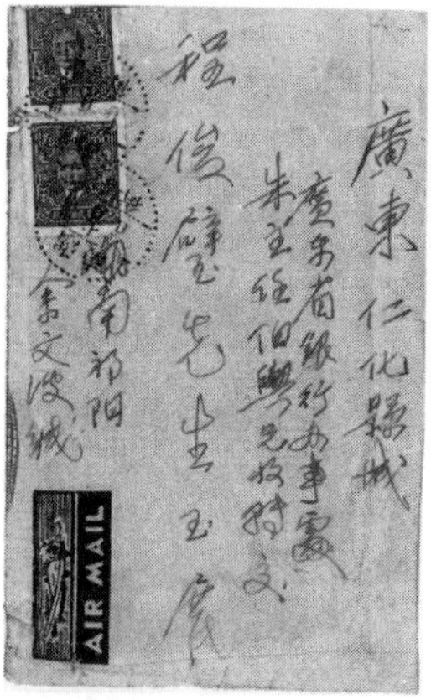

廣東 仁化縣城

廣東省銀行辦事處 朱主任陽興先生轉交

程俊鏞先生 玉展

湖南祁陽 余文波緘

AIR MAIL

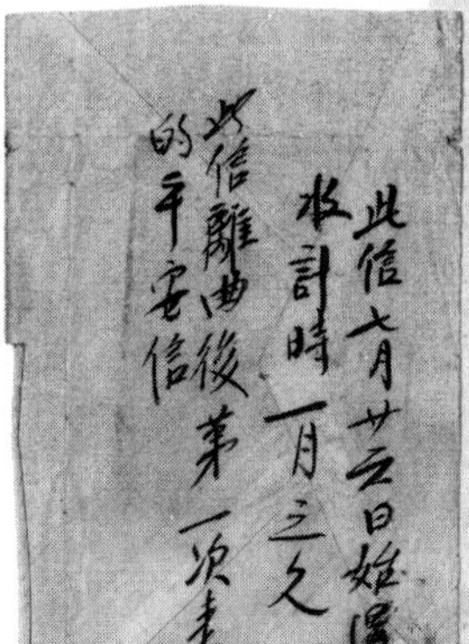

此信七月廿六日始得 收計時一月之久

此信離曲後第一次來的平安信

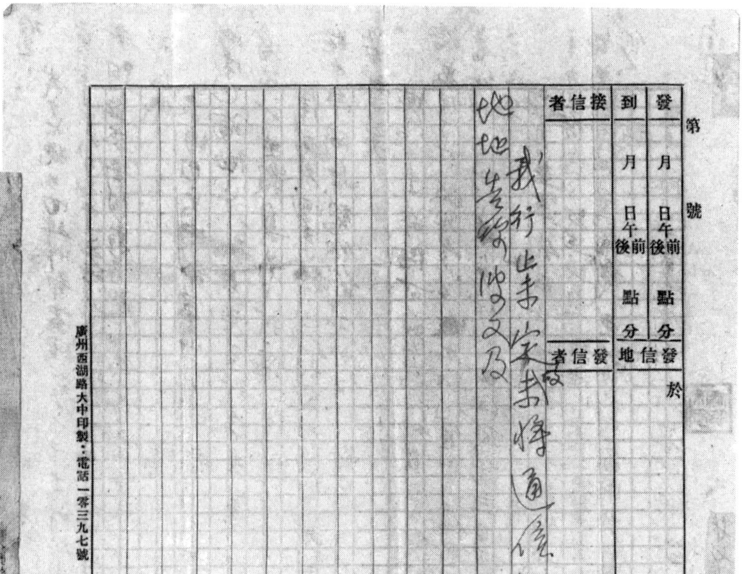

發	到	接信者
月 日 午前/午後 點 分	月 日 午前/午後 點 分	
發信地		發信者
於		

第　號

廣州西湖路大中印製：電話一零三九七號

背景链接

余子武，生于1901年，号文波，广东省台山县人，牺牲时为国民党陆军第62军151师少将副师长。

余子武出身清贫的私塾教师家庭，自幼聪慧努力，1923年考入北京大学法学院，两年后入读日本东京政法大学，1926年入日本陆军士官学校20期骑科学习。1929年毕业回国后，入伍粤军，历任上尉参谋、少校连长、中校营长、上校团长等职。抗战爆发后，参加淞沪会战和南京保卫战，屡立战功，获得第三战区的传令嘉奖。1939年7月晋升国民党陆军第62军151师少将参谋长。1943年晋升为151师少将副师长兼政治部主任，并赴印度参加美国陆军部举办的高级将领训练。

1944年6月下旬，10万日军侵犯仅有约1.8万守军的衡阳，敌我兵力悬殊，衡阳城危如累卵。余子武从印度集训回国后，奉命参加长衡会战。7月9日，余子武所在的151师与157师向侵犯衡阳的日军进攻，希望与城内守军呼应，夹击日军。余子武率部在衡阳西站与日军展开激战，反复冲杀，血战数昼夜，击毙日军联队长和少将以下数千人。不料日军增援部队赶到，于7月21日拂晓突袭了151师设在郑家冲的指挥所。为挽危局，151师师长林伟俦率453团占领附近的松山，余子武则带着直属部队坚守原地，不久被日军团团围住。在与日军的肉搏中，他的背部连遭三创仍奋战不止，最终因子弹击中腹部，为国捐躯。

噩耗传来，62军军长黄涛失声痛哭，悬金五万大洋，组织敢死队誓要夺回余子武的遗体，下令：不见余师长的遗体，不收兵回营！数日后，七名经过精心挑选的勇士组成敢死队，在夜幕掩护下潜入日军阵地，死伤过半，终于夺回余子武的遗骸。

国民政府为褒奖余子武的英勇抗日精神，赐予国葬礼遇。其忠骸经由桂林运往粤北时，陆军副总参谋长白崇禧、广西省主席黄旭初等率部于车站举行公祭仪式。沿途各地，国人自发祭奠者络绎不绝。灵柩抵广东韶关时，第七战区司令长官余汉谋亲为治丧并撰祭文。9月25日，余子武被厚葬于曲江县马坝南郊白芒山麓，树碑立传悼念。

余子武壮烈殉国后，当时的《中央日报》《中山日报》均以大量的篇幅给予详尽的报道，褒称将军为“民族英雄”、“国家忠骨”。1946年，美国华文报纸《少年中国晨报》连载刊出《余故师长子武将军事略》，引起强烈反响。1992年，民政部颁发证书，追认余子武为革命烈士。

余子武将军殉国后，留下发妻、老母及六名子女。在余汉谋的帮助下，其家人辗转各地，后赴美国定居。2007年之后，其女余美华女士陆续将收集到的父亲的文物、资料捐赠给中国人民抗日战争纪念馆，从而使余子武将军英勇抗日、为国捐躯的事迹得以完整呈现。

（任京培）

下篇

一位爱国绅士临刑前的诫子书

于登云遗照

一位爱国绅士因为资助东北抗日义勇军而被捕，他自知难逃一死，在临刑前给其长子留下了这封遗书。信中这位慈父舐犊情深，谆谆教导，语重情长，催人泪下。

成儿知悉：

你年已不小，本拟父子天年，未想半途分别，你之命，父之运也！所望读书尽心，务必前途。侍母要孝，勿劳其生气，以便领你们兄弟子妹过日子。如你母有生气时，你要跪之请罪，以何时欢喜为止。兄友弟恭，妹妹之领导，你的责任太大。将来各地处你要均应前往看看，以长经验。择友慎行，要比为父有不好之日，你不要口出怨言，以免招祸生此地。善法也。勿得犯口为要。

至嘱　父

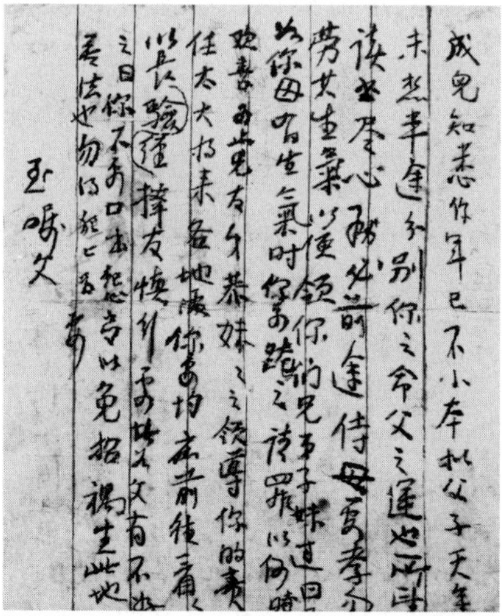

背景链接

逃亡到北平的于登云家人合影

写信人名叫于登云，是一位爱国绅士。祖籍山东省文登大水坡，清朝时祖父迁居东北开荒，落户于吉林省磐石市朝阳山镇。他自幼聪颖好学，20世纪20年代毕业于北京朝阳大学法律系。于登云主张革新创业、实业救国，曾任吉林省蛟河县税捐局长。他思想进步，为了让儿女早日学到新知识，特意请来家庭教师教子女们学习英语、语文等课程。

九一八事变后，日军很快侵占了辽宁各地，并大举进犯吉林省。1931年9月21日，日军占领吉林城，23日侵占蛟河、敦化。于登云目睹日军肆意蹂躏自己的家乡和人民，悲愤异常。他虽然不能亲自上战场杀敌，却暗地筹粮筹款，资助抗日分子。

1932年2月8日，在中共党员李延禄等的帮助下，王德林脱离吉林军系列率部反正，举旗抗日，宣布成立“中国国民救国军”。于登云积极联络蛟河、敦化、吉林等地的农、工、商、学等各界爱国志士，为国民救国军筹集捐款，购买棉服，提供情报，支援该军攻打敦化等地。2月20日国民救国军收复敦化，至28日，又连克额穆、蛟河两城。3月，日军进攻蛟河，于登云等被日军驻吉林宪兵队逮捕关押。

于登云自知难逃一死，在狱中秘密给儿子于渤（乳名成儿）写下遗书，对父子半途分别深感遗憾，勉励于渤用心读书，孝顺母亲，做弟弟妹妹的表率，并要他增长经验，择友慎行，特别是不要口出恶言。于登云在当地颇有口碑，受人尊敬。看守钦佩他的抗日爱国精神，偷偷将遗书带出，交给他的家人。

3 月 23 日，于登云等 13 名爱国志士被杀害于吉林城郊九龙口。于登云遇害后，妻子为免不测，带领子女逃亡关内，投奔北平的亲友。于渤本来生性活泼，非常淘气，自从父亲遇难，他仿佛一夜之间长大了。他遵照父亲的教导，努力学习，孝顺母亲，谨言慎行，以身作则带领弟妹，为母分忧。父亲的遗书他不知道读了多少遍，铅笔的字迹变得模糊不清，薄薄的信纸也破烂了，于渤用糨糊仔细将信纸托裱，又用钢笔照着父亲的铅笔字迹一笔一画地描摹清楚。

通过刻苦的学习，于渤考上了国立东北中山中学。中山中学专门招收当时在北平的从东北流亡到关内的中学生，是抗战时期国民政府教育部直属的第一所国立中学。后来，于渤的妹妹于树玉考上了私立毓英小学。于渤兄妹不忘父亲的教诲，在学校努力学习，同时积极参加抗日救亡活动，号召大家抵制日货，反抗日本侵略，收复东北失地。

1941 年，于渤从辅仁大学毕业，考虑到年迈的寡母和年幼的弟妹无人照料，只好放弃去国统区谋职的打算，留居北平直至抗战胜利。1949 年于渤考入华北企业部训练班，毕业后分配到重工业部，为国家建设贡献自己的力量。2010 年 7 月 1 日，于渤将保存近 80 年的父亲遗书捐赠给了中国人民抗日战争纪念馆。

（陈　亮）

不做时代的落伍者

韩雅兰复旦大学毕业照

今天我们可能很难理解，韩雅兰家庭条件优越，名校毕业，却背着父母偷偷跑到延安上了抗大。尽管抗大的物质生活相当艰苦，她却感到很快乐。国家兴亡，匹夫有责。“为国家民族求解放，作一点有意义的事业”，这就是那个时代青年的思想追求。

亲爱的父亲、母亲：

儿过去曾寄过几次信给大人，想早赐阅矣。但至今未见大人的训示，想大人必因儿不告而走之故怪罪于儿，生气不理了，所以儿对此点终不能安心。

最近有友人从西安来此，听说父亲和母亲对儿之走很觉伤心，祖母恐怕更难过。儿听了也万分凄惨。大人平时最知儿之心情，也最疼爱儿的，这点儿早已深知，同时也是儿一往对家庭留恋的主要原因之一。当那年玉妹被捕之事发生[①]，大人连年节都不过了，星夜的赶到上海，为她设法，使儿等更感到父母爱儿女之心太迫切了。那时父亲回家后，曾给儿一信。嘱咐儿应安心读书，不要再像玉妹一样教大人担心睡不着。那时儿接读信后，难过了几天，想想我们真有点对不住父

① 指写信人的弟媳杨玉珊，她于 1927 年加入中国共产党，1934 年在上海被捕。当时因为写信人的弟弟在国外上学不在家，其父得知这个消息后，抛下全家老小，孤身一人，连年节都不过了，赶往南京、上海，企图设法营救，但未果。

母之爱。此后儿是时刻都不会忘记父亲痛心的话。然而儿不愿作个时代的落伍者，不愿落人后，同时又被感情支配着，这极痛苦大人是不会了解的。谁料前年又遭受圣域这样的侮辱[①]。为了不让使大人难过，为了孩子的问题，忍耐一切痛苦到现在。但是从那时起，儿已认清自己应走的正大的光明的道路，更认清了一个女子不应只靠一个丈夫。若完全依靠丈夫，结果会落得求死不得求生不能的苦境。亲爱的慈祥的父亲母亲，假如儿没有大人的疼爱和体贴，假如没有求得一点不受人欺侮的知识，那儿现在也只有死路一条了。圣域他固然给了我苦头吃，然而他也毁灭了他自己。儿想，他所受的损失或者比儿还要大呢。儿已受够了痛苦，人不能就这样消沉下去，自己毁灭自己。儿要为改造不合理的社会而奋斗，为后来女子求幸福，也要和男人一样为国家民族求解放，作一点有意义的事业，总比被人家气死有价值的多。这就是儿此次来延安的主要原因，请大人想想，章乃器、沈钧儒[②]他们都起来挽救国家，儿受家庭社会的养育一场，怎能坐视不顾？所以儿决定来此学习一点真实学问，去应社会，求中国民族解放的方法。

大人爱儿也必知儿之性，对任何事，决不会轻举妄动，儿都经过长期的考虑过。这次到三原晓得了此地招生的事，儿曾经仔细地考虑过后才决定走的。因为时间的关系，不能回西安面商于大人。想大人看现在全国人民抗日的热情，也许会不再生儿之气。总之，儿不是不懂事的，盲目的瞎跟人跑的，跟人说的，儿现在所走的爱国的路，想必能得社会人士的谅解的。恳祈大人恕儿不告之罪，而仍以从前的爱儿之心来爱儿，则儿幸甚。

这里[③]的物质生活比较外面苦些，但精神方面则比外面快乐的多。什么话都可讲，很自由很坦白。凡是到这里来参观的没有不对这里发

---

① 此处指1935年写信人的丈夫纳妾之事。

② 指1936年11月23日救国会的主要负责人沈钧儒、章乃器、邹韬奋、李公朴、沙千里、王造时、史良等七人被国民党政府逮捕之事，史称“七君子事件”。

③ 这里指陕北延安和抗大。

生好感的。前天来了两位大学教授，同时也是《申报》周刊编辑，他们参观的结果，印象非常的好，今天已经走了。最近外边到此地来的参观的非常多，时常有人来。

这里学校对于学习方面，教员讲的很好，同时很注重研究性质，学生能充分发表自己的意见，因此得的益处很多。儿觉得在这里的几月学习比外边学校几年的学习还要得的益处多。

由西安来的学生很多，各地都有，赵师长的女和子[①]都在这里，好些熟人，所以请大人放心。不要以为儿作的不对。这样多的人都和儿所作的一样，此地的女生已有三四十人。敬祝

健安

漂泊的女儿[②]敬禀

4.18

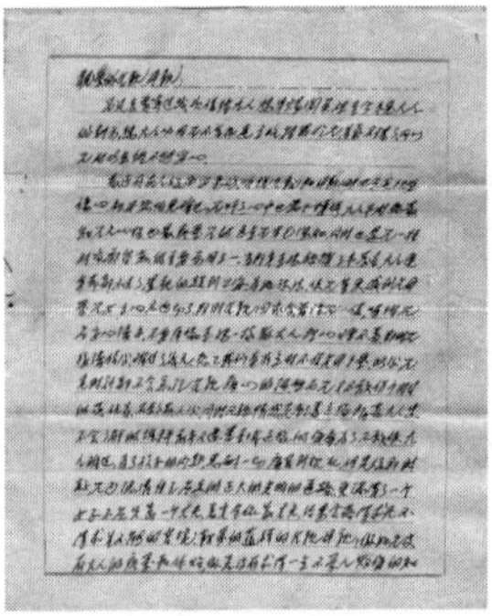

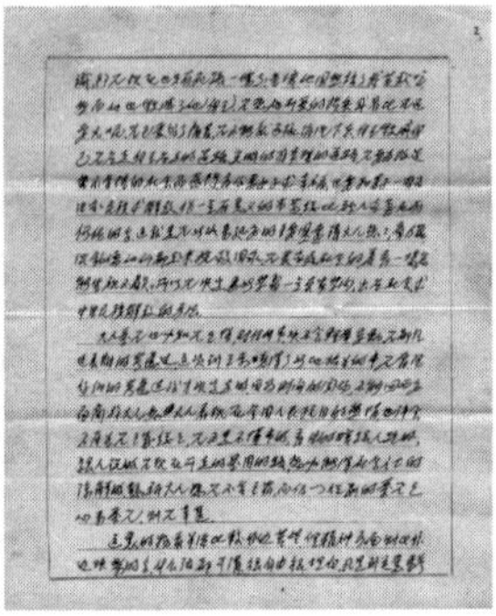

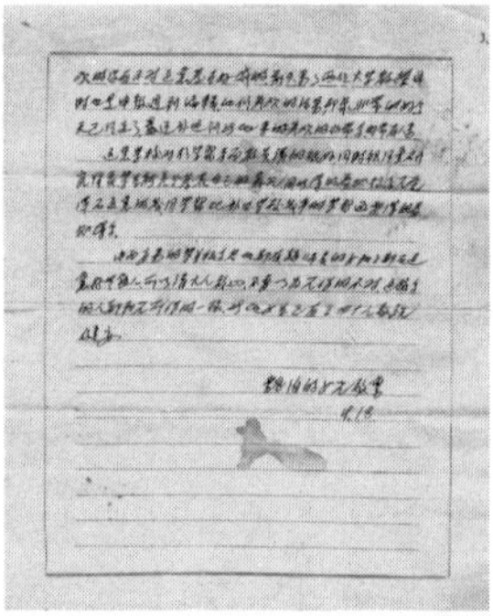

① 赵师长，指杨虎城部38军第17师师长赵寿山。抗战期间，原杨部被改编为38军和96军，赵任38军军长。1941年底，经中共中央批准，赵成为中共党员。解放战争期间，任西北野战军副司令员。新中国成立后，先后任青海省人民政府主席、陕西省省长等职。1965年6月，因病去世。其女指赵铭锦，当时她也在抗大第二期第四大队女生区队学习，抗大毕业后，由罗瑞卿等介绍入党，组织血花剧团派往杨部38军工作，后入学校学医，新中国成立后担任医生。其子指赵元介，抗大毕业，长期从事戏曲教育工作。

② 因为写信人是在延安，信要寄往国民党统治下的西安，所以没有署名。写信人从1930年离家到上海，在外多年，后由于丈夫纳妾，她有家不能回，所以这里给父母写信就署了个“漂泊的女儿”。

背景链接

这封家书是我母亲从陕北延安写给我外祖父、外祖母的，时间是1937年4月18日。

我的母亲叫韩雅兰，1905年生于陕西省蒲城县。20世纪20年代在陕西省立女子师范学校上学期间参加中国共产党。大革命失败后，1930年3月与我父亲一起赴上海，后入复旦大学中国文学系学习。1936年6月，母亲从复旦大学毕业，同年秋，由上海返回西安，在西安女子中学教书。1936年底，赴延安参加中国人民抗日军政大学（简称抗大）第二期学习，是1937年1月开学到8月结束。我母亲是抗大第二期第四大队女生区队的学员。

母亲走之前没有将此事告知我的外祖父、外祖母，到延安后虽曾几次写信回家说明，但一直未接回信。她怕老人生气，故于4月18日写了一封信，详细讲述了自己去延安的缘由并介绍延安抗大的情况以便让父母谅解、放心。

1937年七七事变全面抗战爆发后，母亲奉党的指示返回西安从事地下工作，参加陕西妇女抗日救亡

韩蒲之父、韩雅兰和韩蒲合影，20世纪30年代初摄于西安

韩望尘和女儿韩雅兰合影，20世纪30年代初摄于上海

运动。后患病，于 1943 年 6 月病逝，终年 38 岁。

母亲自我 3 岁时就离开了我，长期不在一起生活，再加上当时处于国民党统治区，作为地下党员，根据党的组织纪律，她不可能把所从事的工作、担任的职务告诉我这个还在上初中的孩子，因此我对于母亲的情况基本不太了解。母亲去世后，由我外祖父和舅舅在西安南郊买了一块墓地安葬。1957 年夏，因为公社化，村里要收回母亲的墓地，我赶回西安，把母亲的棺木迁往南郊三兆公墓（“文革”中许多墓被平，母亲的墓现在也找不到了）。因为要填写墓穴申请单，问了家里人及母亲生前的朋友，才知道母亲的具体生辰并且听说母亲当时是中共地下党组织西安市妇委委员。

韩雅兰（中）和弟弟韩钝初、弟媳杨玉珊合影，20 世纪 30 年代初摄于上海

这封信母亲生前没给我看过，母亲去世后，外祖母把母亲的遗物交我保管。我在整理遗物时才发现了这封信，60 多年来，我一直珍藏着这封信作为纪念。2010 年听说中国人民大学博物馆正在收集民间家书，我已经是 80 多岁的老人了，不可能再把这封信长期保留在我的手边，捐给博物馆也许可给后来的人研究当时的历史有所帮助。

我的外祖父名叫韩望尘，外祖母名叫原蕙。外祖父生于 1888 年，早年参加同盟会，积极参加了陕西的反清革命活动。1913 年东渡日本留学，1916 年回国，参加反对袁世凯和北洋军阀的斗争。1918 年在于右任靖国军总部工作，后到靖国军第三路军第一支队杨虎城部工作。从那时起，他与杨虎城结成莫逆之交，协助杨部的巩固和发展。

陕西妇女界代表与丁玲（着军装者）合影，丁玲后右后方为韩雅兰，抗战初期摄于西安

西安事变期间，他积极支持张、杨的义举，响应中共对西安事变和平解决的号召。西安事变后，杨虎城被迫离陕并被关押，杨部遭受迫害，他不避危险，亲身参与处理善后事宜。他拒绝国民党为其恢复党籍，出任《西北文化日报》总社长，坚持宣传抗日救亡活动，帮助中共地下党组织做了许多有益的工作。抗日战争胜利前后，他与杜斌丞、杨明轩一起参加中国民主同盟西北总支部的筹划和建立工作，担任总支部财务委员。新中国成立后，外祖父先后担任陕西省政府委员，省工商联主任委员，全国工商联副主任委员，民主建国会中央常务委员，全国人民代表大会第一、二、三届代表和西安市副市长。1971 年 9 月 21 日因患脑血栓而逝，享年 83 岁。

信中提到的玉妹是指我母亲的弟媳，即我的舅母杨玉珊。她 1904 年生于蒲城。20 年代入陕西省立女子师范学校读书，1927 年 8 月加入中国共产党，任女师中共第一届支部委员。大革命失败后，1928 年末赴日本留学。1930 年初，因参加中共与日共在东京举行的“银座暴动”，被日本警方逮捕，后被驱逐出境，返回上海。此后，她进入复旦大学教育系读书，同时在中共沪西区工委领导下，深入工厂，做女工工作。1934 年被国民党政府逮捕入狱。1937 年，八一三淞沪抗战爆发后出狱。在党的领导下，参加西安的抗日救亡和妇女运动，如为《西北妇女》撰写抗敌支前的文章，同时在西安作秀女中、长安县中、临潼县中任英语教员。1947 年重新入党，回到党的队伍中来。

（韩蒲口述，孙思怡记录整理）

乱世做人，简直不是人

姚稚鲁

“慰儿：要知道没有了你们便没有了我……我虽然在外面，一颗心却天天在您身上呢！”这是上海沦陷后小学教员姚稚鲁奔波逃难时在家书里跟女儿说的话。说完这话不久，他就在忧愤交加中去世，但无人知晓他死于何处。只有他先后寄给妻子女儿的10余封家书，成了这位年轻的丈夫和父亲留在世上仅有的痕迹。

离开上海两个月了，在这里只有忧愁苦闷，白白的吃了人家的饭，鱼啦肉啦，谁亏待了我呢？不过总是一个不自在，失业的痛苦，真够味哪！

在中原大会战的准备声中，武汉密布着恐怖空气，走啦！走啦！重庆、成都、香港、上海，纷纷地忙着奔波，我呢，满望到了汉口，或许在生活上有一点儿希望，如今可毁啦！不单舍却你们，在外面度那可怜岁月，而且要跟上四姊逃难哩！（几天之前，有一个职业该我做的，不过要到前线服务，要是薪水够你们开销，我便危险一点也不在乎，但是单单只有二十几块钱，我觉得太不值了，所以没有去干）到底怎样措施，现在还没有决定，到动身的一天我再写信告诉您们罢。前几天寄的信和钱想必都收到了，现在我也等不及你们的回信了，过后再说吧！总之，“来日大难”，过一天算一天就得啦！

你们在上海的情形怎样？想必还是那样子，我本来的希望，在离开您们两三月后，总得有一个办法，照如今的情形看起来，真有点儿难说，可是您们母子三个老是靠着锡森[1]，总不是事呀！也得想想法子才好！

在武昌碰见了孟志杰、毕映泉，说到了上海的家中，只有付之一叹。卢炳章[2]也到了广州，据说生意很不差，不过前几天广州遇到大轰炸，不知道怎样了？乱世做人，简直不是人，过到哪里就算，也忧急不了许多。这几天，这里谣言很大，说要“轰炸武汉”，管他呢！“在劫不在数，在数最难逃”，我便听天由命吧！

寄上的小照是四姊去年在南京照的，她是走运的一个，可是现在腆着一个大肚子，要在轮船火车上尽挤，也很可怜的了。岳母以下诸人想必都好。慰、亚两儿淘气不淘？总望你少生一点气，因为她们是最可怜的孩子，哪一件也赶人家不上，有你多痛［疼］她们些也还罢了。

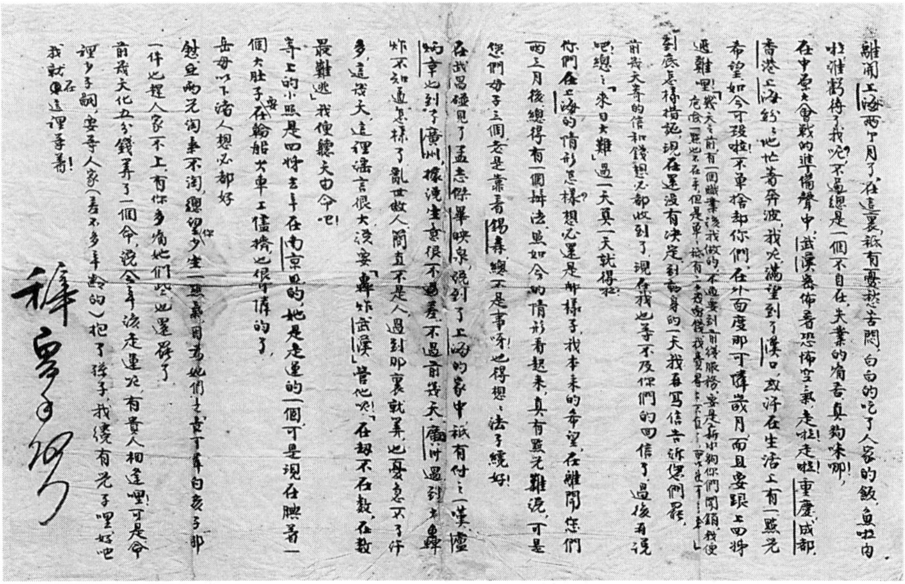
離開上海兩個月了，在這裏，祇有憂愁苦悶，白白的吃了人家的飯，真難為
情，難為得了我呢？不過總是一個不自在，失業的痛苦真夠味啊！
在中原大會戰的準備聲中，武漢籠佈著恐怖空氣，走啦！走啦！重慶，成都，
香港，上海，紛紛地忙著奔波，我也滿望到了漢口，或許在生活上有一點光
希望，如今可毀啦！不單捨卻你們，在外面度那可憐歲月，而且要跟上四將
逃難哩！
到底是怎樣措施，現在還沒有決定，到動身的一天我再寫信告訴您們罷。
前幾天寄的信和錢想必都收到了，現在我也等不及你們的回信了。過後再說
吧，總之「來日大難」過一天算一天就得啦！
你們在上海的情形怎樣？想必還是那樣子，我本來的希望，在離開您們
兩三月後，總得有一個辦法，照如今的情形看起來，真有點兒難說，可是
您們母子三個老是靠著錫森，總不是事呀！也得想想法子纔好！
在武昌碰見了孟志傑、畢映泉，說到了上海的家中，祇有付之一嘆。盧
炳章也到了廣州，據說生意很不差，不過前幾天廣州遇到大轟
炸，不知道怎樣了？亂世做人，簡直不是人，遇到那裏就算，也憂急不了許
多，這幾天，這裏謠言很大，說要「轟炸武漢」，管他呢！「在劫不在數，在數
最難逃」，我便聽天由命吧！
寄上的小照是四姊去年在南京照的，她是走運的一個，可是現在腆著一
個大肚子要在輪船火車上儘擠，也很可憐的了。
岳母以下諸人想必都好
慰、亞兩兒淘氣不淘，總望你少生一點氣，因為她們是最可憐的孩子，哪
一件也趕人家不上，有你多痛她們些也還罷了。
前幾天化五分錢算了一個命，說今年該走運啦，有貴人相逢哩！可是命
裡少子嗣，要等人家（差不多年齡的）抱了孫子，我纔有兒子哩，好吧
我就在這裡等著！
稚魯

① 锡森，姚稚鲁女儿姚慰瑾的三舅。
② 孟志杰、毕映泉及卢炳章，此三人都是姚稚鲁的朋友。

前几天化［花］五分钱算了一个命，说今年该走运呢，有贵人相逢哩！可是命里少子嗣，要等人家（差不多年龄的）抱了孙子，我才有儿子哩！好吧，我就在这里等着！

稚鲁手启[①]

新娣[②]：

读三十日来信，知亚瑾出痧子[③]，已经好了。不过您又担了多少心事，为了多少难！

唉，争强要胜的我，现在竟弄到束手无策的地步。虽说您们的三哥三嫂看在自己同胞姊妹的面上，不会嫌恶您，可是教［叫］我哪里对得住他们呢？不但对不起他们，也对不起你。再说一句，我的妻子女儿叫人家养活，实在自己也对不起自己呀！我所以说，“死”是人所怕的，到了死，甚么都丢了，倒也干脆。像我活又活不了，死又死不成，这罪真够受哩！

不是我发牢骚，说那一套话，实在是太可怜了。自从四娣带了南筠、之光[④]到磊石塘以后，这里我和乃盛[⑤]住着，伯元[⑥]、二哥都尝受了孤独的生活。除了吃饭上饭店之外，洗脸哩，沏茶哩，洗澡哩，洗衣服哩，噜噜嗦嗦多少事，您想该怎么办？有钱还好，一切总容易解决，不过不便些罢了。想我该怎么办呢？

二哥他局里常常闹着解散，虽然要是武汉能是保卫的话，一时还不至于此，可是他的薪水一减再减，下个月起，只有五十块了。要是我再找不到一个职业的话，常［长］此带累人家，终不是一个办法

① 此信没有收信人，也没有时间，根据信的内容可知，收信人应为姚稚鲁的夫人马芳珍，时间应在 1938 年 5 月姚到达武汉以后。

② 新娣，姚稚鲁的夫人，即姚慰瑾母亲马芳珍的小名。

③ 痧子，即麻疹，一种传染病的名称。

④ 南筠、之光，姚稚鲁四姐的两个孩子。

⑤ 乃盛，姚稚鲁四姐的大儿子。

⑥ 伯元，姚稚鲁的四姐夫。

呀！因为我的处境困难，再想到你在上海不是同我一样么？亚瑾出痧子，这是免不了的，不过你们那里有许多小孩子，真该急死人咧！想我，想你，我真该自杀！所以你的来信说："今年这里瘟疫很重。"真是有这一回事么？那么我该祈求第一个瘟我。

衣服么？用不着寄来，我现在还是穿那老布衫绔[1]，一件线春单衫，是我的"出堂袍"。要是谋到职业的话，这里通行短衣服。二哥给了我一套白斜纹制服，伯元有一套绿哔叽的制服料，可以使用，您放心好了。

我的病吗？怕不会好了，因为这里医院不但是少，而且诊费奇贵，没有上海那么便当，要是看一次，起码得四块钱，叫我出得起吗？——有没有送诊的医院，打听不出来——就是在家里。我自从到了这里，没有洗过一次澡，这里的苦处想你总该明白。总而言之，我的病生在破家失业的时候，就是该死！我想要是早两年生这毛病，怕不至于到此地步吧！

话又说回来了，天降劫数，遭遇不幸的，不是我一个。就像我们那里住着一家姓钟的，他们在泗泾有田地有房产，他自己在上海当教员。开战之后，他一家子带了千把钱逃难，一路出来，东西也丢了，钱也用得差不多了。他夫妇两个带上三个孩子，还有一位老丈母，住在永和里，看他们一家六口，每天限定吃一粥一饭。小菜吗？不过化［花］几分钱，真节俭极啦！但是少不了要用二十块一个月，幸亏还有几个亲戚朋友在汉口，借借弄弄，挨了半年吧。现在找到一个职业，二十块钱一个月薪水，而且要到内地（潜江）工作。实在没有法，在二十七日早晨走了。你想他们的苦处，不是同我们一样吗？然而我到底还是眼热他们，因为就是苦吃苦熬，还是带了妻子，自己吃自己的饭，比我好多了！还有一位是在蚌埠开洋货店的老板娘，逃难的时候和她的丈夫失散了，抱了一个小孩子，不过五六岁罢，在点心店里求

① 绔，同裤。

乞。我想像这种情形的一定不少，那么你比了他们好了！

稚鲁写于永和里

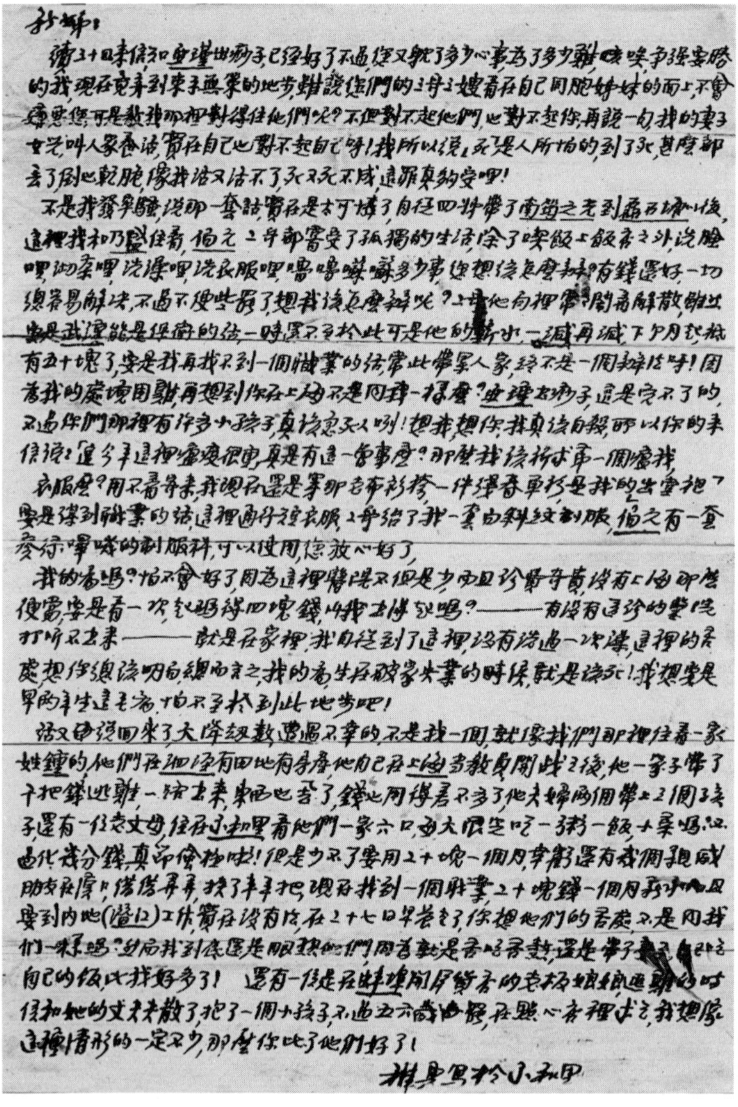

孙妹：

读二十日来信，知迪瑾的病子已经好了，不过你又耽了多少心事，为了多少[illegible]喉争强要胜的我，现在竟弄到束手无策的地步，虽说你们的二哥二嫂看在自己同胞姊妹的面上，不会埋怨你，可是教我那里对得住他们呢？不但对不起他们，也对不起你，再说一句，我的妻子女儿叫人家养活，实在自己也对不起自己呀！我所以说：死是人所怕的，到了死，甚么都丢了，倒也干脆，像我活又活不了，死又死不成，这罪真够受哩！

不是我发牢骚，说那一套话，实在是太可怜了，自从四妹带了南翁之光到孤岛以后，这里我和乃聪住着，伯元二哥都尝受了孤独的生活，除了吃饭上馆子之外，洗脸哩，泡茶哩，洗澡哩，洗衣服哩，啰啰嗦嗦多少事，你想该怎么办？有钱还好，一切总容易解决，不过不便些罢了，想我该怎么办呢？二哥他局里常常闹着解散，虽然要是武汉能够保卫的话，一时还不至于此，可是他的薪水一减再减，下个月就只有五十块了，要是我再找不到一个职业的话，常此带累人家，总不是一个办法呀！因着我的处境困难，再想到你在上海不是同我一样么？迪瑾的病子还是完不了的，不过你们那里有许多小孩子，真该忙死人咧！想我想你，我真该自杀，所以你的来信说：「[illegible]这里处境很困，真是有这一会事么？那么我该[illegible]一个[illegible]

衣服么？用不着寄来，我现在还是穿那老布衫裤一件，哔叽单衫是我的出客袍了，要是谋到职业的话，这里[illegible]做衣服，二哥给了我一套白斜纹制服，伯之有一套[illegible]哔叽的制服料，可以使用，您放心好了。

我的病吗？怕不会好了，因为这里医院不但是少，而且诊费奇贵，没有上海那么便当，要是看一次，起码得四块钱，叫我去得起吗？——有没有[illegible]诊的医院打听不出来——就是在家里，我自从到了这里，没有洗过一次澡，这里的苦处，想你总该明白，总而言之，我的病生在破家失业的时候，就是该死！我想要是早两年生这毛病，怕不至于到此地步吧！

话又要说回来了，大劫级数，遭遇不幸的，不是我一个，就像我们那里住着一家姓钟的，他们在[illegible]有田地有房产，他自己在上海当教员，开战之后，他一家子带了千把块钱逃难，一路出来，东西也丢了，钱也用得差不多了，他夫妇两个带上三个孩子，还有一位老丈母，住在永和里，看他们一家六口，每天很省吃，一粥一饭，[illegible]也化几分钱，真节俭极啦！但是少不了要用二十块一个月，幸亏还有几个亲戚朋友救济，慌慌弄弄，挨了半年把，现在找到一个职业，二十块钱一个月，而且要到内地（[illegible]）工作，实在没有法，在二十七日早去了，你想他们的苦处，不是同我们一样吗？[illegible]自己的饭比我好多了！ 还有一位是在蚌埠开皮货店的老板娘，逃难的时候和她的丈夫失散了，抱了一个小孩子，不过五六岁[illegible]，在点心店里求乞，我想像这种情形的一定不少，那么你比了他们好了！

稚鲁写于永和里

新娣：

当断不断，反受其乱，我一生就吃当断不断的亏，在预备到汉口之先，不是有一百块钱么？不是想要你一同走么？但是怕这样怕那样，终是疑而不决，末了到底我一个人走了。哪里知道有一百块钱的盘费，我们大小四个都够了，虽然这是陈话也是废话，可是现在看了慰儿出面写的一封信，平添了十二分的忧愁，又是懊怕又是着急，因此把陈话又提起来了。

你们母女三个，靠着三娘舅本来说不过去，而且孩子们又多，挤在一间屋子里太不兴［幸］了，所以接到你的信说“亚瑾出痧子”，我就怕，怕过了人才麻烦哩！现在小弟[①]也出痧子了，虽说小孩子终免不了这一关，可是总是我们亚瑾先出痧子的不好，要是您们不住在一块儿的话，哪有这会［回］事呢？现在我只有默默地念着：“希望小弟的痧子十二分顺当”，而且请您立刻写信告诉我，使我放心。——快信寄汉口一德街平汉车务处运输课——

在这里我有几点困难：

Ⅰ. 没有您，我不能住在二嫂一起。——白水

Ⅱ. 没有您，我的病就不能常常敷药洗涤，以至于不会好。（来了三个月没有洗过一会［回］澡，您就该知道我的苦情了）

Ⅲ. 钱的一方面呢，我这里要用，您那里也要用，弄得两头三计束手无策。

Ⅳ. 四娣走了之后，弄得我留又不是，走又不是，走头［投］无路。

⋆六弟来过吗？他现在怎样了？

⋆春和[②]常来吗？我一到汉口就寄过一封信，到今朝连回信也没有，他跑街[③]生意好吗？

---

① 小弟，姚慰瑾舅舅的儿子。

② 春和，姚稚鲁的一个学生，也是邻居。

③ 跑街，方言，意为跑外或担任跑外工作的人。

★元嫂那里您不见得常去吧！要是碰见的话，您不要忘了说：“我望望她。”

★七月初二是我的爸爸二十八周年纪念，你向六弟提起一声，不要忘了，并且叫慰、亚两儿去磕一个头。

★慰儿要皮鞋吗？我明儿买了寄来，可是尺寸不大清楚，要是不合式［适］的话，您亦替她买一双，我总不愿意使她失望。——在我办得到的时候——

★您很瘦，我在照上早看出来了。可是俗语说得好：“张天师给娘打，有法没施处。”也是干着急罢了，要是觉得是病吗？在三嫂看病的时候带看几趟也好；要是心里忧急吧，那么请您看开些，因为在上海（你的周围）固然还多舒服的，除此之外，真有千千万万可怜的人群，比较上我们还是好一点的哩！再痛快的说一句：我要是在这时候找到了职业，也是不长的，反多一个周折多一个形迹罢了，您明白吗？

稚鲁手启七月十日

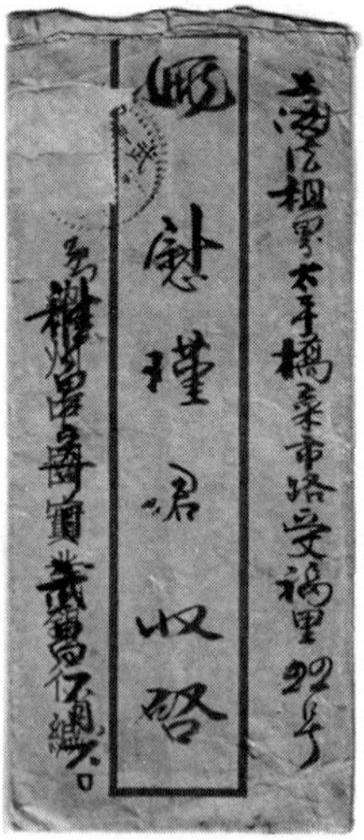

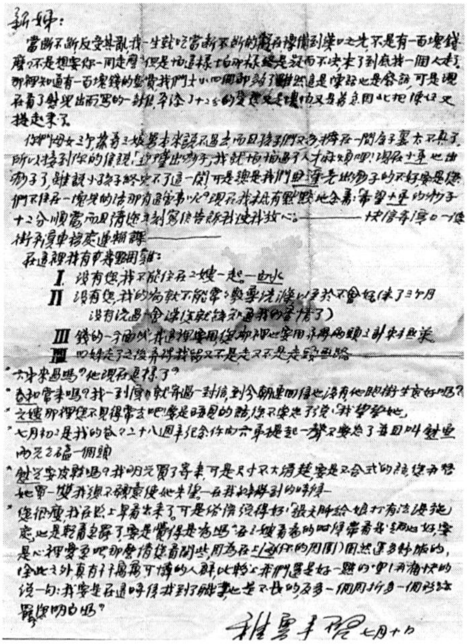

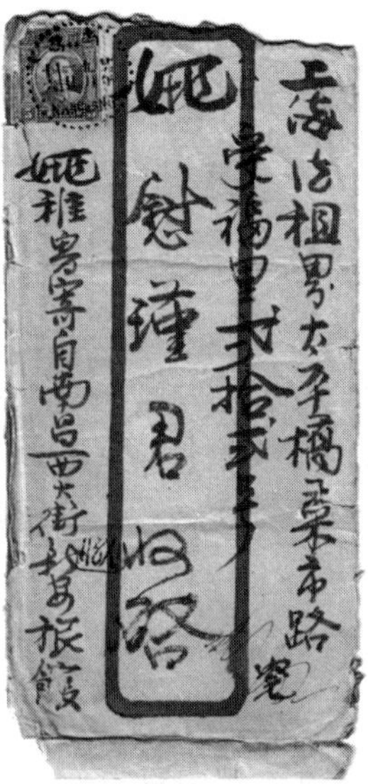

上海法租界太平橋菜市路

崇福里三拾貳號

姚慰鍾君收啓

姚雅泉寄自南昌西大街[illegible]旅館

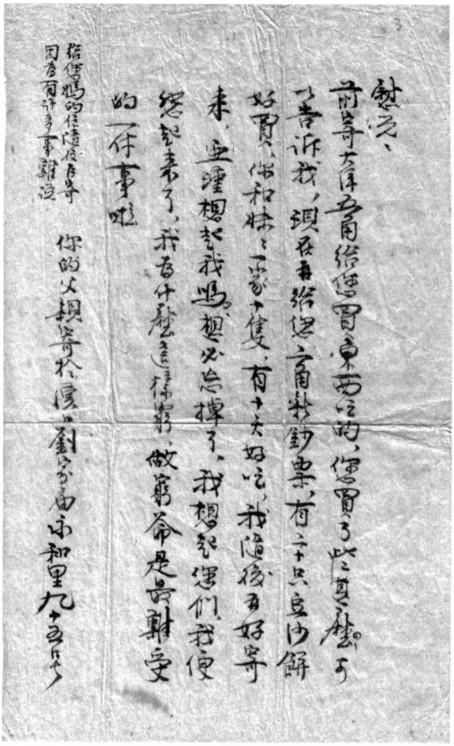

慰元、

前寄大洋五角給你買東西吃的，你買了些甚麽？可以告訴我，現在再給你五角錢鈔票，有二十只豆沙餅好買，你和妹妹一家十隻，有十天好吃，我隨後再好寄來。每逢想起我媽，想必你總掉了，我想起你們我便總想起來了，我為什麽這樣窮，做窮爺是最難受的一件事啦

你的父親寄於滬上劉家弄西永和里九十五號

給你媽的信隨後再寄，因為有許多事難說

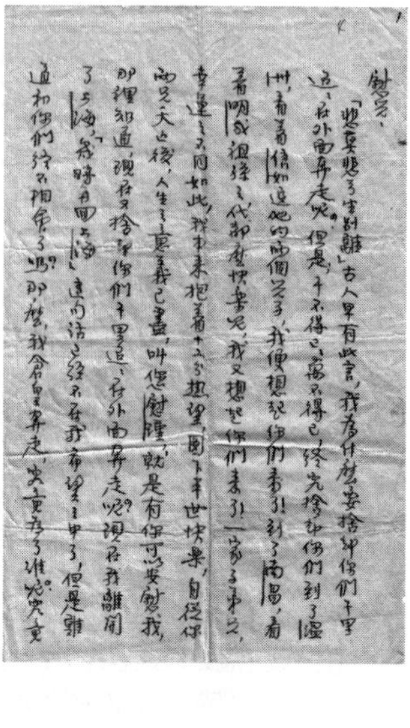

慰鍾、

「悲莫悲兮生別離」古人早有此言，我為什麽要捨卻你們千里遠遠的外面奔走呢？但是，千不得已，萬不得已，終究捨卻你們到了溫州，看看[illegible]的兩個兒子，我便想起你們來了！到了[illegible]，看看[illegible]祖孫三代都在快樂呢，我又想起你們來了！一家子[illegible]，幸運之不同如此，我本來抱着十二分熱望，[illegible]下半世快樂，自從你兩兄夭亡後，人生之意義已盡，叫你慰鍾，就是有你可以安慰我，那裡知道，現在又捨卻你們千里遠遠的外面奔走呢？現在我離開了上海，[illegible]，這句話之後不在我希望之中了，但是離遠和你們分不開會了嗎？那麽，我今後奔走，究竟為了誰呢？究竟

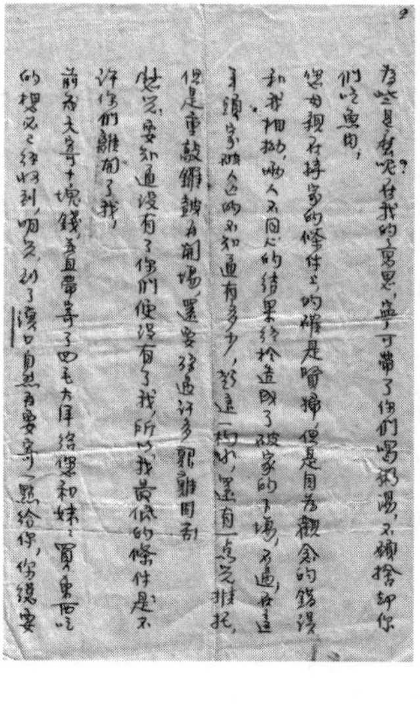

為些甚呢？依我的意思，寧可帶了你們喝稀湯，不願捨卻你們吃魚肉，

你母親在時家的條件之，的確是[illegible]，但是因為觀念的錯誤和我相拗，兩人不同心的結果，終於造成了破家的下場，不過，在這年頭家破人亡的不知道有多少，于是一切，還有一點兒推托，但是重鼓鑼鼓再開場，還要經過許多艱難困苦

慰兒，要知道沒有了你們便沒有了我，所以我貴你的條件是不許你們離開了我，

前寄大洋十塊錢，並且帶寄了四毛大洋給你和妹妹買東西吃的，想兄之經收到，吻兒，到了漢口自然再要寄一點給你，你總要

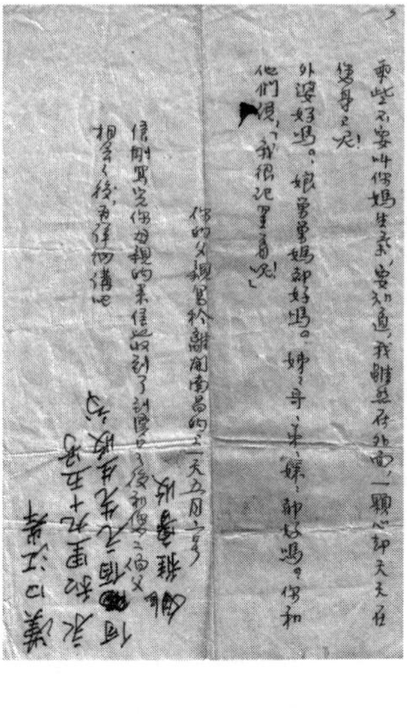

更些不要叫你媽生氣，要知道，我雖然在外面，一顆心卻天天在你身上呢！

外婆好嗎？娘舅舅媽都好嗎？姊姊、哥、弟、妹妹都好嗎？你和他們說，「我很記掛着呢！」

你的父親寫於離開南昌的三天五月六号

信剛寫完你母親的來信收到了[illegible]

想急之後，[illegible]

[illegible]

慰儿：

您要鞋子，我明天买了就寄（因为今天大雨不能出门）。不过邮局寄东西是很慢的，差不多要三个星期好到，你不要急，等着好了。

慰儿：

前寄大洋五角给您买东西吃的，您买了些甚么？可以告诉我。现在再给您二角新钞票，有二十只豆沙饼好买，你和妹妹一家十只，有十天好吃，我随后再好寄来。亚瑾想起我吗？想必忘掉了，我想起您们，我便愁起来了，我为什么这样穷，做穷爷是最难受的一件事啦。

给您妈的信随后再寄，因为有许多事难说。

你的父亲寄于汉口刘家庙永和里九十五号

慰儿：

“悲莫悲兮生别离”，古人早有此言，我为什么要舍却你们千里迢迢在外面奔走呢？但是，千不得已、万不得已，终究舍却你们到了温州，看着信如①追他的两个儿子，我便想起你们来了！到了南昌，看着明哉②祖孙三代都么快乐呢，我又想起你们来了！一家子弟兄，幸运之不同如此，我本来抱着十二分热望，图下半世快乐，自从你两兄夭亡后，人生之意义已尽，叫您慰瑾，就是有你可以安慰我，哪里知道，现在又舍却你们千里迢迢在外面奔走呢？现在我离开了上海，“几时亦回上海”这句话已经不在我希望之中了，但是难道和你们终不相会了吗？那么我仓皇奔走，究竟为了谁呢？究竟为些甚么呢？在我的意思，宁可带了你们喝粥汤，不愿舍却你们吃鱼肉，您母亲在持家的条件上，的确是贤妇，但是因为观念的错误和我相拗，两人不同心的结果，终于造成了破家的下场，不过，在这年头家破人亡的不知道有

---

① 信如，姚慰瑾大伯父的二儿子。

② 明哉，姚慰瑾大伯父的大儿子。

多少，趁这一杓水，还有一点推托，但是重敲锣鼓再开场，还要经过许多艰难困苦！

慰儿：要知道没有了你们便没有了我，所以我最低的条件是不许你们离开了我，前几天寄十块钱，并且带寄了四毛大洋给您和妹妹买东西吃的，想必已经收到，明天，到了汉口自然再要寄一点给你。你总要乖些，不要叫你妈生气，要知道，我虽然在外面，一颗心却天天在您身上呢！

外婆好吗？娘舅、舅妈好吗？姊姊、哥哥、弟弟、妹妹都好吗？你和他们说：“我很记□着呢！”

你的父亲写于离开南昌的上一天五月二号

信刚写完你母亲的来信也收到了，到汉口之后和您二伯父相会之后再详细讲吧。

背景链接

这批家书纸张大小、质地不一，有的用钢笔，有的用毛笔和铅笔写成，可见作者当时处境的艰难。然而，它们真实记录了一位失去家园的难民辗转流徙、悲凉无助的人生轨迹，通篇贯穿着醇厚的父爱和亲情。

1937 年 10 月 26 日至 11 月 12 日，中国军队终于抵挡不住日军的猛烈进攻，接受南京国民政府的命令，放弃上海，全线撤退。至此，历时三个月的淞沪战事结束，上海沦陷。对于上海的小学教员姚稚鲁一家而言，这也是噩梦的开始。

姚稚鲁家原在上海南市，淞沪会战爆发不久，南市区老城厢很快陷于敌手，百姓纷纷逃难，姚稚鲁只得率妻子和两个女儿慰瑾、亚瑾逃往法租界妻子马芳珍的三哥家。面对纷乱的时局和越来越难以为继的生活，姚稚鲁与妻子反复商量，几经犹豫，第二年 4 月的一天，最

姚稚鲁，20 世纪 30 年代摄于上海

终决定抛下妻子和两个年幼的女儿，独自一个人揣着 100 元钱，到南昌、武汉等内地谋生。谁也未曾料到，这一走竟是他与家人的永别!

“我当时还不到 5 岁，妹妹更小，什么都不懂。但我不会埋怨父亲，他当时选择自己一个人走，肯定有他的道理。”2005 年，年逾七旬的姚慰瑾接受笔者采访时说。

对于当时只有 5 岁的姚慰瑾来说，父亲给她留下的记忆实在是太少了，但是父亲走后，接连寄回的 10 余封家书则伴随着她的一生。60 多年来，无论怎样的政治运动和颠沛流离，她都没有割舍这 10 余封铭刻着父亲血泪的家书。因为，从中读出的不仅有父亲迁徙流亡的苦难，更多的是对妻子、女儿的牵挂和挚爱。通过家书，父亲的形象和个性在她的心中越来越清晰，越来越丰满。

现存的家书比较全面地反映了姚稚鲁寄人篱下、生不如死的生活状态。

“父亲原是小学教员，为人耿直，疾恶如仇，对亲人、朋友具有爱心，非常爱国。他诗书画都很好，常为人书扇面、写寿字、做寿礼等。”姚慰瑾只是依稀由母亲和舅舅口中听到父亲的这些情况，知道父亲是个不愿意依赖别人生活的知识分子。

战事纷乱，上海能给姚稚鲁提供的工作机会实在太少了。他几乎只有一种选择——到内地投奔二哥和四姐，尽快安顿下来，然后接妻子女儿团聚。

随后日本鬼子沿长江向内地长驱直入，击碎了姚稚鲁全家的团圆梦。

“听说我父亲是 1938 年 8 月去世的。”60 多年后的今天，一提起父亲，姚慰瑾还是伤感不已。她一直都不知道父亲去世的确切时间和地点，更无从寻找他的遗骨。“一下子人就没了，我母亲也是从别人那里听说父亲的死讯的。当时兵荒马乱，我们孤儿寡母的，又到哪里去找呢？”

姚稚鲁流亡内地期间，正值中日几次大会战之际，华中兵荒马乱，难民如潮。他先后寄回上海的家书也能看得出写于匆忙之中，纸张大小不一，书信形式各异，落笔草草，仓皇之势显然。

姚稚鲁妻子马芳珍与女儿亚瑾（中）慰瑾（右），1938 年摄于上海

据说，姚稚鲁离开上海后，经浙江到江西南昌，没谋到职业，但见证了战事。从上面的家书中，不难看出姚稚鲁临终前那几个月凄惶的生活和悲凉的心态。

他离家不久在途中所写的一篇日记里提到：“霎时误传警报，群众纷避，我方惊愕间，乃称并无其事，可笑也。余之生死，早置度外，飞机炸弹等闲视之。故余所至，如温州亦曾被袭，丽水于前数日间飞机光顾至二三十架之多。”

“我既没有享受到父爱，

也很少享受母爱！”姚慰瑾说。

姚稚鲁死后的头两年，马芳珍竭尽全力维持着一家三口的生计，其间摆过小摊，还跑过单帮——到郊区贩米。

“我母亲跑单帮时，曾被日本鬼子抓到过。日本鬼子把她和一个男人关在一起。母亲惦记着我和妹妹，决心想办法跑出来，和那男人商量，那男人却不敢，怕被日本鬼子抓到杀头。后来，我母亲瞅了个机会，果真跑出来了。一路狂奔到我二舅家，一进家门，便禁不住疲劳和惊吓而昏死过去。”姚慰瑾说。

姚稚鲁与女儿姚慰瑾，30年代初于上海

还算幸运，两年后，马芳珍找了一份相对稳定的工作：在一家药厂洗瓶子。老板只招那些没结婚的和死了丈夫的女工。工作很苦，每天要干十多个小时。在姚慰瑾的印象里，母亲每天天不亮就上班，晚上很晚才回来，“母亲一回来就躺在床上，累得什么活也不想干，什么话也不想说，所以我和妹妹很小的时候就要做所有的家务”。

可是，马芳珍的工资并不足以养家。“记得我们当时吃的东西特别简单，每天只吃稀饭，吃不起菜，至多也就是自己做点咸菜，或者用酱油泡饭吃。家里也没什么家具，6平方米的屋子，放了一张床、父亲留下的一个小书架，还有一个当桌子用的小柜子，别的什么也没有。”姚慰瑾回忆。为了补贴家用，姚慰瑾也要外出打工。母亲带着妹妹睡在床上，姚慰瑾在床边铺张席子睡觉，夏天小屋闷热难当，就睡到街上。

对于抗战时期的生活，姚慰瑾最强烈的感觉就是害怕。平时轻易不敢出门，怕遇到日本鬼子。生病看医生也难，要坐小舢板过黄浦江出城，来回都提心吊胆。感冒发烧之类小病就在家刮痧治疗，刮得脖子红红的，更不敢出门，“如果被日本鬼子看见的话，他们会怀疑你得了传染病而把你活埋掉”。

那段日子，姚慰瑾经常听舅舅们讲，日本鬼子又在什么地方干什么坏事了。

“反正见到日本鬼子就怕，就连狗见到日本鬼子也都怕得要命。后来我上学了，宁可绕很远的路也不愿意碰到日本鬼子，”姚慰瑾说，“是战争夺走了我的父亲。从这些信来看，我父亲的态度也许有些消极，但却反映了战争给一个人和一个家庭带来了多么大的灾难！”

（陈宏伟）

白衣天使抗击细菌战

侵华日军对浙江多地实施了令人发指的细菌战，成千上万军民因疫情而丧命。为挽救同胞的生命，同济大学毕业生刘宗歆义无反顾地参加了红十字会医疗队，冒着危险，救治百姓，消除疫情，而不幸被病毒击中，以身殉职。下面这组家书是我国军民抗击日本细菌战的铁证。

【1938 年 6 月 11 日，刘宗歆给妻妹（陈丽）的信】

四妹妹：

来信收到，谢谢您为二囡日夜操劳！这孩子的身体本弱，又遭灾难，如今还能平安归来，又寄居在尊府，这是他的造化，将来如能长大成业，他该向您表示无限的恩谊。

孩子的皮肤病，还是因为乳水不良的缘故。所以身体的抵抗力很差，夏天必多疮毒。根本治法，还在他的身体。最好请岳父就近雇一个听话细心的女雇人，来管理他，四妹妹只请不时的督察着就是了。最要紧的是叫他一定的时候睡和起身，中午叫他睡午觉，一日三餐不可吃得过饱，蔬菜豆腐之类，对于他的身体较宜，肉食反而不很好。一切的坏脾气不可养成，有则力改。夏天如有疮毒，赶早搽药水，一天数次（碘酒最好。我附上一纸处方，有便可请到大同医院去配，那边的医生认识我的），但若已出毒，就没用了。如发皮肤疹时，要紧的是减少他的食量，或完全素食。

我现在又加入红十字会医疗队了。大考已过，成绩还满意。两三天后，就动身到金华去。金华现在比较是算前方了，伤兵很多，没有好医生来救护，医官都是不好的。金华现在虽然比较的危险，但我们仍是前去，多少人被枪杀了，多少财产土地被毁灭劫去了，难道我个人的生命还过分的重视！我很高兴能到前方去生活几时，到了那里，以后当再详告近况。

顺颂

近好

宗歆上　六月十一日吉安白鹭洲

五妹妹和二舅嫂请代候

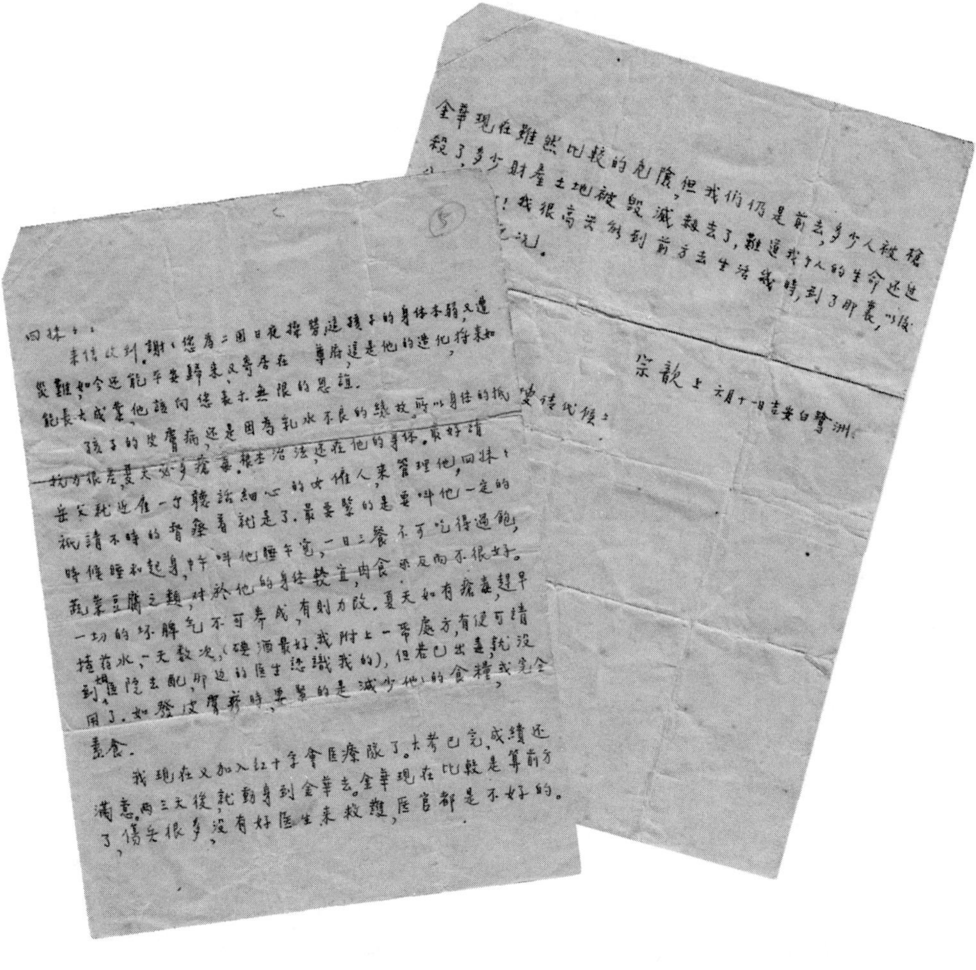

回妹妹：

来信收到。谢谢您为二囡日夜操劳，这孩子的身体本弱，又遭艰难，如今还能平安归来，又寄居在　尊府，这是他的造化，将来如能长大成业，他该向您表示无限的恩谊。

孩子的皮肤病，还是因为乳水不良的缘故，所以身体的抵抗力很差，又天然多疮毒。根本治法，还在他的身体。最好请亲友就近雇一个听话细心的女佣人来管理他，回妹妹只请不时的督察着就是了。最要紧的是要叫他一定的时候睡和起身，下午叫他睡午觉，一日三餐不可吃得过饱，蔬菜豆腐之类，对于他的身体较宜，肉食反而不很好。一切的坏脾气不可养成，有则力改。夏天如有疮毒，趁早搽药水，一天数次，（碘酒最好，我附上一张处方，有便可请到福医院去配，那边的医生认识我的），但若已出毒，就没用了。如发皮肤病时，要紧的是减少他的食粮，或完全素食。

我现在又加入红十字会医疗队了。大考已完，成绩还满意。两三天后，就动身到金华去。金华现在比较是算前方了，伤兵很多，没有好医生来救护，医官都是不好的。

金华现在虽然比较的危险，但我们仍是前去，多少人被枪杀了，多少财产土地被毁灭殆去了，难道我个人的生命还过……！我很高兴能到前方去生活几时，到了那里，以后……近况。

宗歆上　六月十一日吉安白鹭洲

……嫂请代候。

【1941 年 12 月 26 日刘宗歆写给妻子（舍子）陈娟的信】

舍子：

十日来信收到，我在义乌诊治鼠疫已得五十多人，半死半活（发病后一天半内服药者多治愈，二天后服药者多死亡），疫势未减，很忙，短时间不能走开。涛囡很好，有潘家斗人何小姐照料大概还可以，家乡雅世伯来信平安，我怕不能回乡啊。

何太太让她同斯炎走吧！你可设法同信客回乡转衢，行李等物要当心，到家后就写信给我，朋囡可能时带来较好，寄给人家总不方便。你到家来信时若疫势平我可设法回乡，若病人仍很多那倒困难了，且等到乡后再说，钰弟来信说愿同来也很好！

母亲劝劝她说我明年一定来看她，保重身体要紧。

再见！

宗歆上

十二、廿六

我不要买东西！

来信寄义乌卫生医院转交

【1942 年 1 月 2 日，红十字会毕骏选写给烈士父亲刘祝三的信】

祝三老伯大人尊鉴：

敬肃者，元旦阅东南日报载称，令郎宗歆学兄在义乌染肺鼠疫，于三十日病殁。消息传来，皆为震惊，晚闻之，尤若晴天霹雳，悲悼逾恒。忆于十二月八日宗歆兄以扑灭鼠疫之壮志，率员就道，行前为其饯行，谈欢自若，执手话别，犹觉依依，东西两地，音闻时通，噩耗传来，我失良友，国殇壮士，悲痛之情，实难自抑也。然如宗歆兄者，以济世活人之心，置身危险而不顾，是其成功且成仁矣，其人虽死英灵必长存也！犹希老伯大人节哀处逆，其夫人来沪未返，其公子涛侄留衢，见其零丁尤为可悲，晚必善为谈理，略表寸心而已。现正与各学友筹商善后，以抚遗孤，而慰英灵。肃此驰闻，敬颂尊安。

晚　毕骏选　拜启

三十一年元月二日

附上三十一日报载原稿一纸

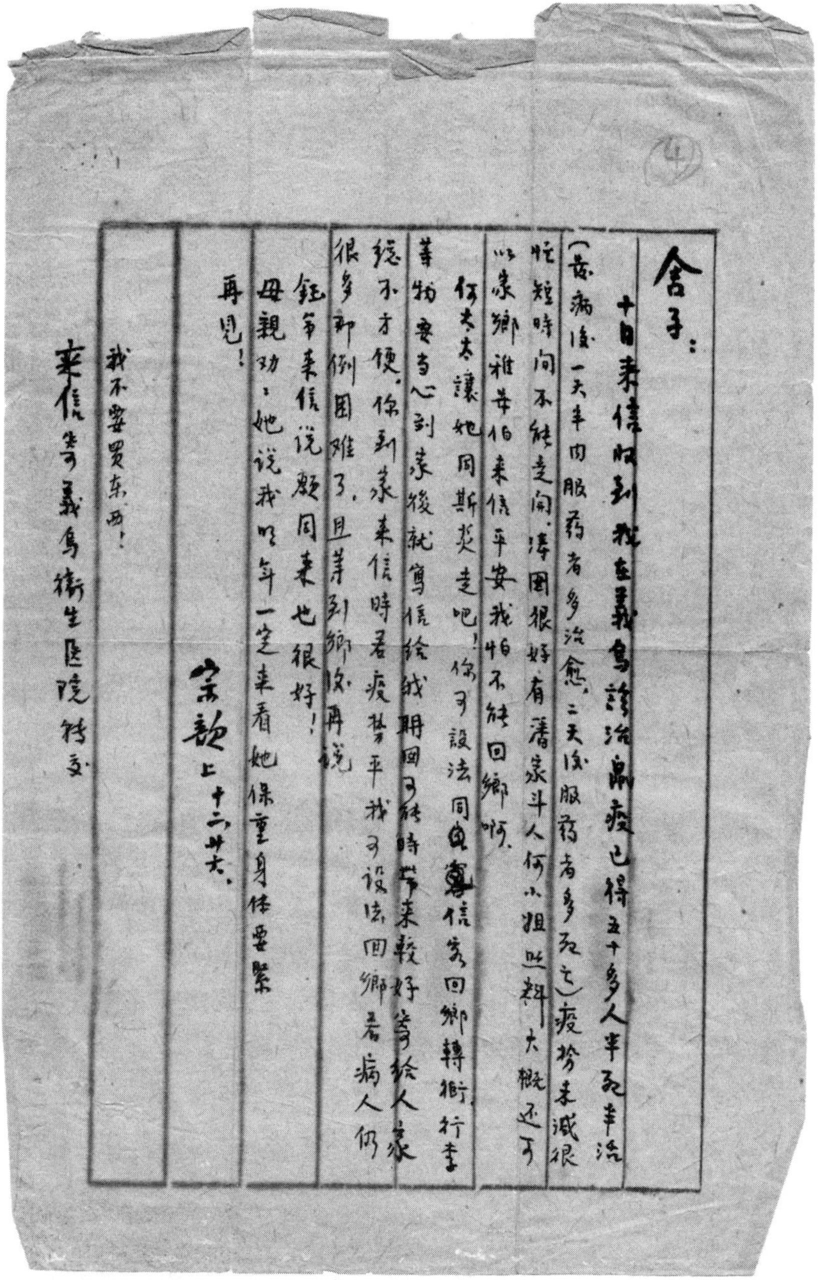

舍予：

十日来信收到我在義烏診治鼠疫已得五十多人幸死幸活（每病後一天半內服藥者多治愈，二天後服藥者多死之）疫勢未減很忙短時間不能走開。湯圖很好有潘家斗人何小姐照料大概还可以來鄉雅英伯來信平安我怕不能回鄉啊。

何太太讓她同斯炎走吧！你可設法同寫信家回鄉轉衢，行李等物要当心到家後就寫信給我期回可能時帶來較好等給人家總不方便。你到家來信時看疫勢平我可設法回鄉看病人們很多那例困難了，且等到鄉後再說

鈺弟來信說願同來也很好！

母親好，她說我明年一定來看她保重身体要緊

再見！

宗韵 上 十二、廿六。

我不要買東西！

來信寄義烏衛生醫院轉交

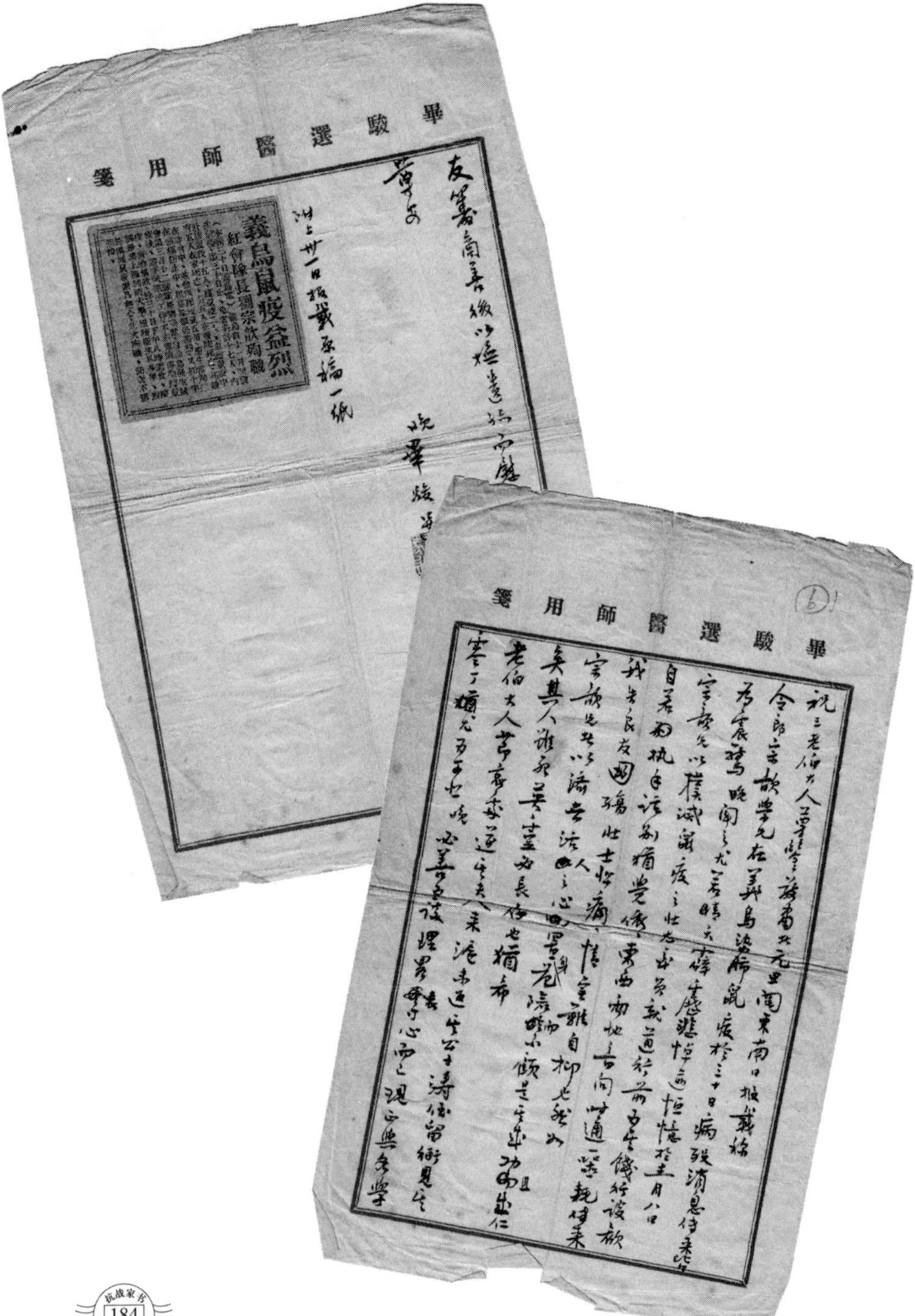
畢駿選醫師用箋
義烏鼠疫益烈
紅會椽長劉宗欽殉職
畢駿選醫師用箋

【1942 年 1 月 2 日，红十字会医疗大队队长何鸣九写给烈士父亲刘祝三的信】

祝三先生赐鉴：

十二月三十一日下午，得悉宗歆兄患疫，晚即派人前去诊视。比至金华，惊悉，宗歆兄竟不幸于三十一日下午八时在义乌去世，弥弥哀悼，既已派人携款一千元前往料理善后事宜，请能允宗歆夫人即速就道。内子由苏州经鸿桥、虹星乔、梅溪、安吉、孝丰、于潜、桐庐、兰溪而来，尚属平稳，专此奉告并请节哀！

晚　何鸣九

一月二日

附言：此时本拟电报，因不通耳，前寄上转交内子函件费神退回。

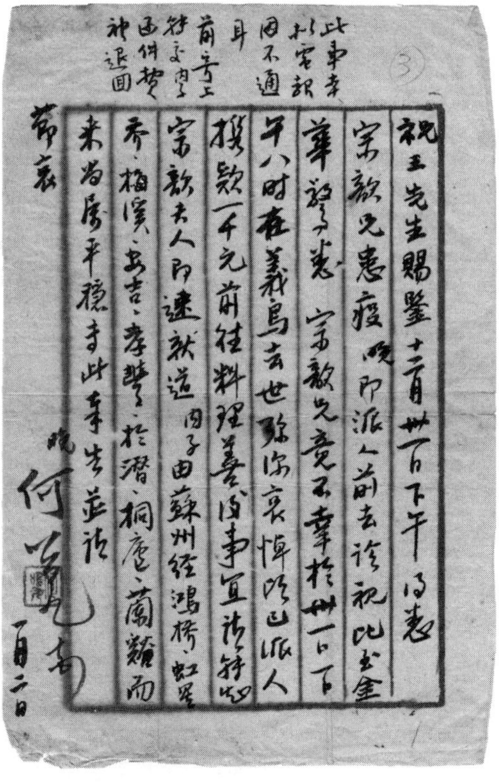
此事本拟电报因不通耳前寄上转交内子函件费神退回

祝三先生赐鉴 十二月卅一日下午得悉宗歆兄患疫晚即派人前去诊视比至金华惊悉宗歆兄竟不幸于卅一日下午八时在义乌去世弥深哀悼既已派人携款一千元前往料理善后事宜请能允宗歆夫人即速就道内子由苏州经鸿桥、虹星乔、梅溪、安吉、孝丰、於潜、桐庐、兰溪而来尚属平稳专此奉告并请节哀

晚 何鸣九 启

一月二日

背景链接

刘宗歆，1912年6月出生于浙江省上虞横塘乡，后被在上海一家银行工作的父亲接到身边读中学。父亲希望他今后学习金融专业，刘宗歆却认为中国医学落后于世界，更愿意学医。

九一八事变后，全国掀起抗日救亡的群众运动。刘宗歆上学期间就参加过两次学生赴南京请愿活动。1933年他考取同济大学医学专业，1937年5月至7月参加教育部举办的全国医药学生集训队训练。训练期间，他们三分之一时间学习军事，其他时间学习公共卫生知识、军事医学，为成为军医做准备。

集训之后，正值七七事变爆发，全面抗战开始，1938年刘宗歆和同学们提前从同济大学毕业。他在给妻妹陈丽的信中，除了感谢岳父家人为他照顾孩子外，还表示毕业后参加红十字会，到前线去。1938年6月13日，刘宗歆加入红十字会第31医疗队。1940年12月28日，中国红十字救护总队岩字第2192号调派他为672队医务队长。这期间他曾随医疗队到新四军军部医院工作，后因皖南事变爆发，回到救护总队。

1941年6月20日，刘宗歆被聘任为浙江省衢县临时防疫处隔离医院医务主任。日军在浙江义乌、金华等地，播撒鼠疫细菌，对中国手无寸铁的百姓实施细菌战。刘宗歆想方设法抢救百姓，他摸索着进行鼠疫治疗，有了一些成果。刘宗歆在写给妻子（舍子）陈娟的信中说："我在义乌诊治鼠疫已得五十多人，半死半活（发病后一天半内服药者多治愈，二天后服药者多死亡），疫势未减，很忙，短时间不能走开……"很快就到了年底，刘宗歆忙碌了一天，正在吃晚饭时，来了一个人，说家中有病人。他没顾上仔细穿好隔离服，就赶紧跟随来人去诊治病人，不幸染上了鼠疫，很快发病，不几日就去世了。

1986年，民政部给刘宗歆家属颁发了烈士证。2013年，刘宗歆烈士的女儿、女婿将这批珍贵的家书捐赠给中国人民抗日战争纪念馆。

（乔玲梅）

华侨爱国代代传

王雨亭

七七事变爆发后，全国抗日救亡运动不断高涨，旅居海外的华侨纷纷毁家纾难，踏上归国的路程。1938 年 10 月，旅居菲律宾的华侨王雨亭先生，送自己年仅 15 岁的儿子王唯真回国参加抗战，1939 年途经香港和儿子分手的时候，在儿子的小笔记本上留下了自己的临别赠言。短短的几句话，舐犊情深，一位父亲对儿子的期望，以及对祖国和民族的热爱跃然纸上。

真儿：

这是个大时代，你要踏上民族解放战争的最前线，我当然要助成你的志愿，决不能因为“舐犊之爱”而掩没了我们的民族意识。别矣，真儿！但愿你虚心学习，勿忘我平时所教训你的“有恒七分，达观三分”，锻炼你的体魄，充实你的学问，造就一个强健而又智慧的现代青年，来为新中国而努力奋斗！

中华民国廿八年六月四日写于香港旅次

王雨亭

背景链接

写信人王雨亭（1892—1967），福建泉州人。1908 年赴马来西亚谋生。早年加入同盟会，曾受派运送武器回福建，支援辛亥革命和讨伐袁世凯。1932 年王雨亭和著名侨领庄希泉一起在菲律宾创办《前驱日报》，由他担任总编辑，当时，《前驱日报》与法国《救国时报》和美国《华侨日报》同是坚决支持抗战的华侨报纸。

收信人王唯真，生于 1923 年 3 月，1933 年 11 月随父亲到菲律宾读书。幼年即深受父亲影响，积极投入各项抗日救国活动中，还经常帮助父亲把《前驱日报》带到海轮上寄给欧美的两家报社。

七七事变爆发后，王雨亭受廖承志和成仿吾委托，先后介绍上百名华侨青年回国到延安陕北公学和抗日军政大学学习。当时王唯真还不满 14 岁，眼看父亲把一批批来自宿务、怡朗和马尼拉的华侨青年介绍到延安，心急火燎，一再恳求父亲允许他同行。

1938 年 10 月，王雨亭陪同儿子踏上了北去的客轮，那年，王唯真才 15 岁。当他们来到香港时，广州已经沦陷，直到 1939 年 6 月王唯真才踏上去延安的路途。父子终于要分别了，王雨亭看到成长起来的儿子心中充满了自豪，他提起笔在儿子的纪念册上写下了这段话。这肺腑之言，字字句句都充满了对祖国的无限热爱和对儿子的殷切期望。

1942 年菲律宾归侨青年王唯真与陈萍夫妇在延安

带着父亲的祝愿，王唯真离开香港，经越南北上，踏上了抗日的征程。归国的路途艰辛坎坷。王唯真跟随一个 30 人左右的华侨司机归国服务团，驾驶着海外华侨捐赠给八路军、新四军的 22 部美制大卡车和宋庆龄女士赠送的一部漆着红十字的大救护车，途经越南的海防、河内到广西边陲重镇凭祥，车上满载着华侨们捐赠的药品、纸张和汽油等。在广西、云南、重庆、西安等地八路军办事处的一路接力安排下，1939 年 8 月他们终于来到了西安，被安排在西安西北方向的安吴堡青训班学习。青训班在抗战初期同陕北公学、延安抗大并列为中国共产党的三大学府，它是中共设在国统区的一个青年学府。青训班为他们这些来自海外的华侨青年和港澳台青年举行了盛大而又热烈的欢迎会。青训班每期华侨学员至少有三四人，在他们这一期中，专门成立了“华侨排”，排长是泰国归侨罗道让，王唯真被任命为排政治干事。

四个月的学习结束后，他们终于来到了延安。王唯真服从组织分配，到青干校如饥似渴地学习，并在“青年剧团”美术组，做些力所能及的工作。1940 年 10 月 7 日，作为延安“青年剧团”唯一的华侨青年，王唯真光荣地加入了中国共产党。不久，王唯真收到叶剑英转来的一封信，信里说：“你父亲托庄希泉先生带一支‘派克’笔到重庆八路军办事处，嘱转给你。见信请来我处领取。”通过这封信，他非常惊喜地得到了父亲送给他的钢笔。

1941 年 8 月初，因有绘画才能，王唯真被推荐到延安《解放日报》画战争形势图。一个偶然的机会，王唯真被发现英语不错，而新华社正缺乏英语人才。1941 年 11 月，他从解放日报社调到新华社工作，先后担任英文翻译和广播科国际新闻编辑。一到新华社，王唯真就被那里紧张的工作气氛吸引了，架设在山上的简陋天线和土窑洞里的收报机，白天黑夜不停地收听东、西半球各大通讯社发布的新闻。这些新闻，是处在延安山沟里的党中央和八路军总部及时掌握世界战局、交战国政情动态和宣传动态的主要信息来源。

1947 年春，蒋介石命胡宗南军队进攻延安，中共中央遂有组织地从延安撤离，王唯真随新华社社长廖承志东渡黄河。廖承志正是他父亲入党的引路人，当廖承志告诉他父亲是共产党员时，王唯真高兴之情溢于言表。当年分别之时，父亲没有告诉他自己的身份，以至王唯真在延安入党填写履历的时候，把父亲写成是“随时代前进的人”。

1949 年北平解放，王雨亭陪同陈嘉庚从香港来北平参加筹备第一届全国政治协商会议，父子在此重逢，格外高兴。当王唯真把 10 年前的“临别赠言”拿给父亲看时，王雨亭感慨地说：“唯真，当年你选择奔赴延安的路走对了！”

新中国成立后，王唯真一直在新华社工作。1961 年，他从相继工作了多年的香港、越南新华分社卸任，赴巴西担任新华社驻里约热内卢特派记者。那时中巴两国还没建交，巴西时局很动荡，他回国休假时对家人说：这次再去里约热内卢，很有可能回不来了。临别时，夫人陈萍第一次当着子女与他拥抱吻别，三个孩子也都默默地依次上前亲吻了他，他就这样带着家人的牵挂离开了祖国。果不其然，巴西发生军事政变，与中国友好的古拉特政权被推翻，中国派往巴西从事新闻、贸易、纺织、交通和文化等工作的九位同志，被巴西当局突然逮捕，关进了监狱，制造了一起国际政治大冤案。在狱中，他们遭受了严刑拷打，并被判 30 年监禁。他们为此绝食抗议，并用塑料牙刷把雕刻了九颗心形，表达了对祖国坚贞不一的决心。后来，得到巴西各界友好人士的舆论支持和法律援助，以及世界上爱好和平国家和人民的声援，更得到祖国所给予的全方位营救，一年后，他们终于被巴西军政府释放。

1967 年 1 月，王唯真任新华社第一副社长，主持全面工作，同年 9 月被任命为新华社代理社长。他利用这个机会，使新华社的照片档案在“文革”中得以完整保存下来，并尽力保护受到冲击的老干部。1970 年以后，王唯真因被错误点名定性而长期受到审查、批斗和关押，后于 1981 年被另行分配工作。1982 年，新华社党组对王唯真 1978 年的审查结论进行了复查，中央书记处批复同意了新华社党组对王唯真的复查结论。1982 年，王唯真被安排担任新华社党组纪检组副组长，1988 年 3 月离休。

2006 年 5 月 6 日王唯真因病在北京逝世，享年 83 岁。

（段晓微）

跟这个伟大的时代向前走

符克

一位家资充裕的华侨青年，甘愿放弃舒适的生活，投身前途凶险的抗日战场，在有限的生命里一直在海内外为抗日救国奔忙，最终用鲜血和生命实现了自己的人生理想。死的伟大，重于泰山。我们不该忘记他，符克，一个25岁的年轻生命，因为他是我们民族的骄傲！

亲爱的双亲、大哥嫂和弟弟们：

你们别挂心吧！我已于五日早上安然抵家了。回忆前日我们共聚一堂，这是何等难得的机会共叙天伦的乐趣。如今，我孤零零一个人，远离了你们，回到祖国来，踏上艰险的程途中去，未免使你们难舍与挂念的。只是我也是一样的。不过，我为了自己的前途谋出路，我不得不放下一时的感伤，所以，说来我的心肠总是比你们粗一点的，硬一点的。幸得你们了解我的归意与决心！故能在那经济拮据与多事的环境中供给川资我回来，这是值得我特别感谢的！

我此行，虽然是预备在艰险的环境中渡［度］过生活的。当然是使得你们担心的。不过，我是大了的人，同时也是受过相当教育的人，无论如何，我总会设法顾全生命的安全。你们时常说危险，不肯我归来，你们的意想是对的。不过，你们要明白，我们是一个平常的人，倘不敢冒险前进，寻求出路，是不会有光明之日的。我感觉到像我这样的人，能够跟这个伟大的时代向前走，虽不敢说将来一定有出路有办法。但，对于自己的训练是有很大裨益的，我认清了这点，所以我透视生死的问题并不是首要的，也可以说是生命必经的过程的平常的一回事。那么以后不必挂心我了。我只希望你们安心地去作你们的事业与工做［作］，以谋发展你们各自的前途。这样，我相信着我们的家庭终有光明的一日。

我现暂住香江，静待消息。数日后决上省城去。以后的去向，目前尚难决定。最好当然是希望到内地去，设如不可能，或许在省城参加救亡工作也不定。以后你们寄信来我，地址请写：广州拱日西路129号梁刚先生转便妥！

秀兄、张兄、瑜弟、锦侄、存姐……诸位送我川资与吃品，甚感谢！

恕我没有空来分别来写吧！完了！此请
健康！

客谨上

一、七

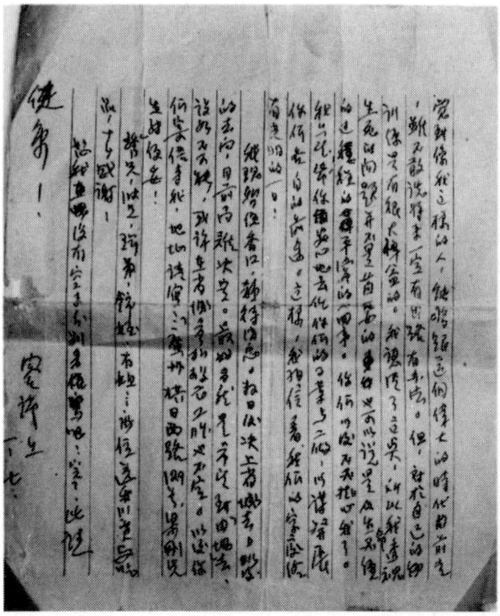

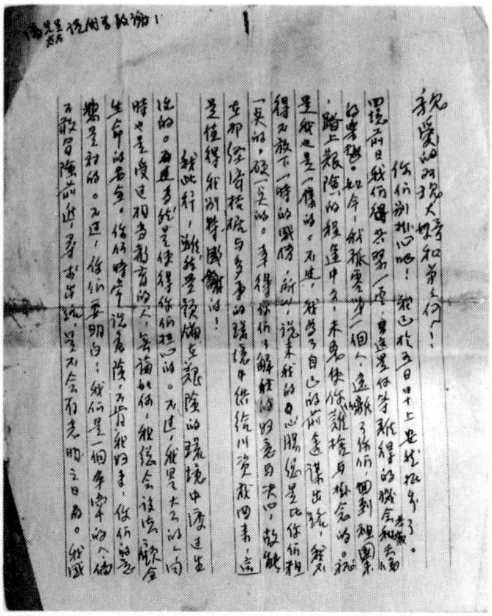

爸爸和哥哥：

我已于前星期由琼返港了。连日来诸事纷繁，应接不暇，故不克早日函告，请谅之！

本来我这次是拟赴越南一行的。但来港后得接好友来信，深感越南环境恶劣，对我个人行动异常不利，因此，我的期行不得不打消了。俟异日环境好转的时候，我们才再见吧！

我抵琼后，曾到家去一次，家中情况依然如故。但自祖母归寿后，祖父患病卧床，精神衰颓，头晕目花，我想年老的祖父将与我们永别了。

近闻越南救亡总会[①]一些腐败份［分］子，竟乘机乱子破坏与攻击我，这简直是非法的行动。关于我所携带回之款，已有详单开支送会，手续具清；又说我经过香港□□，竟有捏造事实。这事除我去函敬告他们外，同时□□□□要了解我个人的人格，不是□□□□所能出卖的，同志的忠诚为救国，终必有一日为历史所证明的。

服务团[②]现又有二百余人（是指星洲香港各家），自我回琼后已完全统一起来了。总的领导责任，总会也同意我来负责了。这次来港交涉一切均能便利进行。料各种东西安妥后，约两星期左右我就将回琼了。最近香港的朋友们，他们又希望我到华北工作，但我想困难甚多，恐不易成行。不过，到华北去我是愿意的。何去行程，容后函达。

别后，家中各人精神均好否？生意旺否？念念！我抵琼后曾发染冷病多日，但现已□愈了，精神也好，勿念！谨此
祝安好！

克

一月十三

---

① 越南救亡总会，即越南琼崖华侨救国会。1938 年，符克受党的派遣前往越南发动华侨支援祖国抗战，他奔走于大街小巷，宣传抗日救亡。经过他的艰苦努力，越南琼崖华侨救国会成立，符克任常委。

② 服务团，即琼侨联合会回乡服务团，20 世纪 30 年代末至 40 年代初，由香港、新加坡、泰国、越南、马来亚等地侨胞组成，活跃在琼岛各地，成为一支宣传抗日、战地救护、输送抗日物资的重要力量，符克任团长。

爸爸和大哥：

前月在港时曾付上一函，来书收到否？念念！家惠兄于前日来港得遇，知阖家均告安好，生意也比前兴旺，喜慰得很！

我于去年底本拟返贡一行，曾因环境不许，不得不作罢论了。正在此时琼侨救总会诸公，为展开琼崖救济工作，加强华侨与当地政府的联络，乃设立总会救济会琼崖办事处，其主任一职要我来负，同时总会各服务团总的领导人又是我，因此之故，这次能不得不重返琼崖，负责进行救亡工作。于是，返贡之念暂时只好打消了。爸和哥！别挂心吧！鬼子赶出国土以后，我们一定能胜，得以共叙天伦之乐的！

我已于前月底携带大批西药品及慰劳品抵广州湾，因年关关系，没有船只来往，迫得暂住这里。料再逗留数天，须能渡舟了。

我近来身体都比前健康，故物质生活虽然是艰苦一点，但精神总是愉快的。并未感到任何痛苦的地方。至于工作虽然是在危险的环境中去进行，似随时有生命之危，但我能时刻谨慎小心，灵活机智且人吉天相，想必安然无恙也。假使遇有不幸，也算是我所负的历史使命完结了，是我的人生的最大休息了。总之，怨［愿］望你们保重身体，和睦共聚，经营生意，谋将来家庭之发展，勿时常挂我于心也。

爸和哥：你们宠爱和抚育我的艰苦和尽致，我时刻是牢记着的。不过，在中国这样的国家里头，特别是这样严重的国难时期中，我实在是没有机会与能力来报答你们的。也许你们会反骂我不情不孝吧。爸和哥别怀疑和误会吧！我之自动参加救国工作，不惜牺牲自己生命，为的是尽自己之天职。尽其能力贡献于民族解放之事业而已，我相信你们是了解的。国家亡了我们就做人家的奴隶了，抗战救国争取胜利，不是少数所能负得起的。我之参加革命工作也希望你们放大眼光与胸怀，给予无限的同情与原谅吧。

谨此，祝阖家均安！

克　上

二月十一日于西营

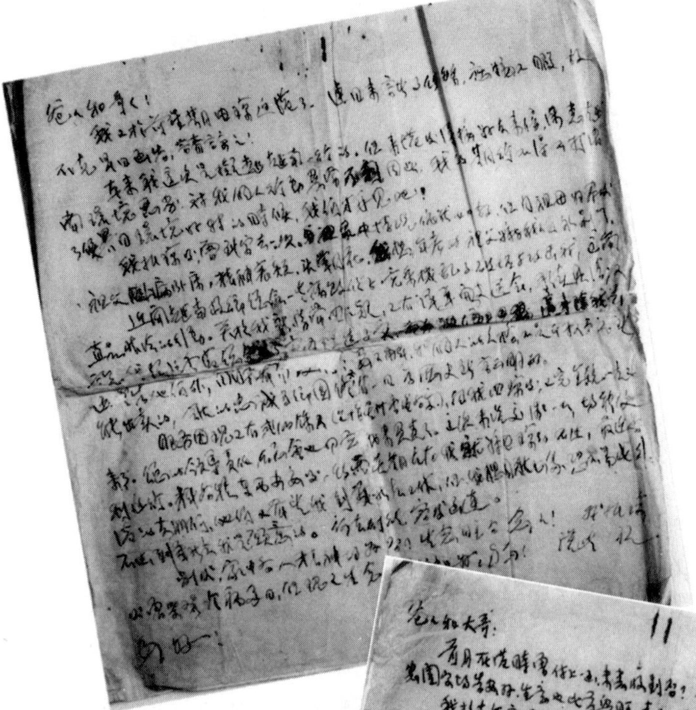

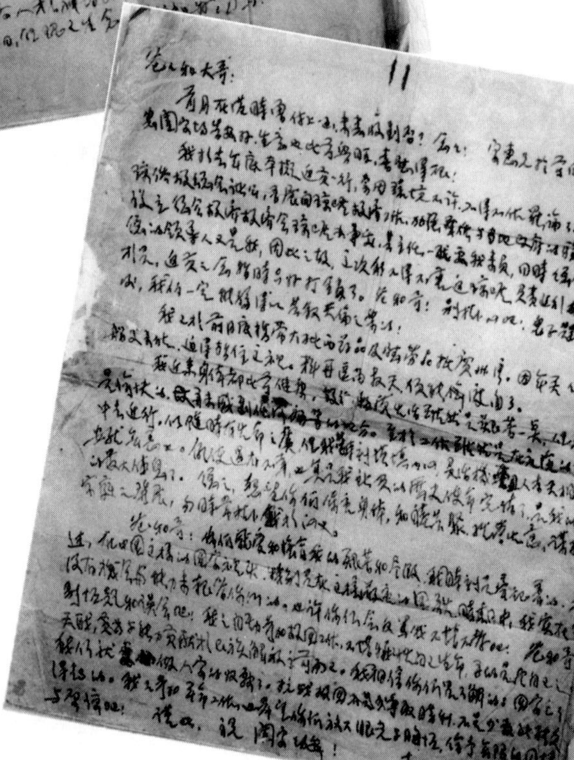

背景链接

海南岛是中国著名的侨乡。琼崖侨胞素有爱乡助乡的优良传统。20世纪30年代末至40年代初，“琼侨联合会回乡服务团”活跃在琼岛各地，成为一支宣传抗日、战地救护、输送抗日物资的重要力量。符克是首任总团长。“总团”在符克的领导下，分成若干工作队，在文昌、琼山、琼东、定安、儋县、澄迈、万宁等地开展抗日救亡宣传活动，组织战地救护、救济难民和为农民群众送医送药等工作，为抗战做出了巨大贡献。

符克，原名符家客，1915年生于海南文昌县。1927年符克在党的教育和培养下参加了昌洒乡童子团，并任团长。1933年侨居越南任小学教员，1935年考入暨南大学。七七事变后，日军发动全面侵华战争，符克积极参加抗日救国运动，在上海、南京、绥远、山东等地进行抗日活动。1938年初赴延安陕北公学学习，并加入中国共产党。同年秋，党中央为了动员和组织华侨参加抗日救国，选拔一批优秀共产党员和青年学生组成海外工作团，到东南亚各国开展华侨工作，符克参加该团，受党的派遣到越南发动华侨支援祖国抗日，任越南琼崖华侨救国会常委。1939年2月，日军入侵海南岛，符克率领40余名旅越琼侨进步青年偷渡回琼参加抗战。年底在香港，由宋庆龄任名誉会长的琼侨联合总会批准，符克被任命为联合总会救济部驻琼办事处主任兼回乡服务团总团长。1940年8月，符克和国民党琼山县参议、琼山县三区区长韦义光（中共地下党员）一起前往定安县翰林墟，向国民党琼崖守备司令王毅、广东省第九区督察专员兼保安司令吴道南提出停止内战、团结抗日的要求，并商谈慰劳孤岛抗战物资的分配和加强琼崖国共合作避免内战等问题。吴道南却命令手下在符克、韦义光返回的路上将他们杀害，制造了轰动海内外的“符韦血案”。符克牺牲时年仅25岁。

符克在离开越南之前，就做好了为国捐躯的准备。他把身边最珍贵的有纪念意义的照片、毕业证书、由众多知名人士题写的珍贵纪念册都交给了五弟符家寰。符家寰将哥哥的这三封家书和他留下的遗物小心地珍藏至 1993 年，才从胡志明市（原西贡）转道香港，亲手寄给符克唯一的女儿符曼芳保存，并一再叮嘱一定保管好，不要随便交给任何人，希望能够安全地交给国家，用于教育后代。

1939 年 2 月，3 岁的符曼芳和妈妈陈梅卿随中央海外工作团从文昌到越南西贡。此时的符克已经组建了华侨服务团，正在进行思想和物质等各个方面的集训，准备启程返乡抗日。这时的陈梅卿已经怀有身孕，不能和符克一同回国。夫妻两人相约，待孩子出生后，来年在琼崖团聚。符克为了抗日救国，放弃了安逸的生活和天伦之乐，离开了亲人，冒着生命的危险，返回祖国抗战。

1951 年，原中共琼崖特委书记、琼崖独立总队总队长冯白驹将军为符克烈士题词：生为民死为民，生伟大死光荣。

（时晓明）

侨批中的抗战故事

1937 年 7 月 7 日全面抗日战争爆发后，海外侨胞在民族最高利益面前凝聚在一起，纷纷加入抗日救亡的行列，成为祖国军民坚持抗战的强大后盾，为抗战的最后胜利做出了极其重要的贡献。在一户旅菲华侨家族的侨批中，有两封涉及热血青年返国抗日和捐赠款项的内容，真实反映了海外侨胞在民族危亡之时的爱国情感。

【1939 年 4 月树妹致浅姊侨批】

浅姊：

自握别以来，转瞬已逾数载，时深思念，遥想阿姊身体定然康健，如能小妹之所祝。

前日，環侄整装乘舟返国，但他此行不是回家省亲，乃是为国当兵服务而去。妹初闻此事亦曾竭力劝其勿往，无奈侄儿志已决，是我人力所不能挽回，他终而去。据云，侄儿此去并不即上前线打仗，须经在我国内地再受训练五个月，然后派往乡村各地当教练，组织民众都成武士，使全国人民都武装起来，一致反日，对日宣战。阿姊你也不必伤心，这是无所谓的，我们只有候待，只有预祝他成功。

我们在这里一切安好如常，勿介。家中一切诚望阿姊照料，妹甚然感激。顺轮便寄上国币十大元，请即收纳。此祝

安康！

妹　树上

民廿八、四、十七

【1938 年 9 月 24 日菲律宾马尼拉章嶙寄晋江檀林乡妻子侨批】

君哲亲爱的妻：

读你来书，知道你为慎重起见再行信调查确实才能把三百元取给

三婶作家费。亲爱的，你如有便，当全数取给她，因我已告诉她了。那三百元，我按要作一年家费，因为在此抗敌时期，除起捐助战费外，生活要力求简单，所以那数目并不大。

你要来宋等等手续可来坑东设法，因我有通知三婶托人代办手续，并护送你来厦（今天你母亲再电迫你）。亲爱的，你不可犹豫不决，一切我自有把握，望你决意动身，不可迁延时间。否则，我们相会遥遥无期。

再者，放行证来坑东自有办法。一切应做的事，我前信已详述，此信不再谈了。附上二元，到收。祝你
快乐！

你的章嶙

九月廿四日

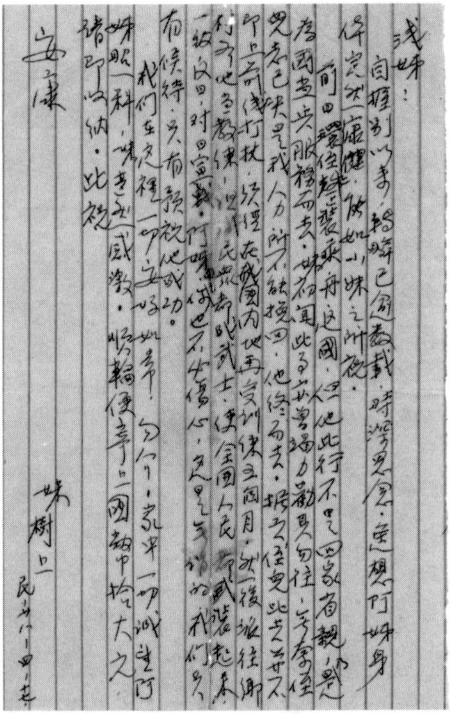

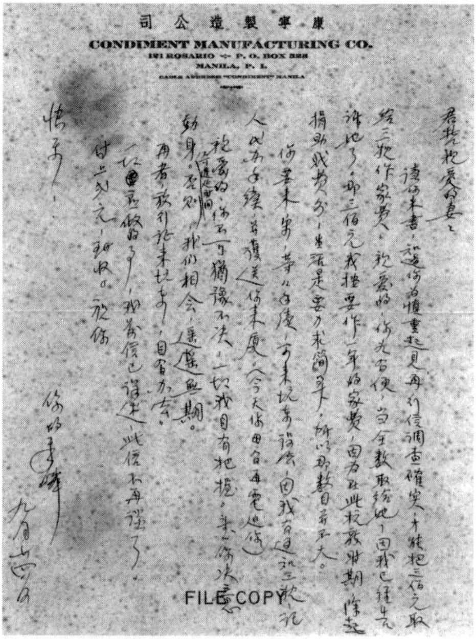

康寧製造公司
CONDIMENT MANUFACTURING CO.
121 ROSARIO — P. O. BOX 323
MANILA, P. I.
CABLE ADDRESS "CONDIMENT" MANILA

君哲我愛的妻：
讀你來書，說道你為慎重起見，再行信調查確實，才能把三佰元取給三妹作家費。我愛的，你太方便，當全數取給她，因我已經先許她了。那三佰元我擬要作一年的家費，因為在此抗戰時期，除了捐助我黨外，生活是要力求簡單，所以那數目並不大。
你要來宋，等你到後，方來抗戰會，由我介送到三妹處，托人代弄手續，並護送你來岷。（今天你回了再電送你）
我愛的，你不可猶豫不決，一切我自有把握，來你決心動身。否則（你須速定辦回），我們相會，遙遙無期。
再者，我們抗戰時，自當力奮。
一切國事做的了，那前信已詳述，此信不再述了。
付上貳元，到收。祝你
快樂！
你的 愛峰
九月廿四日

FILE COPY

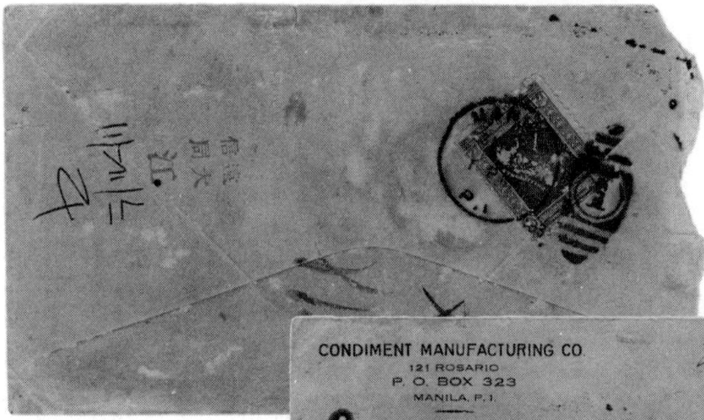

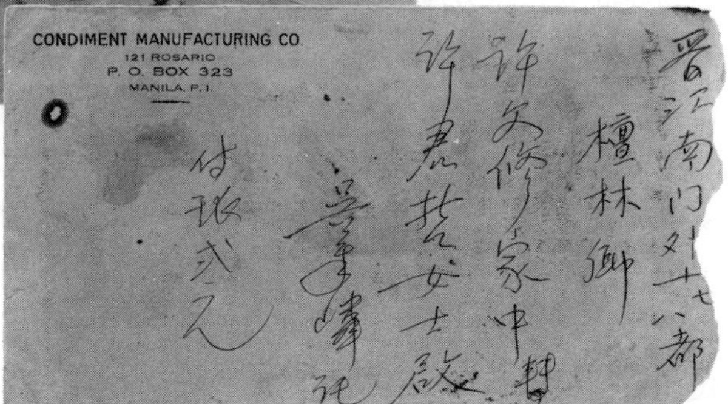

CONDIMENT MANUFACTURING CO.
121 ROSARIO
P. O. BOX 323
MANILA, P. I.

晉江南門外十七八都
檀林鄉
許文修家中轉
許君哲女士啟
愛峰托
付銀貳元

背景链接

侨批俗称“番批”或华侨银信，是海外华侨华人与祖国乡土的“跨国家书”，是中国家书不可忽视的重要组成部分。侨批中蕴藏着丰富的时代信息。在抗日战争时期的侨批中，有不少涉及海内外中华儿女积极抗日、饱受战争苦难及如何应对恶劣的战争环境等相关内容。

这两封为同一户家族的侨批，均为菲律宾马尼拉寄福建省晋江南门外十七八都檀林乡（一个自然村，今行政隶属晋江市龙湖镇福林村）。从该户侨批其他资料可知，“树”妹和“浅”姊姓蔡，蔡树为许文修之妻，一家人在菲律宾马尼拉开“义隆木厂”，从所寄款项金额看，应该属于比较富裕的华侨家庭。蔡浅居住在晋江，她的“環”儿在马尼拉随姑父许文修在工厂做事。这位热血青年于1939年在菲律宾华侨组织的号召下毅然回国参军，投身于抗日救国的队伍之中。

华侨是中华民族在海外的支系。抗战前夕，中国在世界各地的侨胞有1 100多万人，其中超过600万人集中分布在东南亚地区，他们大多数是为生活所迫而离开家乡的，在帝国主义、殖民主义和种族主义的社会环境下饱尝了异邦谋生的苦难，深感祖国的兴衰存亡与自己的命运休戚相关，具有强烈的民族感和爱国心。中国全面抗战爆发后，东南亚各国华侨普遍建立了抗日救亡组织。在各地救亡团体的组织和帮助下，许多青年华侨放弃自己的学业，辞掉工作，告别家中的亲人，离开了温暖的家庭，踊跃回国救亡，参加抗战。在菲律宾，“菲律宾华侨救国义勇队”（简称“义勇队”）就是侨胞回国参军抗日的重要团体。我们虽不能确定这位“環侄”是不是“义勇队”成员，但从家书所写“侄儿志已决”，“他终而去”可知，“環侄”一定是回国参加抗日的一员。

1937年12月菲律宾中华民族武装自卫委员会菲律宾分会（简称民武分会）在报上刊出广告，征召华侨青年回国参加抗日，华侨青年中有工人、学徒、店员等踊跃报名，六七十人参加了学习训练。民武分会派得力干部沈尔七训练这支队伍，挑选精干队员 28 人，组成义勇队。义勇队于 1938 年 1 月乘船回国，与祖国人民并肩战斗，共同抗击日本法西斯的侵略。该队后更名菲律宾华侨回国随军服务团。团长沈尔七曾在新四军政治部民运部工作一段时间，又先后三次奉派返菲，组织菲律宾华侨青年回国参战。按照时间推测，“環侄”应该是参加第二次之后的抗战队伍回国的。

这封记述了热血青年返国抗日的侨批，语句优美，简短精练，信息量大。

第二封侨批中的许君哲是许文修的堂亲，常住在娘家，与许文修家邻居，她的丈夫吴章嶙，石狮坑东人，在马尼拉经商。在吴章嶙致妻许君哲的侨批家书中说到他还要赡养他的三婶，一次性寄给300元，要作为一年的家费，同时强调“在此抗敌时期，除起捐助战费外，生活要力求简单”。在祖国全面抗战、急需经济支援之时，海外侨胞将捐助战费作为第一保证，压减赡养费用，要求家人生活节俭。这充分体现了海外侨胞克己为国的崇高境界，表达了海外赤子的爱国之心。

打仗需要有经济实力做后盾，华侨从经济上对祖国抗战的援助，为抗日战争的胜利起了重大的作用。广大华侨通过捐款、购债、侨汇、投资和捐献物资等支援方式从经济上支援祖国抗战。南洋各地组织的华侨救亡团体，在宣传开展筹赈捐款、劝募公债等活动中做了大量工作。

1937 年 8 月 15 日，新加坡中华总商会召开新加坡侨民大会，成立了南洋第一个统一的华侨救亡团体——马来亚新加坡华侨筹赈祖国伤兵难民大会委员会，陈嘉庚被推选为大会主席。在菲律宾，“木材大王”、晋江籍华侨李清泉发起成立了“菲律宾华侨援助抗敌委员会”，以“策励侨众开展爱国运动，以人力物力援助政府抗敌御侮”为宗旨，并在各地设立分会。

1938 年 10 月 10 日，来自英属马来亚、缅甸、北婆罗洲、荷属爪哇、苏门答腊、南婆罗洲、美属菲律宾、法属安南及暹罗等地的华侨代表 168 人，代表南洋各地区 45 个救亡组织，聚集在新加坡南洋华侨中学，成立“南洋华侨筹赈祖国难民总会”（简称“南侨总会”），作为南洋救亡斗争的最高领导机关，选举陈嘉庚为主席，庄西言、李清泉为副主席。大会通过了《南洋各属华侨筹赈祖国难民会代表大会宣言》，号召海外侨胞“增筹赈款，推销公债，以救济中国之难民”，要“各尽所能，各竭所有，自策自鞭，自励自勉，踊跃慷慨，贡献于国家”，“使国家得藉吾人血汗，一洗百年之奇耻，得藉吾人物力，一报九世之深仇”。

在“南侨总会”统一领导下，华侨节衣缩食，以常月捐、特别捐、娱乐捐、航空救国捐、购公债、义演、义卖、献金、献机等多种形式，踊跃为祖国捐款捐物，创造了惊人的成绩。据统计，从 1937 年至 1940 年，“南侨总会”共发动募集支援祖国抗战的义捐约 5 亿元，寒衣 50 万件和价值 250 万元的药品。另有资料显示，至 1941 年 12 月，海外各地华侨逐月义捐 1 350 万元，其中南洋华侨月捐数达 734 万元，为全世界各地华侨月捐之冠。

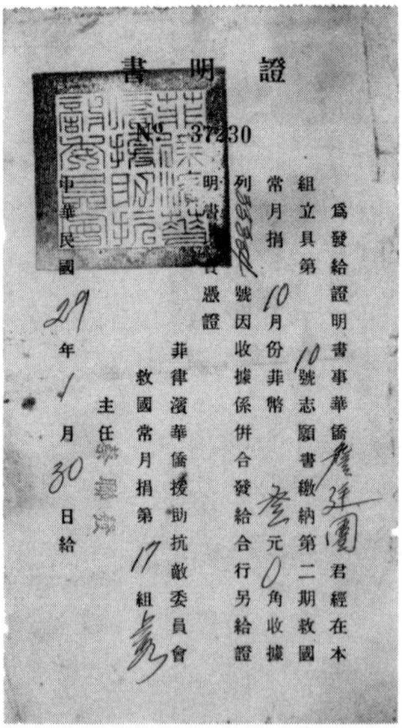

證明書

No. 37230

爲發給證明書事華僑　　君經在本組立具第 10 號志願書繳納第二期救國常月捐 10 月份非幣叁元 0 角收據列　　號因收據係併合發給合行另給證明書以憑證

非律濱華僑援助抗敵委員會救國常月捐第 17 組

主任

中華民國 29 年 1 月 30 日給

常月捐证明书

常月捐是一种最常见且最见成效的华侨捐款形式。一般店员和其他职工，捐出薪俸的10%，厂主、店东酌其财力，分为十等捐，从 10 元到 1 000 元，优等无限。

在认购公债方面，广大华侨想为祖国所想，急为祖国所急，在海外各地成立了华侨公债劝募委员会，掀起了广泛的购债活动。

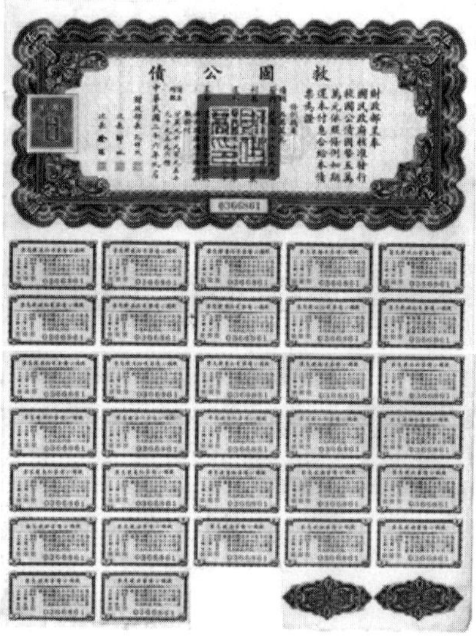

1937年9月发行的五十元面额“救国公债”

国民政府在抗战期间先后发行了6期救国公债，每期5亿元，共30亿元。第一期救国公债，海外各地侨胞就认购了半数以上。以后国民政府发行的救国公债，华侨也尽力认购。据统计，1937—1940年，华侨认购救国公债5 115万元、国防公债626.5万元、金公债291.6万元又22 924金镑；到了1941年夏，共购债6.82亿元；迄至1942年，购债总额已达11亿元国币之巨，占国民政府发行公债总额的三分之一强。这些公债战后国民政府并未偿还，与捐款无异。

为了向收侨批的侨眷宣传购买救国公债，在公债发行期间，邮政局在接收海外侨批后，会在侨批封上机盖“请购救国公债”的宣传日戳，提示侨眷购买。可见，在当时全民抗日的形势下，鼓励民众认购救国公债的宣传力度是很大的。

（黄清海）

徽商家书里的抗战

吴之骧

“国破山河在，城春草木深。”在日寇魔爪下的中华大地，除了抗日军民战场上的拼杀，普通百姓又在承受着怎样的痛苦？这里所发表的一组徽商家书，从丁潭之战到皖南事变，留下了平民商人的愤恨与无奈，也留下了皖南百姓被扭曲的生活。

之骧族长台鉴顷奉：

大立敬并启者，通和两岸被敌机轰炸，幸我店屋及住宅均无损失，但不知后去如何？亦难逆料之中。现在我村敌机不时亦来盘旋，甚高。闻系侦察河路之说，然我村之人民逃走者甚多，现在侄亦搬移住老圣公会舍妹之宅上暂住。承悉，一店中所存之米，夜承商寿徽表弟托代放去亦甚妥。二可照此办，毋庸计议也。昨王平章由查村到我处暂住，准明日仍回查村。梅崇青近日到山里店搬运菜籽，一时无假［暇］到青阳。昨日九江源茂来函，嘱发夏尖莲芯，各十觔［斤］，每包一觔［斤］，侄因邮政包裹未曾寄过，或请阁下返里一走，以便商量店事，亦可商决源茂茶事。如阁下到青阳时，望至王会昌索取葵扇款子三十余元。再侄前次存王会昌皮箱一只，白麻一件，望交担夫带下。如担子轻不好挑，可望代买兰花大肥皂一箱，配担挑下亦可。再店中存法洋若干，可望随身带下为要。如叔驾回里时，务请寿徽表弟代与照应几天；如老表无假［暇］可请大舅父到店照应亦好，以为然否？再者老叔回来亦好，避免令尊盼望也。如望速返，以免吾念也。

专此即颂

台安

诸君均此

族末　云程顿首

五月六日

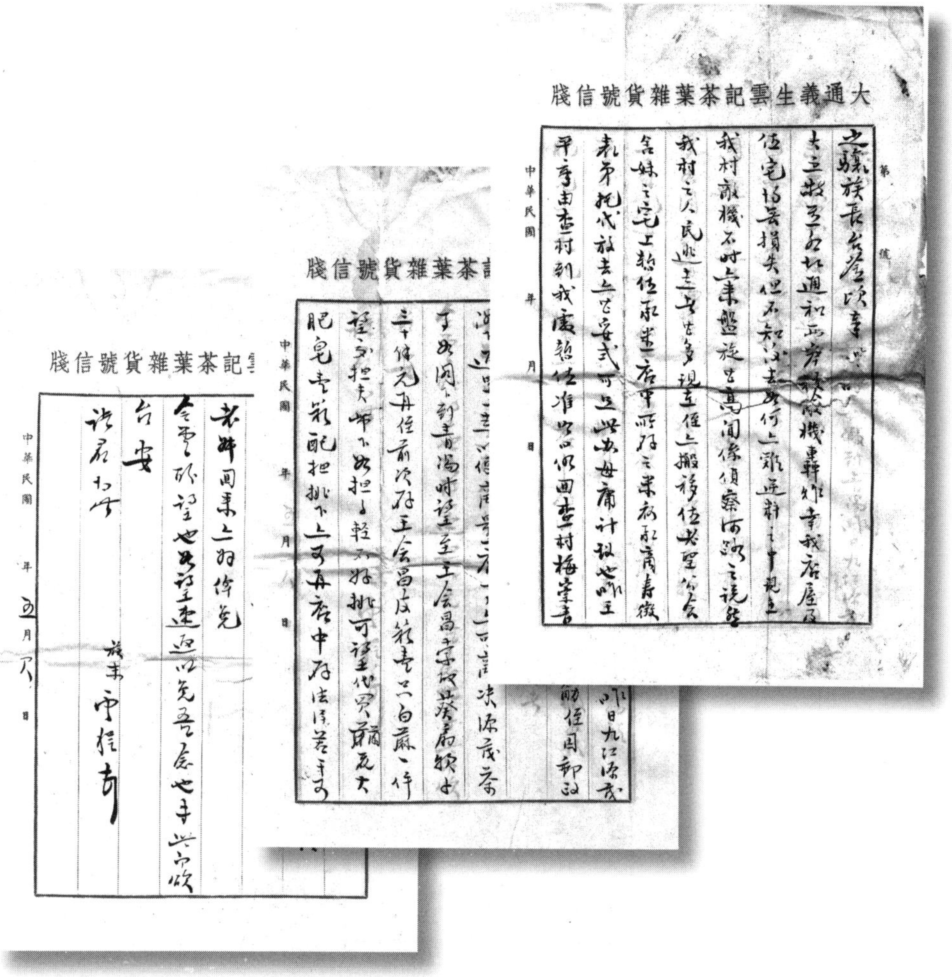

之骧族长台鉴：

前上一缄，谅邀音鉴矣。今庚传闻前方继续之战，大局如斯，而人心不定，各店无继续之营业，以致我店今庚更且不能定夺。如前方消息之恶劣，今正同人亦不作定，只好临时请各位代与帮忙而已。务望将葵扇纸张浏边全红细茶叶，并各重要物件可嘱林之亮及仝育祺二人去毛坦请大舅父或大表弟，代与嘱挑夫至通运各件至毛坦，原借寄存之处暂且推［堆］存如何？或请老叔的酌办可也，如果重大件以及粗茶可推［堆］客房之中，封锁贴封条为要，前楼亦要封锁，店门或锁，可望托张松林或查宗涛兄代与照应，言定每月或津贴数元。再请老叔代表余对各位同人发表意见，只好暂且请各位先以回家，否则每人给川资数元，容俟平靖，再请各位同人帮忙为荷。前方战争如何？店中各事务乞示知，以俾所念，如得好消息再望赐示。余再来通会商，老叔再可到江北收账，亦可也。此请

春安

宗涛、云亮二君均此

族末　吴云程　启

古元月初六日

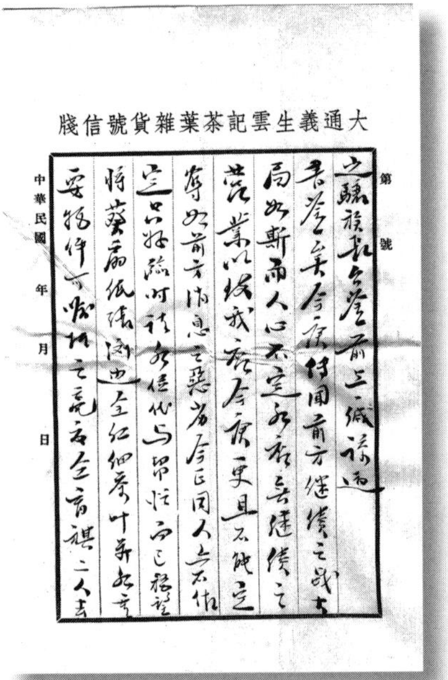
大通義生雲記茶葉雜貨號信牋

第　號

之驤族長台鑒　前上一緘諒邀音鑒矣今庚傳聞前方繼續之戰大局如斯而人心不定各店無繼續之營業以致我店今庚更且不能定奪如前方消息之惡劣今正同人亦不作定只好臨時請各位代與幫忙而已務望將葵扇紙張瀏邊全紅細茶葉並各重要物件可囑林之亮及仝育祺二人去

中華民國　年　月　日

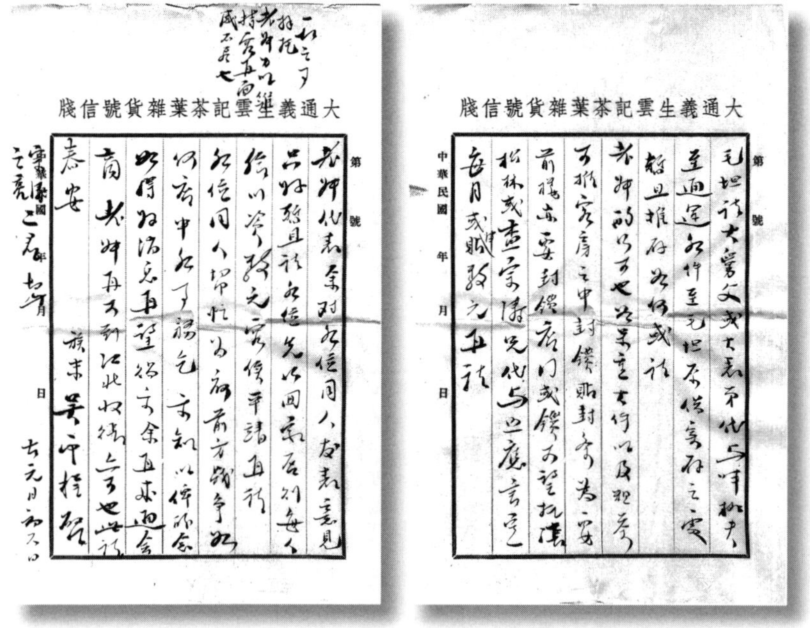

岳父母大人尊前敬禀者：

前月寄呈一缄，谅早台阅矣，近想泾县平靖贵府清善为颂无量，溪地是农历一月二十六日中膳，敌机四架投弹卅余枚，零抛硫磺弹多枚，损失房屋十余间，人民十余个，伤心惨大敝号屋上瓦及玻璃皆破，不过同人均安，就此小损失可算万幸。春寒不一，保重为祷。

肃此

敬请春安

婿　唐志高　叩上（印章）

一月二九日

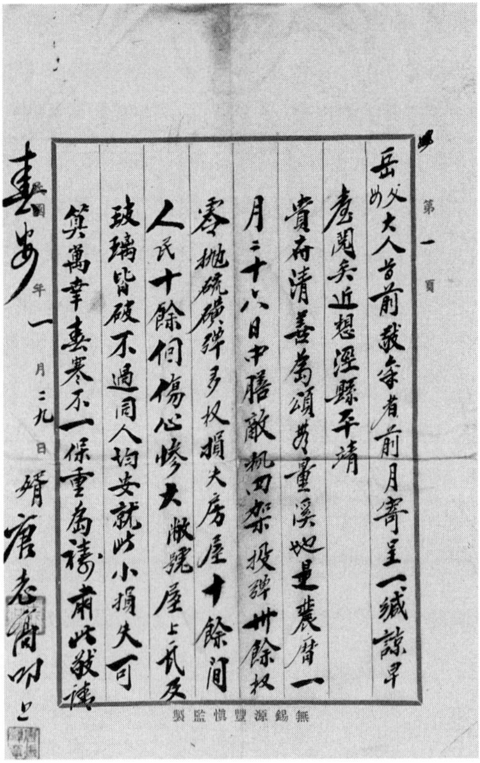
第一頁

岳父母大人尊前敬禀者前月寄呈一缄谅早
尊閱矣近想溼縣平靖
貴府清吉為頌為量溪地是曩曆一
月二十六日中膳敵机四架投弹卅餘枚
零拋燒彈多枚損失房屋十餘間
人民十餘個傷心慘大敝號屋上瓦及
玻璃皆破不過同人均安就此小損失可
算萬幸專此不一保重為禱肅此敬請
春安
年 一 月 二九 日 婿唐志爵叩上

無錫源豐慎監製

岳父母大人尊前：

敬禀者本拟修笺问候，忽颁训谕展诵之下敬悉

潭第康宁，福躬安吉，如颂为慰。乃承问婿病体，更是感激。此次之恙，甚非危险，饭量不进，寸步难以［移］。本月初二日由石至溪，当请名医诊治服药，见效，目已全痊。饮食亦照前原，不过精神尚未复还，计耗去洋六十余元。如此调养，略无大碍矣，请勿锦念。前拟返舍，因庆大祥经理人去世，亦有几位老人事，腊月内婚媾，新加同人初次至地，忽又年关迫近，此处规理不懂，故而不得分身之痛苦，但婿不日返石，刻下宁地米价每元三斤，食盐每元十二两，亥每元市秤一斤，柴火担两元余，花［化］妆物品高昂不说，如此生活程

度高升，未知茂林照是否？且又国家战争急烈，前次敌军侵犯泾县，闻听被我友军奋勇击溃，南乡未遇之难可算不幸中之大幸也。溪地市面甚为萧条，敌机常来侦察扫射，机枪如秋风落叶之像，我们天天防少，营业抛弃。前阅报纸敌人有退之势，究竟未知真假如何也。但期冬季千祈保重，余容后禀，肃此奉复，敬请

福安不一

叔岳父母大人尚祈代叩

钧安

婿（印章） 叩言

古十月十五日送

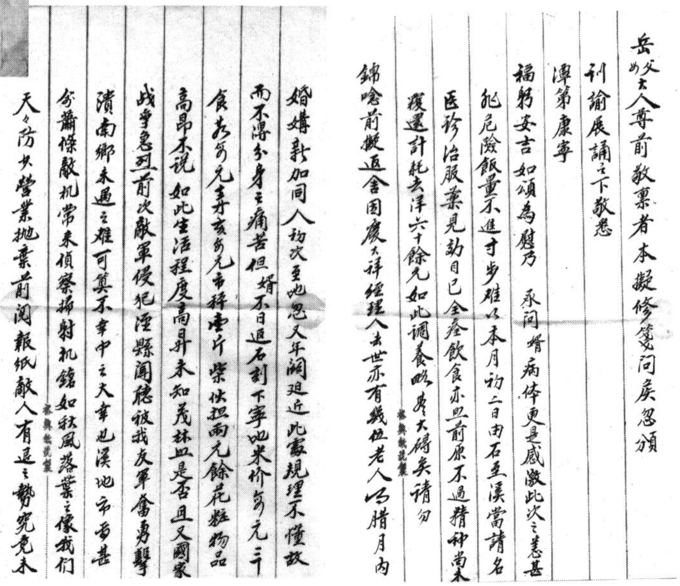

岳父母大人尊前敬禀者本擬修箋問侯忽頒
訓諭展誦之下敬悉
潭第康寧
福躬安吉如頌為慰乃承問婿病体更是感激此次之恙甚
彤危險飯量不進寸步難以本月初二日由石至溪當請名
医診治服藥見効目已全痊飲食亦照前原不過精神尚未
復還計耗去洋六十餘元如此調養略無大碍矣請勿
錦唸前擬返舍因廣大祥經理人去世亦有幾位老人以臘月內
婚嫁新加同人初次至此思又年關迫近此處規理不懂故
而不得分身之痛苦但婿不日返石刻下[illegible]地米價每元三
食[illegible]每元[illegible]每元市秤壹斤柴伙担兩元餘花粒物品
高昂不說如此生活程度高升未知茂林照是否且又國家
戰爭急烈前次敵軍侵犯涇縣聞聽被我友軍奮勇擊
潰南鄉未遇之難可算不幸中之大幸也溪地市面甚
為蕭條敵机常來偵察掃射机鎗如秋風落葉之像我們
天天防火營業拋棄前閱報紙敵人有退之勢究竟未

岳父母大人：

前上一示，未知收到吗？闻茂林、唐村、石井、高坦一地，发生内战，炮弹如雨，卧地逃命，至今尚未定战，未知府上及我家如何？非常焦急，时刻不安，本欲动身来泾，路中青年实难通行。在此当中，无法想。此信至后，立刻赐音，感激得很，一切情阅，不多告吧。敬祝

平安

婿　唐志高　匆言

全月二十二日[1]　开班

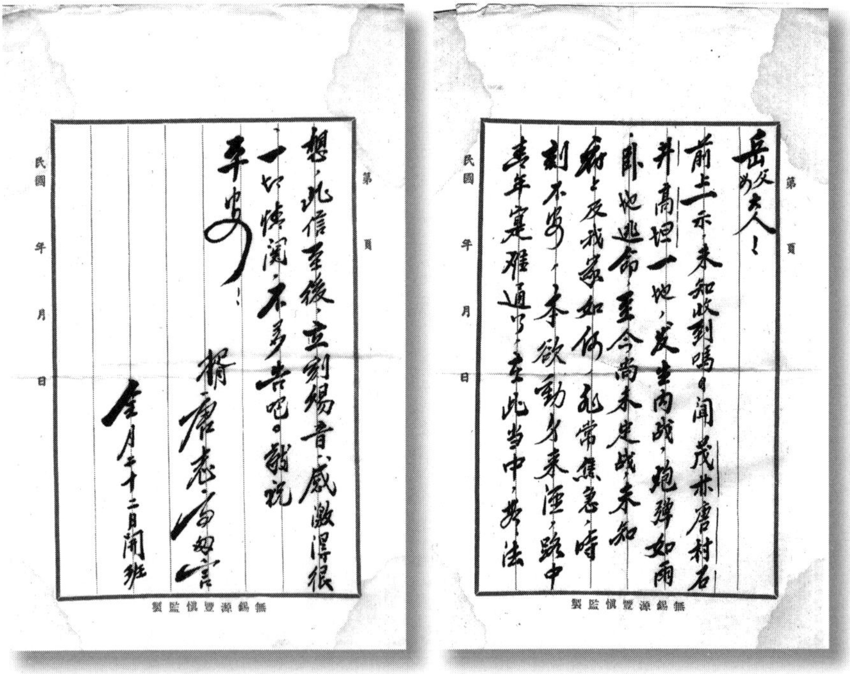
岳父母大人！
前上一示，未知收到嗎？聞茂林、唐村、石井、高坦一地，發生內戰，炮彈如雨，臥地逃命，至今尚未定戰，未知府上及我家如何？非常焦急，時刻不安，本欲動身來涇，路中青年實難通行，在此當中，無法想。此信至後，立刻賜音，感激得很，一切情閱，不多告吧。敬祝
平安！
婿　唐志高　匆言
全月二十二日開班

① 指农历一九四〇年十二月二十二日。

背景链接

姑母吴平权、姑父唐志高、父亲吴锡璋，此照为姑母姑父的订婚照

我的家乡茂林，提起它，可能人们立刻会想到皖南事变。其实，它还是一个文化积淀丰厚的历史名镇。

茂林镇位于皖南泾县西南部山区，距县城36公里，风景优美，历史悠久，文化底蕴深厚，人才辈出。村落树木茂盛，翠竹丛生，遂名茂林。曾出土过新石器，发现过汉墓群，并有古代采铅铸铁遗迹。史籍记载，自唐宋即为泾县吴姓聚居繁衍之地。及至明清，文风大兴，科第举仕代不乏人。同时，商贾云集，市场繁荣，遂发展成商宦昌盛之地，大贾显贵纷纷建造轩、园、府、第。横街正街、商铺鳞次栉比。故有“小小泾县城，大大茂林村”之说。

茂林十三牌坊

清朝康乾时期，茂林的发展达到鼎盛。茂林的商贾和乡绅，对社会公益事业和环境治理也有一定的投入。除了办学、建桥、救灾和购买义冢地外，还修建了较大的水利工程——东溪十里长堤和许多绕宅水道，故茂林有“活水绕村”之说。茂林的建筑更是令人称奇。旧有七墩（小土堆）、八坦（小广场）、九井、十三巷、三十六轩、七十二园、一百零八大夫第之说。从现存的河帅第、尚友堂、吴氏宗祠等府

第来看，其格局之迥异，工艺之精湛，数量之多，规模之大，亦一般村镇之少见。太平军将领初到茂林时，叹道：“这是江南第一村！”

家乡茂林的历史上，人才辈出，远的不说，近现代的“三吴”就是其中的典型代表。“三吴”指吴作人、吴组缃和吴玉如，分别在美术、文学和书法等领域享有盛誉。

以上几封家书的收信人均为我的祖父吴之骧。他又名吴兆贵、吴荣庭，1893 年出生于茂林镇的一个平民家庭。家中祖产只有一亩三分薄田，其父早逝，唯一的姐姐出嫁他乡。祖父在读过几年私塾之后，十四五岁就早早地承担起家庭的全部责任。他的出路和同时代茂林中下层社会的青年一样——外出学徒、经商。

在毫无家庭背景的情况下，从学徒开始，靠着自己的努力、勤奋、精明、诚信和才干，到抗战前，祖父已经做到商号经理的位子。那是距茂林两百里外安徽铜陵大通和悦洲的一家大商号，名叫“和记云升茶庄”，是由茂林老乡开的，祖父的职位仅次于东家。

“和记云升茶庄”在当地算是规模较大的商号，店里有十几名员工，且负责员工的伙食，每天都有荤菜，有一只卤锅常年保留着卤汁。该店主营茶叶，兼营其他杂货，每逢有什么重要的新商品上市的时候，还要请当时比较少见相当时髦的西洋乐队来店门口演奏，进行广告宣传。从那张“运茶许可证”上的文字来看，在当时的运输条件下，祖父一次就要从茂林运两千多斤茶到江苏的高淳，可见生意已经做得很大了。

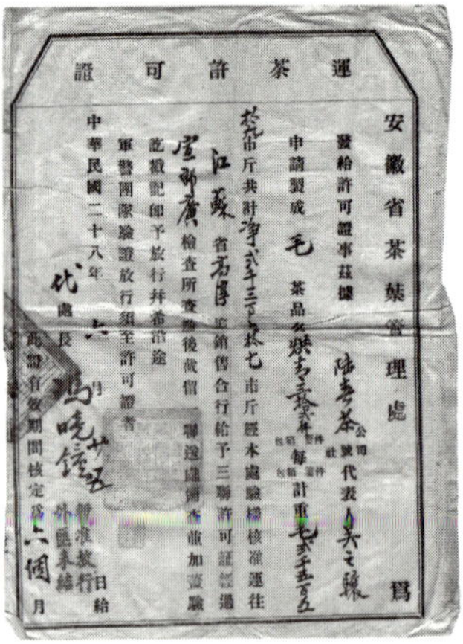
運茶許可證
安徽省茶葉管理處

运茶许可证

祖父常年在铜陵经商，和家里的联系主要有两个渠道，一是书信，一是经常在茂林和铜陵之间进行货物运输的毛驴驮队。在我家保留下来的几百封书信中，有些是通过邮局投递的，有些则是运送货物的熟人传递的。祖父在外经商挣钱养家，祖母和曾祖母在家抚养和教育小孩。书信和随毛驴驮队带回茂林的一些钱物维系着这个家庭的核心人物即祖父和其他家庭成员之间的物质和精神联系。

涇縣茂林鎮商會
行路證
右給商民吳之驤
中華民國二十九年五月五日

行路证

抗战爆发后，家里的生活发生了变化。

随着日军的进攻，大通和悦洲的店铺已经很难维持。东家吴云程经常自己待在茂林老家，店里的事情全权由祖父打理。由于前方战事日紧，市面萧条，店铺已难以为继。东家不得不写信嘱咐祖父，把店里贵重的货物转移到青阳县（在茂林和大通之间，佛教名山九华山所在地）的毛坦，还嘱咐祖父遣散店里的店员。一个曾经相当辉煌的店铺，由于日军的入侵，现在要关门息店，东家和伙计们的心情是何等的无奈！

民国二十九年（1940 年）十月十五日，宁国姑父唐志高写给我祖父的信中提到：此次生病较为严重，请名医花了大洋六十余元才治好；年关虽近，由于店里的老人有事，新人不谙业务，自己恐不能即时返泾看望双亲大人；向岳父大人介绍宁国市面物价高涨的情况。在信中姑父还提到了一个重要的历史事件，即叶挺指挥新四军击溃日军对泾县进攻的丁潭之战。是役中，国民党驻军闻风而逃，新四军在叶挺将军的指挥下，利用有利地形在丁潭猛烈狙击敌人，打得日军丢盔弃甲，逃离泾县，从此日军未踏进泾县境内一步。使泾县成为华南抗战的重要根据地，当时的很多市县政府（芜湖、繁昌、南陵等）都迁至泾县茂林，使茂林成为一个距日军占领下的南京不远的抗战中心。茂林的抗日救亡运动空前高涨，茂林的经济在抗战期间也得到畸形的发展。这封家书最后还提到，日本飞机不时对宁国街道进行侦察扫射，像秋风扫落叶一样，自己的店面也不能幸免。

祖母和大伯父一家人合影

讲到茂林作为抗战的中心，又使我想起抗战期间发生在茂林的一个小故事。其时，有很多的下江人都举家带口逃到了相对较为安全的茂林。在新四军的带领下，茂林的抗日救亡运动非常火热。每到晚上，在茂林的万人运动场都会举行各种各样的抗日宣传和演出活动。有天晚上，演出到激动人心处，一个下江的十来岁的小男孩，脱掉身上的新棉袄，跳上舞台，用稍显幼稚的童声，唱起了《我的家在东北松花江上》，使演出达到了高潮。就在人们沉浸在这动人的气氛里时，小孩的家长万分焦急地哭了起来。旁人一问才知，小孩脱下的新棉袄不见了，而棉袄里缝进了他们家逃难时全部的家当。弄清情况后，观众们又发起了捐助活动，帮助小孩一家人渡过难关。

1941 年元旦过后的泾县茂林，还发生了一件震惊中外的大事，那就是皖南事变。这个历史事件在姑父写给我祖父的家书中也有反映。

姑父的信写于民国二十九年腊月二十二日（1941 年 1 月 10 日），距离事变发生仅仅 3 天。因为这封家书上只有一个内容，就是听说茂林唐村、石井、高坦等地发生非常激烈的内战。信中用了“炮弹如雨，卧地逃命”等字眼。而这一带既是他岳父母家的所在地，也是姑父自己的家乡所在地，可见他非常关心，专门修书一封给岳父大人报上平安。

皖南事变的历史真相是：1940年10月，国民党掀起了第二次反共高潮，命令在长江南北和黄河以南坚持抗战的新四军、八路军在一个月内全部开赴黄河以北。1941年1月4日，驻皖南泾县的叶挺、项英率新四军9 000多人开始北移。由于项英执行了王明的投降主义路线，将中共中央“乘顽军尚未部署就绪，迅速率部北移，防止遭暗算突然袭击”的指示置于脑后，却同国民党将领顾祝同商定新四军的北上路线。1月6日，当新四军3个纵队到达泾县茂林地区时，遭到早已部署就绪的顾祝同、上官云相的国民党军队7个师8万多人的突然袭击。新四军英勇奋战7昼夜，终因弹尽粮绝，除傅秋涛的后续部队千余人突围外，大部分壮烈牺牲。1月13日，军长叶挺冒死去与国民党军队谈判停战，竟被无理扣押，副军长项英遇害。这就是震惊中外的皖南事变。1月17日，蒋介石宣布新四军为“叛军”，取消了新四军的番号，并进攻在华中、华北的八路军、新四军部队。中国共产党严厉驳斥了蒋介石的反动命令，粉碎了国民党的军事进攻，任命陈毅为新四军代理军长，张云逸为副军长，刘少奇为政委，重整并扩大了新四军的主力。

（吴　浓　吴文君）

大轰炸下的亲情传递

一位是祖父，一位是侄孙，同在远离家乡的大后方为抗战奔忙。耳闻一阵阵刺耳的警报声，面对不断落下的日军炸弹，他们经历着怎样的心灵磨难？烽火三月，家书万金，祖孙两人在硝烟中传递着绵绵的亲情。

华林贤孙如晤：

接三月二十四日自成都来函，藉悉荣迁新职，领略沿途风光，甚为喜慰。报务员有几等，汝系何等位置，每月薪金若干，成都生活程度较之重庆孰低孰昂，约计月入除用费外盈余多少，能否按月汇寄家

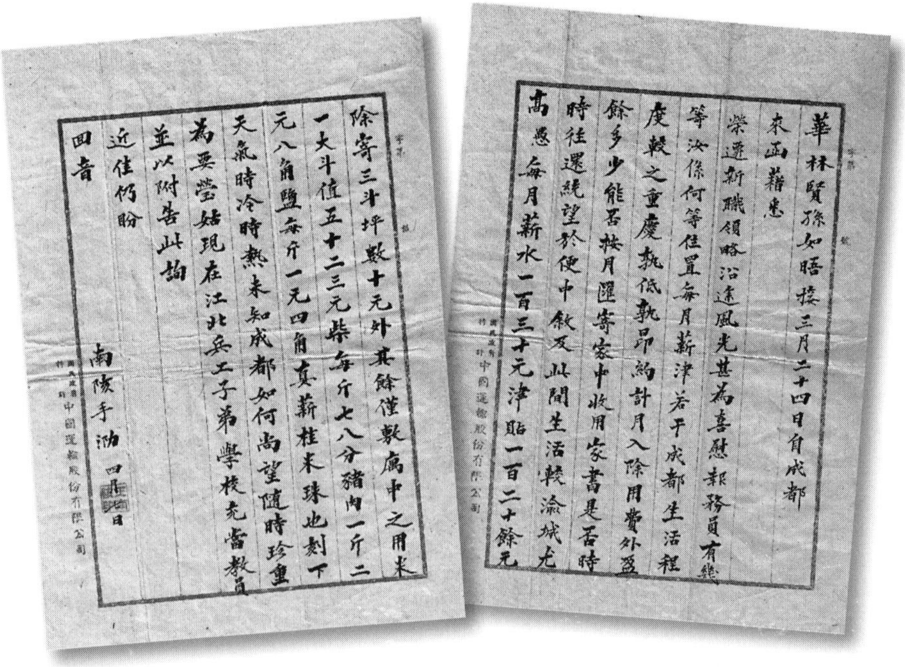
華林賢孫如晤接三月二十四日自成都
來函藉悉
榮遷新職領略沿途風光甚為喜慰報務員有幾
等汝係何等位置每月薪津若干成都生活程
度較之重慶孰低孰昂約計月入除用費外盈
餘多少能否按月匯寄家中收用家書是否時
時往還統望於便中敘及此間生活較渝城尤
高悉每月薪水一百三十元津貼一百二十餘元
除寄三斗坪數十元外其餘僅敷廚中之用米
一大斗值五十二三元柴每斤七八分豬肉一斤二
元八角鹽每斤一元四角真薪桂米珠也刻下
天氣時冷時熱未知成都如何尚望隨時珍重
為要瑩姑現在江北兵工子弟學校充當教員
並以附告此諭
近佳仍盼
回音
南陵手泐 四月廿七日

中收用，家书是否时时往还，统望于便中叙及。

此间生活较渝城尤高，愚每月薪水一百三十元，津贴一百二十余元，除寄三斗坪数十元外，其余仅敷寓中之用。米一大斗值五十二三元，柴每斤七八分，猪肉一斤二元八角，盐每斤一元四角，真薪桂米珠也。刻下天气时冷时热，未知成都如何，尚望随时珍重为要，莹姑现在江北兵工子弟学校充当教员，并以附告。

此询

近佳，仍盼回音

南陔手泐

四月七日（印章）

华林贤侄孙左右：

接阅来书，承探视家慈及善夫下落，甚感。惟内云三姑婆照料一节，三姑婆系何人，仍请于下次来函叙明。日前愚有一函内附洋一元，邮票一角，请先购《惊脐合编》一本，并另开选购书目，请向书店议价，未识到达否？

至此次交通部交通机关改隶运输统制局，系为指挥便利，对于人事当无问题。本公司乃国民政府特许成立，应否改隶，尚未确定，但部令云：在未确定改隶以前，员工不得自行离职，将来如何，俟后函告。吾孙系专门技术人才，更无虑也。此间亦得足雨，农田可望秋收。惟近来酷热，未知蓉城如何？日寇扰害，家人飘零，老母年近八旬，子身故土，衣食费用如何取给，每一念及，心肠俱裂，真所谓父子不相见，兄弟妻子离散，此种不幸时事不图于我辈亲见之也。以后如有续得消息，务希随时见告为感。专此即询

近佳

南陔白

七月二日（印章）

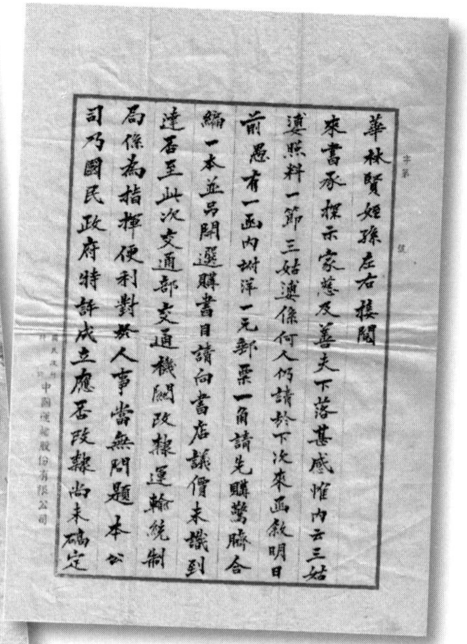

華林賢姪孫左右接閱
來書承探示家慈及善夫下落甚感惟內云三姑
婆照料一節三姑婆係何人仍請於下次來函敘明日
前愚有一函內附洋一元郵票一角請先購鶯騰合
編一本並另開選購書目請向書店議價未識到
達否至此次交通部交通機關改隸運輸統制
局係為指揮便利對於人事當無問題本公
司乃國民政府特許成立應否改隸尚未確定

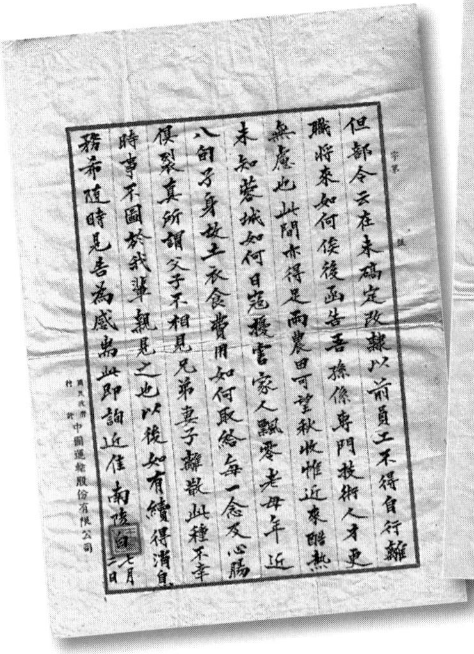

但部令云在未確定改隸以前員工不得自行離
職將來如何俟後函告吾孫係專門技術人才更
無慮也此間亦得是雨農田可望秋收惟近來酷熱
未知蓉城如何日寇轟害家人飄零老母年近
八旬子身故土衣食費用如何取給每一念及心腸
俱裂真所謂父子不相見兄弟妻子離散此種不幸
時事不圖於我輩親見之也以後如有續得消息
務希隨時見告為感耑此即詢近佳 南陵白 七月二日

祖父大人尊前：

上月廿九日寄出廿七日所写之信，想已收到。此间自廿七日大轰炸后又连日发生警报，现已恢复常态，请勿以为念。

廿六日之手示，因内蓉间公路桥梁被水冲坏，以致延至今（五日）日始行，收到法币十元，及附抄二件，一并收到，请勿念。大人来示字体一笔不苟，令孙欣佩，但字里行间对孙太过于谦逊，使孙不安，至亲骨肉，祈勿庸客套。关于医书一事，据云吴君已曾派人送至土桥，因不知大人名讳，故未探得。盖以书面仅书大人之号也，以致多一番周折。前日吴君曾来电云此，孙已详告，并请吴君将书托人送至土桥，谅不致再有误也。如过数日尚未收到，孙当去电请吴君由邮寄上不误。善父四爹爹已有信来，甚慰。不知信是否由宜昌城发出，

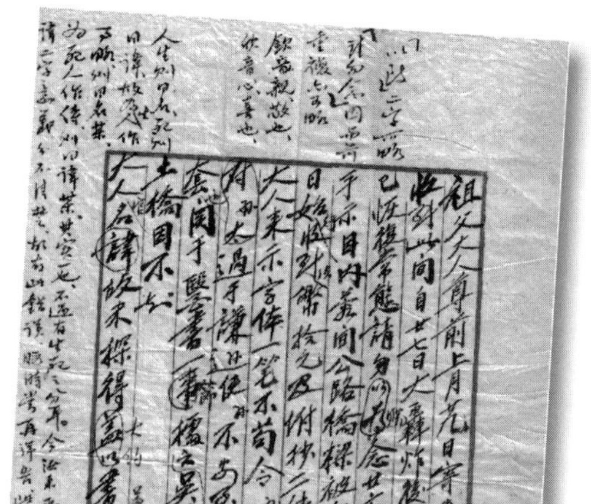

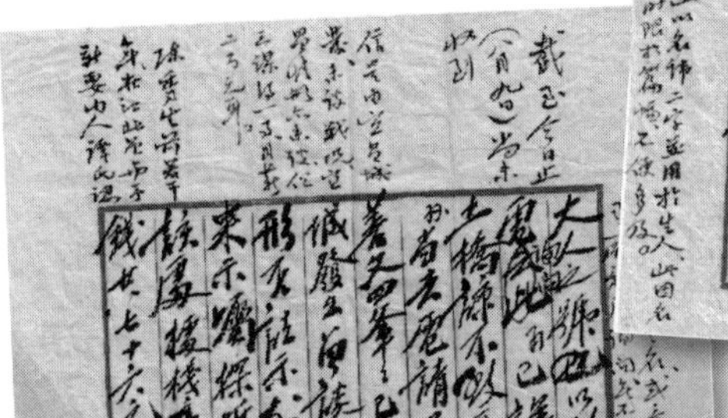

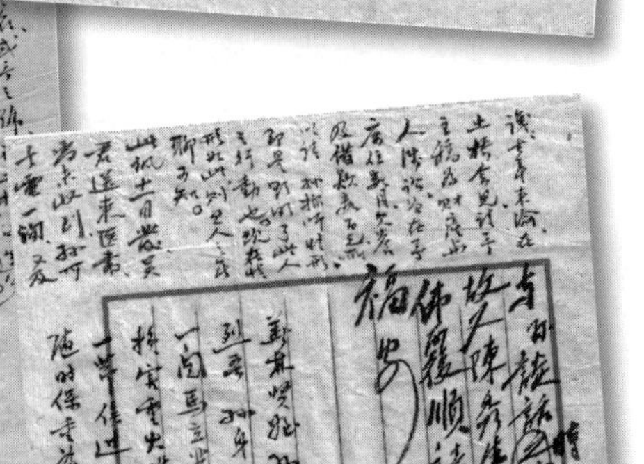

曾谈及宜昌战况否？并宜昌近来情形否？请示知。

来示嘱探听陈秀生，孙当即前往，伊本人不在该处。据栈房主人云，伊已走且欠栈房房金及钱共七十六元，并欠房客王陈氏七十五元。栈主与孙谈话之间，对伊之怨言甚多，不知何故？又，陈秀生者究系何人？请示知。

专此布复，顺请

福安

孙华林叩

八、五

华林贤侄孙如晤：

来二件函，阅悉。藉□蓉市轰炸甚烈，吾孙身体平安，极为慰慰。来函有不妥处，特批寄一阅。马立业未与予通讯，此间亦连日空袭，渝市想亦损害重大，惟土桥距城十三公里，尚属安全，并以奉告。医书一节，俟过一星期后再说。托人之事，不必过于求急也。望随时保重为要。

专此复询

近佳

陔手泐

八月九日（印章）

背景链接

这里发表的四封家书是北京收藏家林京宁先生提供的，只有信纸，没有信封，也没有关于家书作者和收信人的相关背景介绍。好在还有一份《四川省电信管理局无线电第二电台现有职员名册》和《四川省电信管理局指令》，把家书和这两份资料相对照，才判断出写信人的身份和年龄等基本情况。

两位写信人是祖孙关系，老家都在湖北宜昌三斗坪（即今三峡大坝所在地）。祖父王南陔在国民政府交通部下属的中国运输股份有限公司工作，侄孙王华林曾是成都某单位报务员。到了 1949 年，33 岁的王华林即王丹芳担任了四川省电信管理局无线电第二台台长（此为笔者据《四川省电信管理局无线电第二电台现有职员名册》与家信内容相印证，从年龄、工作性质、籍贯和姓氏四方面推断出来）。

四封家书中均写于 1940—1941 年间，其中三封是王南陔写给侄孙王华林的，另外一封是王华林写给祖父王南陔的。王南陔 4 月 7 日的信中虽未直接言及抗战，但他介绍了自己的薪金标准和当时重庆郊区土桥一带的物价情况，比如米、柴、肉、盐等生活必需品的价格，是研究抗战时期人民生活的重要史料。7 月 2 日的信中谈到附钱买书一事，受资料所限，《惊脐合编》一书未知其内容。王南陔在信中表达了对家乡的思念及对日寇的痛恨，特别是对家中年近八旬的老母亲的无限牵挂，“衣食费用如何取给，每一念及，心肠俱裂，真所谓父

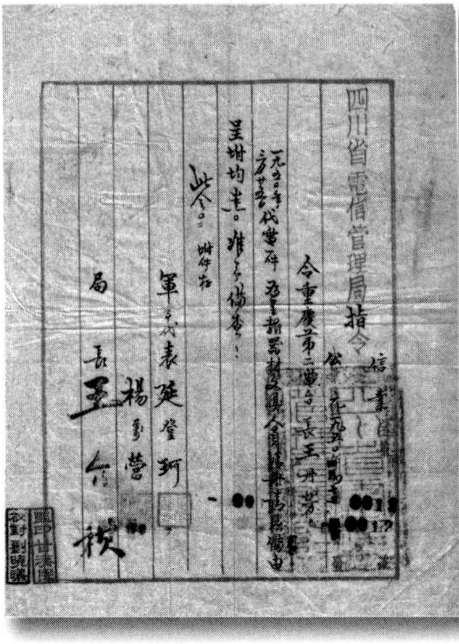
四川省電信管理局指令
令重慶第二電台台長王丹芳
呈冊均悉。准予備查！
此令。
局長

四川省电信管理局指令

子不相见，兄弟妻子离散”。

信中还提及国民政府交通部改制问题。全面抗战爆发后，国民政府被迫内迁重庆，政治、军事、经济中心也随之转移到西南。而西部各省以公路交通为主要运输方式，远远不能保证战备物资的供应。为了统一协调军地运输部门，确保战时物流畅通，1940 年 4 月，国民政府在重庆成立了运输统制局，隶属军事委员会，它是抗战时期国民政府最重要的交通运输管理机构，对战时交通事业的发展，保证前线所需人力物力的运输起了重要作用。王南陔在信中透露了这次改制对自己工作的影响：“在未确定改隶以前，员工不得自行离职”。

王华林给祖父的信中提到的“廿七日大轰炸”是指 1941 年 7 月 27 日日军对成都进行的大轰炸。早在 1938 年 11 月 8 日，日军就出动 18 架飞机袭击成都，在外北机场及外南机场投弹百余枚，在南门炸死卫兵 1 人，炸伤 3 人。15 日又在外北机场投弹数十枚，炸死 1 人。1941 年 7 月 27 日，日军对成都的轰炸达到抗战以来最高点，制造了“七二七惨案”。当日，日军从运城机场和汉口机场起飞 108 架飞机，分 4 批每批 27 架对成都进行连续轰炸。成都被炸地点主要是少城公园、盐市口、春熙路一带，中弹街道达 82 条。日军共投弹 358 枚，炸死成都百姓 575 人，炸伤 632 人，毁坏房屋 3 585 间。这是抗战中成都遭日军飞机轰炸损失最严重的一次，给成都人民带来了极大的心灵创伤。所以，当时正在成都工作的王华林写给在重庆的王南陔的信中首先就提到了这次“七二七大轰炸”。王南陔复信中首先也对此表示关切，知道王华林安然无恙，才放下心来。

从王南陔的书法、文风来看，他具有较为深厚的国学根底，时时以家书为教材，指导这位侄孙提高文字水平。不仅在侄孙写的书信的正文中改正错别字和不通顺的句子，还在信笺的周围空白处写满了他的批语，谆谆教诲，令人感佩！

（段明艳）

钟敬之：国敌家仇铸在心

钟敬之

钟敬之是新中国高等电影教育事业的奠基人之一，他早年离家，参加革命，后赴延安领导文艺工作。1941 年 9 月，他写给远在湖南祁阳的弟弟一封家书，倾诉了家园遭日寇焚毁的悲愤心情以及对亲人的无限牵挂。

吾弟①如见：

将此信试探高仑②先生转你，不知能收到否？

传闻家庭巨变，房屋遭敌寇烧尽，人虽幸免于难，但衣物、器具悉付火中。思念及之，不禁泪下。我家何此不幸？本来生活艰难，已不堪其苦，今罹此种灾祸，日后怎能设想？况母亲已近花甲之年，年来又不断遭劫，其中痛苦，自可想见。愚兄身虽在数千里之外，心则无日不为慈亲而不安，而难过，而歉疚！徒以景况不济，势难救助，为之奈何！所幸吾弟现已安然逃出，希望即能就业，埋头技术学习，好好锻炼数年，将来总能为社会家庭出些力量。况你曾亲身经历此次浩劫，苦难算已受够，国敌家仇，铭铸在心，他日当不致有负慈母及

① 收信人钟敬又，系写信人钟敬之的胞弟。新中国成立前参加江南游击队，新中国成立后长期从事文化工作，现为中国电影家协会离休干部。此信是 1941 年钟敬又自敌占区流亡至湖南祁阳后，收到的哥哥钟敬之寄自延安的家书。

② 高仑是钟敬又的大姐夫钱祖恩的别名，这是钟敬之为蒙蔽国民党特务，而有意将收信人的真实姓名隐去的。

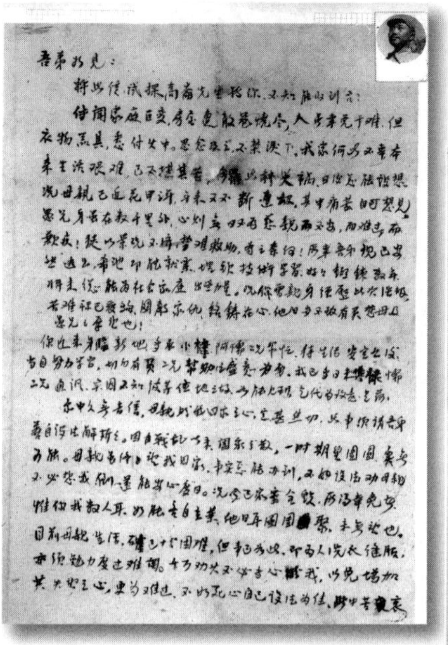

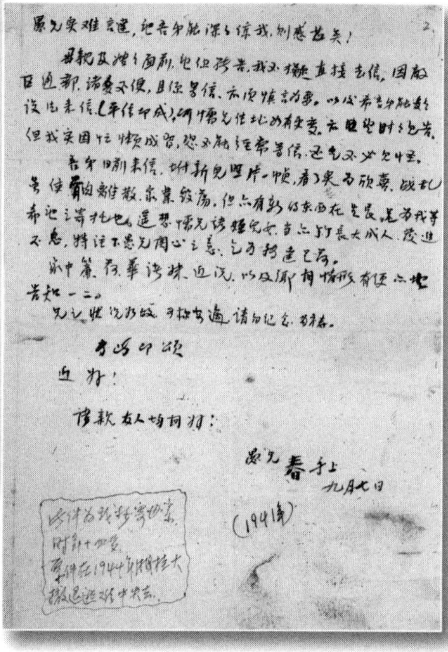

愚兄之厚望也！

你近来身临新地，多承小棣阿懦二兄① 帮忙，待生活安定之后，当自努力学习，切勿有负二兄帮助之盛意为要。我已多日未与棣懦二兄通讯，实因不知彼等住地之故，如能见到，乞代为致意是荷。

家中久无音信，母亲盼我回家之心，定甚焦切，此事须请吾弟善自设法解析之。因自战乱以来，阖家分散，一时期望团圆，实无可能。母亲虽终日望我回家，事实怎能办到？不如设法劝母亲不必想

① 小棣、阿懦二兄，分别是钟敬又大姐夫钱祖恩和大姐钟湘霞不为外人所知的小名，皆因白区的特殊环境而隐去其真名。

我，倒还能安心度日。况今已家室全毁，所得幸免者，唯你我数人耳。如能各自立业，他日再图团聚，未无望也。目前母亲生活，确已十分困难，但事已如此，即为人洗衣缝服，亦须勉力度［渡］过难关。千万劝其不必专心盼我，以免增加其失望之心，更为难过，不如死心自己设法为佳。此中苦衷，愚兄实难言达，望吾弟能深深谅我，则感甚矣！

母亲及嫂嫂面前，望你转告，我不拟直接去信，因敌区通邮，诸多不便，且你写信，亦须慎言为要。以后希吾弟能多多设法来信（平信即成），阿懦兄住址如有更变，亦望时时见告。但我实因忙懒成习，恐不能经常写信，还乞不必见怪。

吾弟日前来信，附新儿照片一帧，看了甚为欣喜。战乱虽使骨肉离散，家业毁荡，但亦有新的东西在生长，足为我等希望之寄托也。遥想懦兄诸侄儿女，当亦个个长大成人，发进不息，特注下愚兄关心之意，乞为转达是荷。

家中簾、荷、华诸妹近况，以及乡间情形，有便亦望告知一二。

兄之状况如故，可称安适，请勿记念，为祷。专此即颂

近好！

诸亲友人均问好！

愚兄　春[1]　手上

九月七日

背景链接

1941 年 4 月，日本侵略军发动宁绍战役，侵犯浙东大片地域。占领绍兴县城后，百余日寇从诸暨县窜入嵊县，一路大肆烧杀抢掠，奸淫民女。敌机每日空袭轰炸，城镇居民天天躲避空袭，无法安生。

① 信末落款“春”是钟敬之的小名“春郎”的简称。

4月23日，敌寇窜入我家所在的甘霖镇，先在车站截住三辆过路的运载难民的汽车，将汽车内的难民全部烧死，继而冲向街道纵火，焚毁半条街近百家商铺和民居。这天下午，镇上居民猛听得机枪声爆响，一阵急过一阵，人们纷纷四散逃奔附近山上。忽见山下镇上火光腾起，黑烟直冲天空。乡民们在山头上，屏息凝望自己家园升起熊熊大火，不敢回去救援。

大火整整焚烧了一夜。待天色微明，人们急匆匆下山奔回镇上。往日熙来攘往的热闹街市，一夜之间被烧成一片废墟。余烬未熄，烟臭刺鼻。我们的家院只剩下一堆瓦砾。幸存下菜园子里三间狭小的柴房，将肮脏的猪圈改造成卧室，把厕所里的粪缸移往别处，改作厨房。我母亲只得在这小破屋里栖身，直至家乡解放。

我家自哥哥远行，失去主要经济来源，生活本已十分困顿，而今遭此劫难，衣食几陷绝境。母亲已近花甲之年，靠小菜园中种植丁点杂粮，难以糊口。我当年14岁就背井离乡，踏上流亡大后方的征程。到湖南祁阳大姐家后，我随即写信给在延安鲁艺的哥哥，告以家乡遭日寇侵袭，家园被焚毁，母亲孤苦无依的惨境。9月的一天，意外收

被日寇焚毁的家园废墟

到哥哥回信，并附小照一帧，信封上书写：

湖南　祁阳　宝塔街二十号　钱祖恩先生乞转

高　仑　先生　收

陕西肤施桥儿沟　寄

发信地址中的“肤施”即延安，“桥儿沟”是当时哥哥工作的鲁迅艺术学院所在地。收到这封珍贵的家书后，我当即抄寄一份给远在故乡的母亲。不久，我到广西柳州铁路机厂当徒工，仍陆续寄信给延安的哥哥，却如泥牛入海，再无回音。此时正是国民党发动皖南事变后掀起反共高潮，重兵封锁陕甘宁边区，邮路已告断绝。

1944 年夏，日寇发动豫湘桂战役，从河南长驱直下湖南、广西，国民党军节节溃败，造成震惊中外的湘桂大撤退。大姐一家从湘南逃难到桂林、柳州，我和大姐一家随同百万难民群流，从广西徒步逃难到贵阳，再到重庆，行囊衣服尽毁于战火。哥哥寄自延安的这封家书原件也在逃难途中遗失。流亡到重庆后，我通过有关渠道与在延安的哥哥取得通信联系。时值国共谈判后我党在北平创办公开的《解放报》，哥哥通过在《解放报》工作的蔡若虹同志（新中国成立后任中国美术家协会副主席）中转，从解放区经北平转寄到四川合川我就读的国立二中，得以互通书信多封。后来内战全面爆发，《解放报》被国民党查封，通信又告断绝。

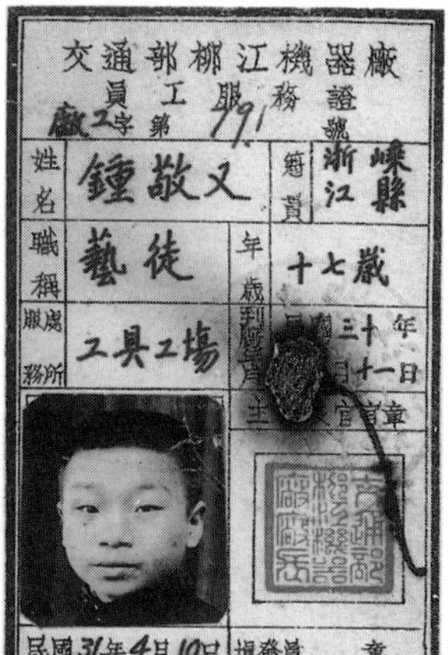
交通部柳江機器廠
員工服務證
廠工字第 791 號
姓名 鍾敬又　籍貫 浙江嵊縣
職稱 藝徒　年歲 十七歲
服務處所 工具工場
民國31年4月10日 填發員 章

钟敬又的员工服务证

日本投降后，我回到故乡省亲。在母亲珍藏多年的家信中，发现了当年由我抄寄给母亲的这封延安来信，如获至宝。以后虽历经劫

解放上海的入城式，在军管会文艺处的车上，前排右起夏衍、钟敬之、蔡赍、于伶，摄于1949年5月

难，却一直悉心保存至今，前后历时七十余年矣。

哥哥生于1910年，1934年参加革命，同年加入左联和左翼剧联。1938年加入中国共产党。任延安鲁艺实验剧团、鲁艺美术工厂（研究室）主任。新中国成立后，曾任上海电影制片厂常务副厂长，北京电影学院党委书记、常务副院长，是新中国高等电影教育事业的奠基人之一。

哥哥长期从事戏剧工作，1946年起，转入电影岗位，先后担任延安电影制片厂、东北电影制片厂领导成员。1949年4月，人民解放军渡过长江，解放宁沪杭。哥哥从东北奉调随大军南下，进驻上海，任军管会文艺处副处长，参与对国民党官僚资本电影机构的接管工作。6月中旬他给在家乡的老母亲寄去了一封信（参见民间家书第二辑《红色家书》，59～60页，中国画报出版社，2006年），母亲意外得到雁逝音消12年的大儿子亲笔写来的家书，不啻喜从天降，随即奔赴上海与哥哥相见。当时，我在安徽屯溪部队驻地，偶然从《解放日报》上看到钟敬之抵沪的消息，欣喜莫名，当即致信解放日报社查询，不久就收到了哥哥于7月1日从上海军管会文艺处写来的一封信（参见民间家书第二辑《红色家书》，61～62页），并附有他的照片。

钟敬又从皖南部队去上海时留影，摄于 1949 年 9 月

钟氏全家福，1952 年冬摄于北京，右一为钟敬又，右二为钟敬之

不久，哥哥将母亲接到上海居住。年逾花甲的老人终于结束了十多年来苦难频仍、骨肉离散的悲惨生活。以后，哥哥调至北京工作，母亲随同来京与全家团聚，安度晚年。

（钟敬又）

平安信背后的劳工血泪

这是被俘劳工李二妮的最后一封家书，此后家人再没收到他的任何消息，音讯全无，生死未卜。就是这样一封普通的平安家书，却见证了侵华日军野蛮掳掠并残暴虐待中国百万劳工的一段历史。

叩禀父母亲老大人尊前膝下：

万福金安，玉体双立［健］，敬希饮食如常，希望大人身体强壮，儿在外身体强壮，免大人不必挂念。后并千万来回音，交锦州省阜新市太平矿三坑劳工办事处张方良交九六一九号斗。并问

合家人等各好！

三十年九月廿一，不孝儿二妮叩拜

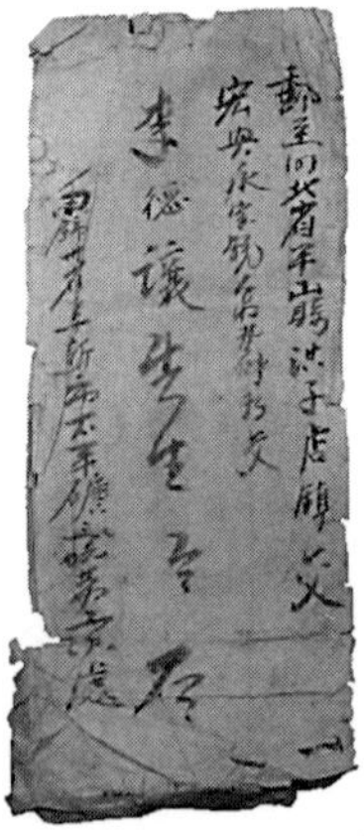

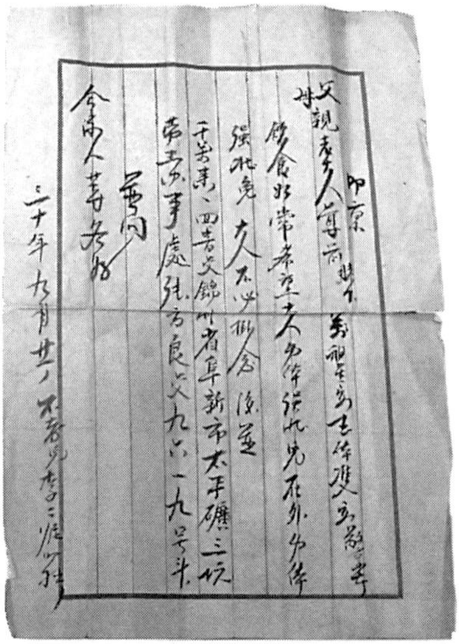

背景链接

日本侵华期间，为了以战养战，加紧掠夺中国的资源，成立了很多专门机构，伪满阜新矿业所就是之一。1932 年 3 月伪满洲国傀儡政权成立。1934 年 5 月，日伪当局管理经营东北煤矿的机构伪满洲炭矿株式会社（简称“满炭”）成立。1936 年 10 月 1 日，“满炭”在阜新成立矿业所，统一经营阜新煤矿。到 1939 年，阜新矿业所已管辖 8 个采炭所，计有生产斜井 44 个、露天 3 座，在建斜井 2 个、露天 2 座，成为“满炭”系统最大的煤矿。1941 年 12 月太平洋战争爆发，日本对煤炭的需求更加紧迫。为解脱陷入危机的“满炭”，增加煤炭产量，满足战争需要，日伪当局决定让伪满阜新矿业所与“满炭”脱离，改组成立具有准特殊法人资格的独立会社——伪满阜新炭矿株式会社。

随着日军侵华战争的扩大，伪满洲国的劳动力变得十分缺乏。1941 年初，华北汉奸组织新民会与日军冈村宁次部队共同策划，向伪满洲国的“国防产业战线”遣送“特殊工人”，即将日军各部队在战场上俘虏的中国军队官兵、在根据地抓捕的干部群众以及当地宪兵队、警察署等处收容的“犯罪可疑分子”，用同乡人编为一组的方法，每十几人或几十人编为一班，选出一人担任班长，负责押送和指挥本班人员，几个班编为一个大队，分批押送到东北，然后分派到日本关东军的军事工程和日伪指定的为战争服务的重要产业，充当苦役。

据调查资料统计，阜新煤矿劳工主要由以下几部分人组成：一是被俘的八路军、游击队指战员和抗日的国民党官兵；二是没有暴露身份，被日军作为“抗日通共”嫌疑分子抓起来的共产党抗日救亡干部；三是贫苦农民、工人和小商贩。李二妮属于第三种。

李二妮又名李二秉（炳），河北省平山县白家庄人。1941 年 7、8 月份日军对平山县进行大“扫荡”。日军千余名对东黄泥、东柏坡、西柏坡、通家口、南庄、北庄、盖家峪、燕尾沟、西沟、白家庄和陈家庄 11 个村庄的群众进行了血腥的屠杀。日军用机枪向村里扫射，群众听到枪声，赶紧向村外转移，没想到日军在村外预先设下关卡，部分群众落入日军罗网。日军将落网的群众围逼到一个土岸上，让他们并排站立。手端刺刀的日军一起向群众身上乱刺，手无寸铁的群众相继倒地，土岸上的群众被日军挑死后，又一个个被踢到岸下。有的群众逃到后山山洞里躲避，日军进村搜查扑空后，就到后山一带搜查。为了保护洞里的老人、妇女和儿童，一些身强体壮的男人隐藏在草丛中，当日军靠近时，故意向其他方向跑去，这些人有的被日军开枪射死，有的被日军抓住后送去当了劳工。李二妮就是这样被抓住的，被日军送往阜新矿业所当劳工。

对这些劳工，阜新矿业所实行企业管理和军事镇压相结合的管理方式。每栋房子住百余人，炕用水泥抹成，炕上没有席子，很少烧火。宿舍外围筑起高墙，墙外用电网圈着，大门由矿警持枪把守。劳工们每天在井下劳动 12 小时以上，高者可达十五六个小时，最高可达 18 个小时，而且有日本监工手持战刀、镐把进行监督，稍有懈怠便是一顿暴打，有的甚至被当场打死。劳工的伙食主要是高粱米和玉米面，菜很少。日本侵略者采取“要煤不要人”的野蛮开采政策，不考虑安全措施，冒顶、瓦斯爆炸等事故频繁发生。有时明知可能冒顶，仍逼着劳工下井采煤，矿井恶性事故频频发生。生病或受伤的劳工得不到有效治疗，往往被送到病号房，很少能有人活着出来。当时传染病流行，劳工成批死亡。减员—增加劳动时间—劳工死亡加速—再增加劳动时间—更多的人死亡，这就是中国劳工的命运轨迹。从 1936 年到 1945 年的 10 年间，日本从阜新掠走 1 500 多万吨煤，同时造成了数十万劳工的死亡。

1941 年 9 月，李二妮刚到阜新矿业所后给家里写了一封报平安的信，此后家里再也没有收到任何关于李二妮的消息。2007 年，李二妮的亲戚杨学东把这封保存了 60 多年的珍贵家书捐赠给了中国人民抗日战争纪念馆。由于它是日本侵略中国、掠夺中国矿山资源、残酷奴役剥削中国劳工的有力见证，而被定为一级文物。

（任京培）

劳工中的幸存者

高御臣

2005年6月，年逾八旬的高御臣老人来到抢救民间家书办公室，带来了一封60多年前的家书，那是他自己写给祖父祖母的。他说，每当看到这封家书，他就会想起在伪满洲国当劳工的一段往事。

祖父母大人膝下：

敬禀者孙儿离开家，跟着大车经过几道日本卡子，还算顺利（没挨打），第三天到达烟台。正赶上有一条大船，即托人买票，在船上两天两夜到达浪头，很快找到润身医院。舅爷和舅奶奶他们很热情，舅爷说，学徒的事慢慢想办法，现在先住他家，他们本来有一名学徒，早已不干了。我每天在这打扫卫生，干点零活，这些我都能干。

舅爷说，出去要小心，对谁都要客气点。日本人能看出来，汉奸头上没贴贴［帖］，谁知谁是汉奸，千万不能说是中国人，只能说是满洲国人。我怎么也想不通，怎么中国人一下子变成满洲国人了呢？只好顺着。

还有，带的路费，剩了十块钱，托赶大车的于老板捎回家了，这里花日本钱，三大行的钞票不能用了。

先写这些，以后再禀告。

敬请

福安

孙子　经蔚 叩上

三月十一日

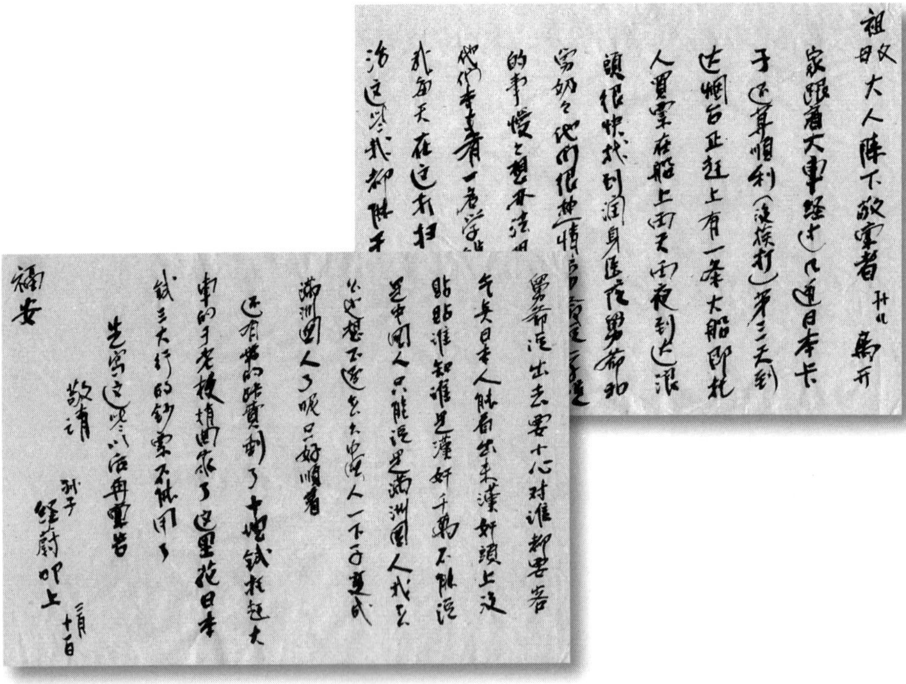

祖父
母大人膝下敬禀者 廿八离开
家跟着大車经过几道日本卡
子还算顺利（没挨打）第三天到
达烟台正赶上有一条大船即托
人买票在船上两天两夜到达大
码头很快找到润身医院舅爷如
当奶奶他们很热情
的事慢慢想办法
他们来还有一名学
我每天在这打扫
活这些我都干

舅爷说出去要小心对谁都要客
气矣日本人能看出来汉奸头上没
貼貼谁知谁是汉奸千万不能说
是中国人只能说是满洲国人我长
这么大想不通怎么中国人一下子变成
满洲国人了呢只好顺着
还有带的路费剩了十块钱在这大
東的手老换换成了这里花日本
钱三大行的钞票不能用了
先写这些以后再禀告
敬请
福安
孙子
经蔚叩上 三月十日

背景链接

小时候，爷爷给我安排了一条人生路，沿着前人所走过的路出外谋生——闯关东。对于山东人来说，闯关东可能是一条活路，因为山东半岛人多地少，自然灾害频繁，再加上兵荒马乱，民不聊生。而关东人少地多，容易糊口。闯关东也可能是一条死路，很多人一去不复返，音讯皆无。有的没混出个人样来，无颜回乡，有的则是做鬼他乡了。

不管是活路还是死路，总算是一条出路，不能在老家憋死，好在山东半岛距离关东隔海相望，海峡不太宽，花几块大洋，即可达到彼岸。

1940 年早春 3 月，我刚满 13 岁，跟着十几个人结伙步行三天经烟台去东北，第一站落脚在烟台一个大车店。店老板说，正好有一条去安东（今丹东）的轮船，得赶快办手续。于是叫来办事员收费，要交船票费、“出国证”费、劳工票费。我们惊奇地问，我们是到祖国的东北去，怎么还办“出国证”呢？代办员说，现在日本人已经把东北改为“满洲国”，不办“出国证”不能上船。又说，日本人只允许有劳动能力的人买船票，老弱病残者不能上船，还要验工，还怕混入共产党的地下人员，看不顺眼的人也会被赶出来。所以要特别注意，当他问你，愿意到“满洲国”去当劳工吗？你得赶快回答：愿意。不能犹豫。如果被赶出来，那只好等下趟船了。

验工这天一大早，代办员就把我们叫起来，又把注意事项重复了一遍。他带着我们穿过几条马路，来到伪满劳工协会委托的汉奸组织大东公司楼前，排队的人很多，我年纪小，心里非常紧张。很快轮到我了，一个汉奸用手拨拉一下我的脑袋，我还未醒悟过来，就过去了，我松了一口气，到下个窗口照相。

一切手续办好了，第二天乘上轮船去安东。船上的人很多，听说船很大，除了装货以外，还装三千劳工。船进入海洋颠簸得很厉害，不少人呕吐不止，整整两天两夜，船终于抵达安东浪头码头。在安东的舅爷家，我暂时落脚，抽出时间给远在家乡的祖父母写了上面这封信。

在安东我开始学徒，当佣人。后来又到日本人的建筑工地干活。这时，太平洋战争已爆发，美国飞机轰炸日本本土，日本人把工厂的机器拆到东北，利用东北的丰富资源和廉价劳动力为战争提供产品。我所在的安东地区汽车工厂、轻金属工厂、水泥工厂等厂区建筑工地上，共有几万劳工在干活。这些劳工按来源分为征来的、抓来的、骗来的和雇来的四种类型。

第一类征来的还可分为两种人，一种是从农村征来的劳工，也称苦力，第二种是勤劳奉仕队。

当时伪满政府规定：农村劳动力按年龄造册，每年按比例征去当劳工，由派出单位雇佣一些退伍军人和地痞流氓担任大、中队长带领大家去日本工地劳动，每天工作十几个小时，并受日本人和监工的打骂和折磨。这些劳工的情绪非常低落，什么话也不敢说，他们住在工地临时搭起的“人”字形窝棚里。这种窝棚既低矮，又潮湿，走进去连头也抬不起来，室内没有一丝阳光，臭气熏天，令人作呕。如果患病也只能躺在那里，遇上好的炊事员，还可能给你一碗饭或一碗水，不能有其他奢望。病重的就可能被拉出去活埋掉（因怕是传染病流行）。劳工的生活标准每天只有一斤玉米面，早上一个窝头一块咸菜，中午一个窝头一碗白菜汤，晚上只剩稀饭了。日本人规定的伙食标准本来就低，监工们还要贪污，中午的菜汤连盐也不放。劳工们一心想的是熬到期，活着同家人团聚。

勤劳奉仕队也叫“小劳工”、“国兵漏”。在伪满洲国年满 20 岁的男性青年必须服兵役。凡身体检查合格的被强迫去当伪军，不合格的去干几年勤劳奉仕队。用军事化管理，统一着装，除干活外，还要进行军事训练。同前一种劳工不同的是，这里不仅有贫苦农民、地主的子女，城里的阔少爷也得去，因为是征兵“漏”下来的，也得给日本人去“勤劳奉仕”干几年。

第二类是抓来的劳工。日本人经常以稳定社会治安为名，去抓“无业游民”。他们经常到车站、码头、集贸交易市场去抓人。当被认为是怀疑对象或看不惯的人，他们也会到家里去抓人。这些人大都被送到矿山、边远地区，或者去修筑工事。这类劳工中的很多人去了以后永远再也没能回来。

第三类是骗来的劳工。那些年华北地区遭遇自然灾害时，日伪政权就派一些人去招工，扬言到了东北能挣很多钱。可是等到了东北，这些劳工举目无亲，只有任凭他们摆布，这些人没有什么技术，多是当土工，干力气活。

第四类是雇来的，即支付工资的劳工。在日本人看来，凡他统治的殖民地的人民都要为他提供劳役，实际上就是军事法西斯劳工营，只不过采取的手段有区别。前三类是强制性的无偿劳动，第四类则采取雇佣形式。日本人心里明白，在产业部门，对技术工人和熟练工人实行无偿劳动是行不通的。例如，扳道岔这种工作，抓来的劳工无法胜任，必须由熟练工人来操作，并且要支付一定的工资。《红灯记》里的李玉和就是一位扳道工，他挣的工资非常低微，因此，李奶奶必须出去干点活，铁梅也必须出去拣煤渣，才能维持祖孙三人的最低生活。

正因为有这种区别，中国人对这第四种人不叫劳工，叫工人。其实，这同西方大工厂里的工人有很大的区别，这些工人，不仅工资低，身份上是亡国奴，思想上也受日本人的控制，根本没有西方所谓的民主和自由。就劳工的总人数来说，第一类和第四类是主体，第二、三类在总人数中占少数。

当时，我在建筑工地的一个运输班里干活，这里是大车运输，也住在劳工窝棚里，每天也只供应一斤玉米面。因为我们大车班按运输量记运费，发工资，还可以利用到农村运建筑材料的机会买点高价粮

高御臣夫妇与儿子高华，摄于 1973 年

来填充肚子，比起征来的劳工好多了。在建筑工地里，凡是干技术活的，如木工、瓦工、电工、焊工、架子工，情况相同，有的还可以住在家里，骑自行车上班。正因为有这些区别，所以当地人仅把那些在鬼子刺刀下驱使和监工大棒、皮鞭威胁下干活的人，即无偿劳动没有自由的人当成劳工，而称有工资的人为“工人”。

那时我觉悟不高，还未认清日本军国主义的本质，认为自己从山东拿着劳工证来这里，当的是“工人”而非劳工，是很幸运的。其实，我当的就是劳工。

1945 年 8 月 15 日，日寇投降，我同东北千千万万个劳工一起，回到祖国的怀抱。

永远不能忘记这段历史。

（高御臣）

窦大哥精神还好

黄洛峰

这是读书生活出版社内部同仁的一封“家信”，是远在香港的黄洛峰（化名远昭）写给刘大明的信。刘大明当时在太行山深处敌后抗日根据地奉命开办华北书店，他们用特有的内部“暗语”进行交流，互相通报信息，交流情况，看似谈生意、聊家常，实际上在说只有他们能懂的关于书店、关于各位同志的情况，是一封特殊形势下的“家信”。

大明吾弟：

九月二十八日信收到了，真是欣慰不已！

诚如你所说，总怕收不到信，就没有给你信。因为很久没有给你信了，一想起来，总是难过不已。而今，千言万语，从何说起呢？

春天曾发一电，因为你常走动，正不晓得已否收接？文兄①去陕，已得知。因为各种原因，辰夫②、崇基③他们也一直没有通信。所以辰夫的情形怎样，也就不大知道了。

---

① 文兄，即李文，原名李济安，原任重庆生活书店经理。1940 年被派往太行开办华北书店，1941 年 4 月奉延安电召，赴延安与柳湜等开办延安华北书店。

② 辰夫，即柳湜，上海读书生活出版社创办人之一，《读书生活》半月刊主编。抗战期间曾和邹韬奋合编《全民抗战》周刊，后调延安创办华北书店，不久又调任陕甘宁边区人民政府教育厅厅长。国民党第二次反共高潮时与洛峰中断了联系。

③ 崇基，即艾思奇，上海读书生活出版社创办人之一，《大众哲学》一书作者。抗战后由上海调延安工作，曾任中央党校副校长、延安《解放日报》总编等职。在延安期间曾为汉口、重庆的生活出版社积极组织稿件，有多种书在重庆出版。国民党第二次反共高潮时与洛峰中断了联系。

家林[①]一直还在病着，汉清[②]的一个小弟弟[③]最近又病了，窦府[④]真是多灾多难。但是窦大哥精神还好，虽然事情不大如意，此病彼病，他还是很精神的挣扎下去，这是我们大家都引以为慰的。

良才[⑤]少卿[⑥]合开了一店，生意还好，下月良才就要出来办货。老万[⑦]带着他的小用[⑧]宝[⑨]，要回家，不久可以到此。阳章[⑩]同文彬[⑪]在文彬家乡开了一个文具店，最近因为生意不好，公司要集中钱，做进口生意，他们那个店收歇了，阳章不久就到少卿那儿去。汉清的事业做得较好些，但是因为近来他弟弟病，使得他也弄得苦起来。郑权[⑫]到缅甸做生意去了，他们公司，以后打主意多做点南洋方面的生意，因为那边好做，钱又值钱。这些，就是一些老朋友的消息，我想你是很喜欢听到的，所以不嫌啰嗦了一串了。

我们的渝店，今年又遭炸，三楼塌掉，修补修补，又用掉几千，生意还可以，只是货物少。最近打主意恢复学习杂志，以后生意或可

---

① 家林，即孙家林，1938 年在汉口加入读书生活出版社。1939 年任读书社和新知书店在贵阳合办的“读新书店”经理。

② 汉清，即张汉清，1936 年在上海加入读书生活出版社，1939 年任桂林分社副经理。

③ 小弟弟，指倪子明，1939 年在桂林加入读书生活出版社，1941 年随张汉清到广东曲江开办中南文具公司时被捕，经营救出狱。曾任成都分社经理。

④ 窦府，暗指读书生活出版社。

⑤ 良才，即陆良才、陆家瑞，1938 年在汉口加入读书生活出版社，1940 年曾任成都分社经理，此时在桂林与刘少卿合开建业文具公司。

⑥ 少卿，即刘少卿、刘耀新，1938 年在汉口加入读书生活出版社，1939 年在成都参与分社的筹备工作，后又到重庆参与书店工作。

⑦ 老万，即万国均（1906—1974），1936 年秋到上海读书生活出版社工作，后一直在上海、汉口、重庆、贵阳、桂林、香港等地奔波，协助洛峰办理重要社务，是黄洛峰的得力助手，相当于总社“经理助理”。

⑧ 小用，即范用，1938 年在汉口入社。

⑨ 宝，即丁仙宝，范用夫人。

⑩ 阳章，即欧阳章，1938 年在汉口入社，时在昆明与岳文彬同办昆明金碧文具公司。

⑪ 文彬，即岳文斌、岳世华、岳质君，1940 年 1 月在重庆入社，皖南事变后离重庆到家乡昆明和欧阳章开办昆明金碧文具公司。

⑫ 郑权，即郑树惠，1938 年在汉口加入读书生活出版社，此时任昆明分社经理。

好些。锡棣①帮同一个吴兄②在做，吴虽做生意不久，但年龄比锡棣大，经验多，也还可以做得下去。上海造过的货，他们重新仿制翻造，一个月多少出些货色，也还有些买主来照顾。

留耕③的家用，因为生意不好，社里暂时仍只能照以前的拨付。他哥哥曾经找过麟④兄，但麟无法，答应以后想办法。如便，望能告留耕。

你要的东西，此间不收寄，已函沪店寄你。但是否能收到，也还是问题呢！？

好久不通信，等于隔了几十年一样；以后，我想多给你信。

专此祝你

安好！

远昭⑤

卅年十一月十二日

来信交香港邮政信箱1048号可也。

背景链接

读书生活出版社，后称读书出版社，1936年由李公朴、柳湜、艾

---

① 锡棣，即王锡棣、王晓光，1938年在汉口加入读书生活出版社，此时在重庆主持自强出版社，并投资立信会计图书社，属于二线安排。根据周恩来的指示，三家书店必须划分一、二、三线三条战线。二线是在另一些地方原来的机构已无法立足的，可以改名换姓，另起炉灶，或与别的出版社合作，建立新机构，以避免损失。

② 吴兄，即吴毅潮、吴葆铭，1940年由湖北到重庆入社，皖南事变后，抱病负责编辑工作，并兼顾社里的经营管理工作，乃至开设纸行，经营纸张，以弥补亏空。

③ 留耕，指刘大明，原名赵刘根，1921年3月9日生于上海徐家汇天钥桥路赵巷，1936年参加上海读书生活出版社时改名为赵子诚，1940年由重庆赴太行山华北书店时，在重庆红岩八路军办事处改名为刘大明。

④ 麟，即刘麟，上海读书生活出版社经理。

⑤ 远昭，即黄洛峰（1909—1980），云南省鹤庆县人。1927年加入中国共产党。1934年同李公朴等人创办《读书生活》杂志，后创办读书生活出版社，任总经理。

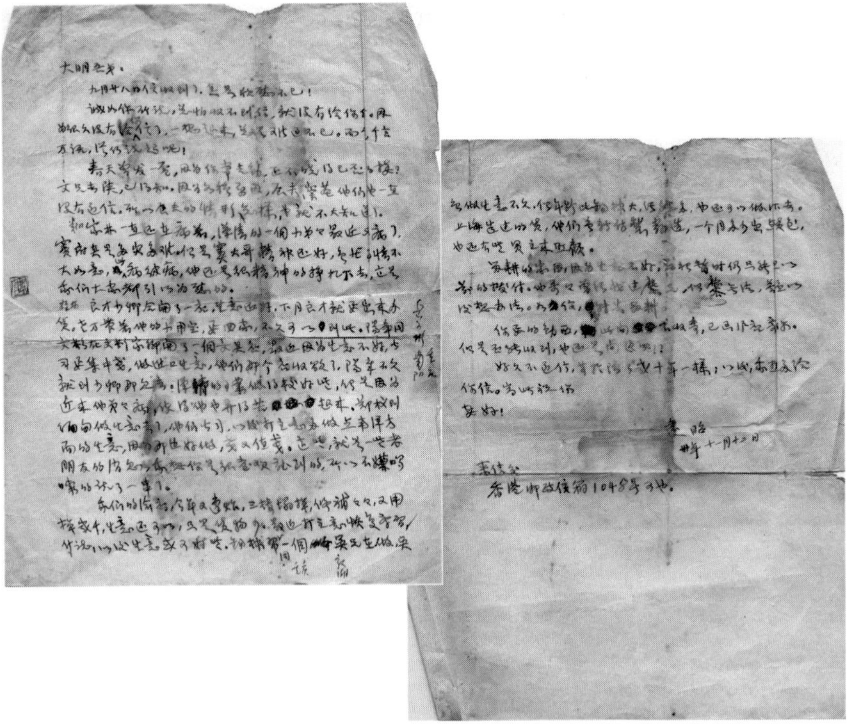

思奇等创办于上海。前身是李公朴主编的《读书生活》半月刊，后由黄洛峰任经理。1937年10月迁汉口，1938年10月迁重庆，并在广州、贵阳、桂林、昆明等地设立分社。该社出版的第一本书是艾思奇的《哲学讲话》，发行不久即被查禁，修改后更名为《大众哲学》继续出版，成为该社的畅销书。该社出版了许多社会科学著作，并翻译出版多种苏联文艺理论和文学作品以及少儿读物。后该社与生活书店、新知书店合并成为三联书店。抗战时期读书生活出版社出版了大量的有关抗战的出版物，成为国统区代表进步出版势力的一个重要单位。

在黄洛峰的主持下，读书生活出版社出版了郭大力、王亚南合译的马克思《资本论》第一卷及郭大力译的《剩余价值学说史》，为在我国传播马克思主义做出了贡献。

1941 年，周恩来根据毛主席的指示精神，向邹韬奋建议，生活、读书、新知三家书店联合起来，到延安和敌后去开办书店。三家书店的负责人一起商议，“生活”派李济安前去，并由他全面负责，“新知”派陈在德，“读书”派赵子诚。8 月初，三人集合到红岩八路军办事处，换上了八路军的军服，佩戴上八路军胸章、臂章，并改了名字，李济安改称李文，陈在德改称王华，赵子诚改称刘大明，他们的名字沿用至今。

他们乘卡车从重庆出发，一路颠簸，经成都、广元、汉中、宝鸡到了西安，在西安八路军办事处受到林伯渠的接见。为了等候过封锁线，在西安住了一个月，才奉命到洛阳与护送他们的八路军汇合，过了封锁线天井关。又经过十多天的艰苦行军，于 11 月初到达山西辽县（今左权县）南 35 公里的桐峪八路军野战总政治部所在地，沿途受到边区政府杨秀峰主席、支队唐天际司令员和八路军野战政治部主任罗瑞卿的接见。

到桐峪后，遵照罗瑞卿主任指示，他们在华北《新华日报》同志的帮助下，决定先在根据地中心桐峪开设一个门市部，经售边区出版的书刊和文具，并用油印方式刻印一些文艺小册子。三人分工，王华负责门市部筹建，李文负责采购文具用品并和刘大明负责刻印油印小册子，刘大明负责油印刻印工作，赶印了 1941 年月历，又将高尔基的两篇名著《海燕》和《鹰之歌》刻印成一本，取名《鹰之歌》，作为门市部开张的礼物。他们精心设计了开本、版面、用纸，月历的封面还进行套色，取得了很好的效果。当时，读者看惯了一些政治理论书籍比较单调刻板的装帧，此时见到了《鹰之歌》，犹如在荒漠戈壁滩中看到一朵挺拔的小白花，觉得分外可爱。

开业之日，正是元旦假日，附近总部各机关的干部、群众，纷纷从几里、几十里以外，像赶集一样，到桐峪来游玩，看见书店新开张，都到店里看看，顺便又买些文具纸张之类，不几日，《鹰之歌》即销售一空，500 份月历也销售大半。

1941年10月，李文离开太行山到延安开办了华北书店，太行华北书店就由王华和刘大明负责。到1942年秋，共出版了20余种像《鹰之歌》这样的小册子，其中除了鲁迅的著作外，大多是苏联和俄国小说。其中也有几种是边区作家编写的，如《世界名歌选》，是129师文工团团长刘流同志编的，《拉丁化检字》是边区文联主任陈默君同志组织编写的。

这些小册子，在版式方面都不断地进行改进，如版面大些、小些，文字直排、横排等，在封面上根据内容设计，尽量使其有特色，有的小册子还加上了一些评介式的后记，对读者不无裨益。小册子的印数一般是500份，也就是当时蜡纸所能承受的最高印数了。那时，每决定印一本书，刘大明就日以继夜地刻蜡版，他右手的食指和大拇指，由于长久握铁笔，始终是扁平和疼痛的。当时油印的小册子有：《1941年月历》《鹰之歌》《阿Q正传》《狂人日记》《故乡》《朝花夕拾》《不走正路的安得伦》《死敌》《第四十一》《我是劳动人民的儿子》《和列宁相处的日子》《二十六个和一个》等。

这封读书生活出版社的"家信"是黄洛峰接到9月28日刘大明给他的信的回信。刘大明到华北敌后抗日根据地后，想要的纸型一直没有收到，他们很着急，他抱着试一试的心情给黄洛峰同志写了信，当时由于国民党掀起第二次反共高潮，特别是在皖南事变以后，读书生活出版社决定出版陈学昭《延安访问记》的纸型在重庆被国民党特务查获，国民党图书杂志审查委员会据此"请"黄洛峰前去"谈话"，结果纸型被没收，人也被扣留一天始释放。黄洛峰无法在重庆继续活动，不得不秘密出走香港。刘大明的信他是在香港回的，为了避免不必要的麻烦，信中他使用了大量的"暗语"进行交流。他介绍了读书生活出版社各位同仁的情况，说到某某病了，那就是指他被捕了，如"家林一直还病着"这一句，就是孙家林在1941年2月在贵阳担任"读新经理"时，书店被国民党查封，他和店中其他五位同志被捕，后由他的未被逮捕的爱人刘瑛同志寻得机会，"内应外合"，逃离了监狱，径赴昆明。“汉清的一个小弟弟最近又病了”，是指倪子明1941年在广东曲江开办中南文具公司时被捕。

“窦府真是多灾多难”这里是取的谐音“读社”，是指读书生活出版社，这时内地四个分社全部被封，多人被捕，财产损失惨重。“但是窦大哥精神还好，虽然事情不大如意，此病彼病，他还是很精神的挣扎下去，这是我们大家都引以为慰的。”窦大哥可以理解为是洛峰同志自称，也可以理解为“读社”领导核心、领导层，包括在上海的郑易里等同志。虽然这里被封，那里被抓，但我们事业的领导层精神很好，仍然在顽强地坚持斗争着。

“上海造过的货，他们重新仿制翻造，一个月多少出些货色，也还有些买主来照顾。”这指的是当时上海分社在郑易里等同志领导下，出版了多种书籍，并不时将样本转重庆翻印。

信中黄洛峰与刘大明交流共同的事业，介绍了许多情况，并且也很关心刘大明，表示对于他家的困难，能帮助就一定帮助，充分体现了同志之间互相帮助、领导的亲切关怀之情。因为刘大明远在太行深处的华北书店，在根据地为广大的敌后抗日群众服务，传播抗日救国的真理。但是根据地出版刊物的条件有限，刘大明在工作中遇到困难还会请求黄洛峰帮忙，由于国统区条件比较特殊，日本未占领的地方也有许多对于进步文化事业的限制与迫害，他们不得不想出许多办法进行工作，在这封信中就可以看出他们对于所从事的事业是十分尽心尽力的。对于刘大明的请求黄洛峰是非常明晰的，对他要的东西，说“此间不收寄，已函沪店寄你”，由于战争环境，“但是否能收到，也还是问题呢”。在信的最后表示，他们在完全不同的环境中进行着抗日的工作，彼此虽分开才一年多，但是觉得分开好长时间了，“好久不通信，等于隔了几十年一样”，可见在战争环境下，看到一封这样的“家信”是多么不容易啊！

（乔玲梅）

孩子们战斗的家园

民族危亡时刻，全中国人民，无论是白发苍苍的老者，还是年幼的孩童，同仇敌忾，一致抗日。孩子剧团的成员年龄虽小，抗日的决心和意志却不输成人。他们把剧团和宣传队看作自己的家园，用文艺做武器，动员群众，支持抗战。

亲爱的懼［惧］、乃［鼐］诸先生：

当我们看到您〈们〉油印的书信时，我们心在跳荡着，每个孩子久怀着对“抗宣二队”的遥念，都寄托在这挤密密的字间里。看到信封上是自渝寄的，我们更欢喜的想着，这该是我们见着久别的哥哥姐姐的时候了吧！？

想不到一群在战斗中成长的哥哥姐姐们，在急变中离开了他〈们〉那战斗的家园——“抗宣二队”，而个别的独立的在抗战各部门里去发挥伟大的战斗力量，争取中华的解放，求得抗战彻底的胜利！更想不到有四位哥姐，为着祖国，为着那理想的世界而悲壮的战死在魔鬼的酷刑里！

亲爱的先生〈们〉：当我们看到这用鲜血写成的书信时，我们一样的感到哀愁、愤恨和悲痛！我们只有继承四位哥姐们的不屈不挠的战斗精神，来负起他们卸下的重任！亲爱的先生：请您〈们〉相信我们，我们要用孩子们所能出的力量，去争取中华民族的解放，来纪念死于魔口下的四位哥姐们！

只有不断的在艰苦环境中去奋斗，才能保证我们不断的进步，才能保证那理想世界的实践！因此，我们不论在任何环境里，只要想到四位哥姐的牺牲和哥姐们的英勇战斗的精神，在诸位先生们、哥姐们的领导下，正确的把握着现实，而去努力求得中华民族的解放，安慰九泉下的四位哥姐！

亲爱的先生〈们〉：请您原谅，我们的生活时时在动荡中，许多先生的信件，都不能马上回，所以这封信也是被拖延到现在。何先生，您能原谅我们吗？

我们的工作、生活学习各方面容后再为详告。

此致

民族解放的敬礼！

孩子剧团的朋友们启

请代慰问在战斗中的战士们！

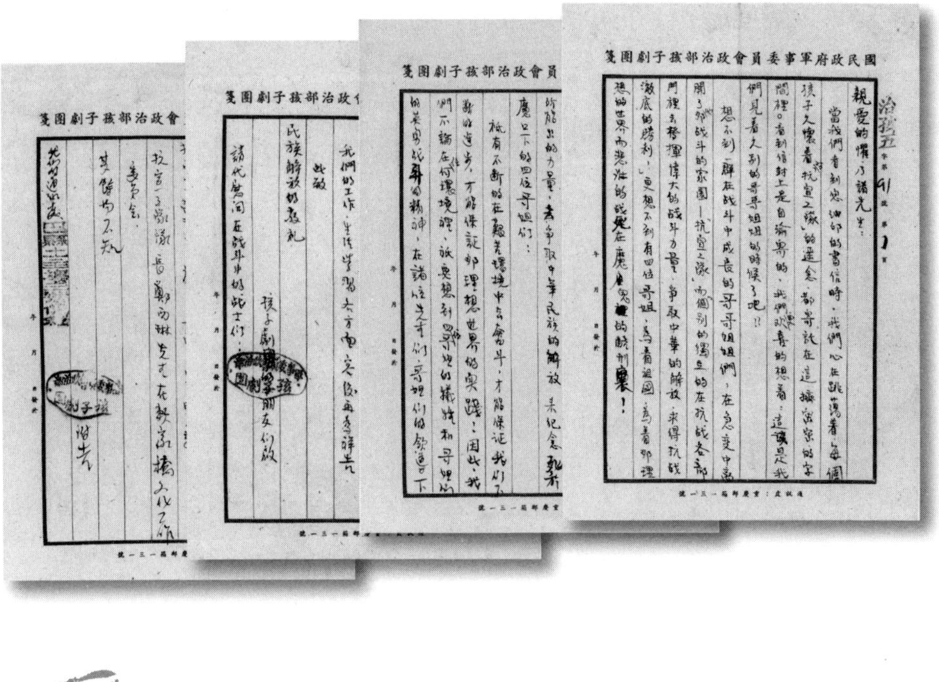

背景链接

1938年1月，在以国共合作为核心的抗日民族统一战线的推动下，国民政府军事委员会成立政治部，周恩来任副部长。4月，成立以郭沫若为厅长的第三厅，主管抗日宣传动员工作，着手收编、组建抗日宣传团体。8月，在武昌昙花林宣布成立10个抗敌演剧队、4个抗敌宣传队和1个孩子剧团。

"抗宣二队"成立于1938年9月，主要在第三战区开展宣传活动。他们从武汉出发，经长沙到南昌，通过演出、办报、演讲、对敌宣传等方式宣传抗日，足迹遍及5个省、23个县、47个镇、近200个农村，行程达1万余里。1940年底，在国民党"第二次反共高潮"的影响下，中共党员和进步人士不得不离队，1941年"抗宣二队"被迫改编。

孩子剧团成立于1937年9月，隶属于上海文化界救亡协会，由淞沪会战时自发在难民收容所进行抗日宣传的中小学生组成，共产党员吴新稼为干事长（后改为团长）。1937年11月上海沦陷，吴新稼率领剧团22人（约8～16岁）离开上海，经南通、徐州、郑州，于1938年1月抵达武汉。1938年4月，孩子剧团被政治部收编。1939年1月剧团迁往重庆，分两队到四川各地农村集镇进行抗日宣传，并派出工作队帮助中小学校及儿童保育院排练戏剧歌咏和组织演出。同年9月，共产党员林犁田（许翰如）接替吴新稼，任团长。

1941年皖南事变后，国民党当局为加强对剧团的控制，三次下令将孩子剧团调归重庆市卫戍司令部管辖，强行改组并撤换剧团原有各级领导干部。在周恩来、邓颖超等的关心爱护下，一部分团员被送往解放区。

1941年，孩子剧团得知"抗宣二队"四位哥姐在"第二次反共高潮"中牺牲，于是给二队队长何惧、副队长谢雨写信，表达了孩子剧团向"抗宣二队"英勇牺牲的同志的哀悼和敬意，同时也表达了不畏残酷、抗战到底的决心。2009年，何惧之女何碧、谢雨之子谢庆把这封书信捐赠给了中国人民抗日战争纪念馆。

（要秋霞）

艺术服务抗战

抗战时期西南大后方活跃着十几支抗敌演剧队和宣传队，激励民众士气，鼓舞人民斗志。这封信详细介绍了部分演剧队的抗日宣传活动及艰苦的抗战生活，再现了当时西南大后方的抗战戏剧文化，很具史料价值。

家麟[①]兄：

接得你的信时，正忙着演《家》，与其让信躲在抽屉里等你，倒不如停几天多带点消息给你。我希望这封信能等你，否则，你又该说我懒了。

川东之行，如何？长江与柳江，到底哪条清些？我遥祝你旅途愉快了，丰富生活经验，确是治学的重要方法。这次，你可以看到高耸云霄的三峡和雄峙长江的夔门，"两岸猿声啼不住"，恐怕你是轻车已过万重山了。二十年前我和家人由川回江苏故乡时，所见的风物，不悉今日尚能无恙否？

《家》已如预定计划在十月十五至二十四日演出了，各方面都没剧本，话是这样说的：钱捐出近五万元，自己剩了些用具；戏没有大漏洞，演出虽只有一两个较过去有显明的成就，但都平均整齐，没有太突出和落后的现象，而刚入队甚至中途来的新同志也都还衬得起来，自己检讨起来，和在桂林看过《家》的朋友和观众都觉得较桂林演出为好，不管在戏和舞台工作上；至少，不叫人讨厌，看不下去。缺点自然有不少，但我们仍很愉快和兴奋，而这绝不是骄傲，因为在演出前——排戏过程中——队内情绪还因为 ×× 走后所留下的影响

① 何家麟，原抗敌演剧宣传二队（抗宣二队）队长。

作用在少数人身上而未见得如何高热，不得不分心来克服这些不良影响，因而精力也不能完全集中在准备及演出上，终因“众寡不敌”，慢慢地这不良影响减轻了而至愉快地演出，这是一个事前很值得忧虑而终于得到的结果。由于这次演出，队在人们心里的印象就更深刻了一点。近一年半没有好好演出一次像样的戏，队的印象已将模糊了，在加深印象这方面，这次演出是获得相当成功的，尤其是以四十人来演出这个戏，表示出演剧队还有那股干劲。你猜，一对新夫妇是谁？舒模[①]和张申仪。谁都担心——他们更甚——这两个角色难演，那种纯良而极怯懦的性格难于把握，不是过火得不像那两个人，就是两块行尸，他们没叫人失望，是成功的。假如你看了，绝不会不同情他们的遭遇，而他们并不是前面所说有显明成就的那一两个人，仍是较次的。

现在我们工作在一七〇师，这里是一个团的驻地鹿寨，这地方可耕地十分之七都是种甘蔗来榨糖，全年糖的产量至少在十万担左右，我曾费两天时间去调查，最后做了一个使人惊异的统计，蔗农终年劳碌——一月种蔗、培植、除草、施肥、中耕至十一月收割——不得温饱，天荒就难于设想，在收蔗之前，大半借贷度日，而食糖承销商，由此地运到长沙，每担糖除一切开支，至少净赚国币一千元！因为糖大半都运销到湖南，市场自有人“主持”，但因地理关系，高旱不宜种粮，几万蔗农，也只有一天天挨下去再说，他们希望田地能变低或市场无人“主持”就好了。至于部队，这是候调师，就更苦了，都是新兵，又不足额，教育程度低，素质差——半为犯人顶替的——吃不饱，没草鞋，军毯一条来过冬。因此明天开始募款演出，给他们添点图书，买点稻草铺床，这一切都由他们团指室来主办，我们演戏观众出钱，演《国家至上》和几个独幕剧，希望成绩能好，我们精神上的负担也可以减轻点，昨天演《流寇队长》招待他们，弟兄们放开肚子

① 舒模，原名蒋树模，作曲家，抗敌演剧宣传四队（剧宣四队）副队长。

笑了，而后渐渐沉默而犹为感叹了。当他们天真地笑的时候，我们心里似乎也感到了温暖。我们是生长在自己和别人的感情里的。

部队工作月半就可结束，回柳州就筹备参加明年二月戏剧节在桂林举办的戏剧展览，这是创举，西南各演剧队及其他剧团都将参加，甚至昆明都有人来。这在世界戏剧史上都是划时代的事件，由省政府出面，艺术馆和新中国主持筹备，展览范围不只演剧，各参加单位的历史、文学作品，扩大言之，凡属艺术作品都将陈列，并开检讨会，之后拟设戏剧馆之类的机构。这展览从二月半起，估计至少必须两个月才能结束，到时当有一番热闹，我希望你也早点筹备，能来一趟，看看西南剧运——艺术服务抗战的运动——到达什么程度了，并将有不少老朋友能碰面，“沙滩会”也就不仅是想望中的事了。

我们去参加的节目有《蜕变》《家》，但总觉还不够味，希望再有个新戏，可是找不到剧本，从报上知道重庆演出《戏剧春秋》，已写信给于伶要剧本，但他们也许很忙，不一定马上能寄来，请你费心找一个寄来，那就感德无涯了！

正的事，还没问，因为小顾去了桂林，她和葛文华终天都闹肚子痛，经柳州省立医院检查，腹内生瘤，摩擦肠胃和子宫，因此作痛，必须桂林医学院才能开刀，去了差不多一个月，前几天才住进去，还没动手术，大概还要一个月才能出院，通过了长官和其他关系，费用差不多减少一半，今后再有一万元就过得去了。这位长官确实待我们不坏，另外还给她们两千元疗养费，并答应再想办法津贴一点，计算起来，今年他用在队内病同志身上已有一万块钱了，在他这数目自然不算什么大不了，但这情分总是可感的，再说，队没有他帮忙，就确实更没有办法了。以前光知道如何工作就行，现在的“家”就不得不“当”，也确不容易当，每人的病、苦、甜、家事、用钱，你都得设法、费心、奔走，几年的队，队里的人，有问题就不能不解决，光凭一套八股而没有办法解决实际问题是不行的，不应该的，不管是现在或将来，这些话，好像多少有点抱怨和牢骚，其实并不是，不过觉得担子越来越重就是了，在我呢，也觉得就更走近人生实验室的门了，这付［副］担子，我们也看透了，将来会更重，但还得继续挑下去。这问题，你远较我更清楚，更有经验，可我没想到，你却那么客气。我只觉得一个人应该做对得起自己和别人的事，光顾自己如何如何，这条路是走不通的，由于自私、主观太强，许多人都碰晕到在人生实验室的台阶下，比如说，××就是一例。现在队里相当强调这句话：对别人的缺点别夸大但也不忽视，多看他们的优点，吹毛求疵的批判态度已不适用了，而对自己，千万不能存着一分的原谅。我非常赞成你的意见，深入扩大生活圈子，分析他们构成的成份［分］，才能确实地得到人生是怎么回事的结论。

铁匠，多少青年需要更多的像你一样的铁匠来锤炼，实验室内尽量发挥你的威力吧！

说也奇怪，和你聊聊怪舒服，好像游泳在一股温流里地那么自由，毫无顾虑，赤裸裸地什么污垢都给冲净了，心境清明畅快。同志们都很奇怪，和你那么谈得来，以为我们是多年共过患难的老朋友呢！铁匠，用我们的工作来珍贵我们的友谊吧！

你的生活那么丰富，说实话，我真有点嫉妒你，望能给我些帮助。

在渝友人能从你那里得知我们的实况，我们已满足了。

望来信告我此行一切，剧本能找到更好。用你的自信与精确的分析举起铁锤！

祝健！

弟曼青①

十一月三十日　鹿寨

信仍寄柳州好了！

舒模近无新作，问你好！

① 魏曼青，抗敌演剧宣传四队队长。

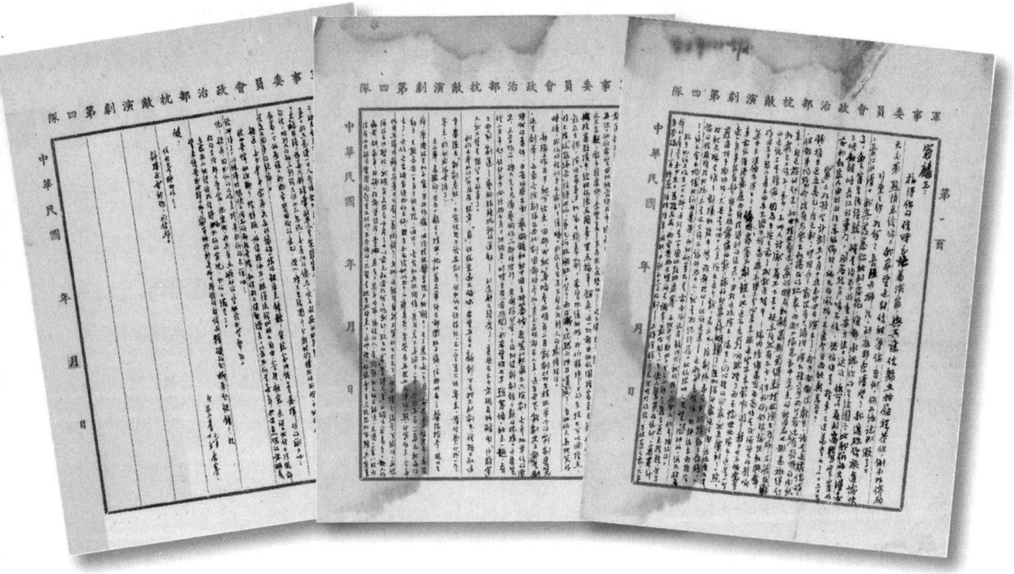
軍事委員會政治部抗敵演劇第四隊
中華民國　年　月　日

背景链接

这封信是1943年“剧宣四队”队长魏曼青写给原“抗宣二队”队长何惧的信。2009年何惧之女何碧、谢鼐之子谢庆将信件捐赠给中国人民抗日战争纪念馆。

当时各个演剧队和抗宣队一般20人左右，队员很年轻，除孩子剧团外，平均在20岁上下。各队都实行供给制，除衣食由队里供给外，一律都发给生活费2元（后来才增加到6元）。虽然生活比较清苦，但是队员们在“抗日救亡”这个大目标下彼此紧密团结，互相鼓舞，生气勃勃。各队在武昌昙花林经过短期集训和互相观摩演出后，于8月8日正式成立。在授旗仪式上，周恩来亲临讲话，他号召全体队员们“到前线去，到民众中去，为抗日战士和广大人民服务”！

1941年“第二次反共高潮”中，抗敌演剧队被改为国民政府军事委员会政治部抗敌演剧宣传队，简称“剧宣队”。抗敌演剧一队改为

“剧宣四队”，留柳州；二队改为九队，留长沙，其余都有所调整。

此信的“剧宣四队”就是原抗敌演剧一队。其前身为上海业余实验剧团，后成为上海救亡演剧队第三队，1938 年 8 月改编为抗敌演剧一队，被派往武汉前线张发奎部第二兵团工作。武汉失守后，进入广东韶关地区，对粤北军民进行抗日宣传工作，演出了各种街头剧、活报剧。1939 年春，抗敌演剧一队被第四战区政治部改编为艺术宣传队，队内中共党组织坚持工作，抵制当局的控制措施。1940 年春，恢复原建制，魏曼青为队长，随第四战区长官司令部到广西，为柳州军民演出《我们的故乡》《包得行》（与九队合排）等剧目。1940 年底，日军退出南宁，演剧一队会同九队赴南宁进行群众宣传工作，同时创作演出了张客、齐闻韶、吴淞的《南宁克复后》，李超的《边城之家》《霸王山》等剧目。

1941 年被改编后，全体队员在中共地下党的领导下，抵制了反共逆流，稳定了情绪。此后两年多，全队一方面坚持以柳州为依托，在桂南一带为军民巡回演出，另一方面抓紧业务训练，钻研剧场艺术。这期间排演了《蜕变》《家》《大明英烈传》等，创作了多幕剧《边城之家》，独幕剧《嫁不嫁》《开小差》等。1944 年 2 月，参加了西南第一届戏剧展览会。1944 年夏秋，随 10 万人黔桂大撤退，辗转于贵阳、安顺一带，仍坚持演出《岁寒曲》《国家至上》《草木皆兵》《金玉满堂》等剧，直到迎来抗战的胜利。

（要秋霞）

战时保育生的思亲家书

战时保育生与父母千里相隔，甚至春节都不能团聚。这封信就写于正月初二，字里行间流露出对父母亲人的思念、体贴，文笔简洁流畅，显露出这位保育生较好的素养以及特殊时代环境下的早熟稳重。

父母亲大人：

儿寒假已放四个多星期了。

农历廿九的下午，我独个寂寞地在川湘公路旁徘徊着。想着家里现在一定在做馍了，写对字［子］。

不知名的鸟声，从马鞍山腰的密树里清脆地荡漾下来，公路上就愈见得寂静幽冷。

我缓缓的向院走，忽然对面来了一位同学说：“你来了信。”我想是开玩笑骗我的。因为写了好多信回去都没见回信。第二天中午先生把信递我之后，才晓得那位同学不是骗我的。

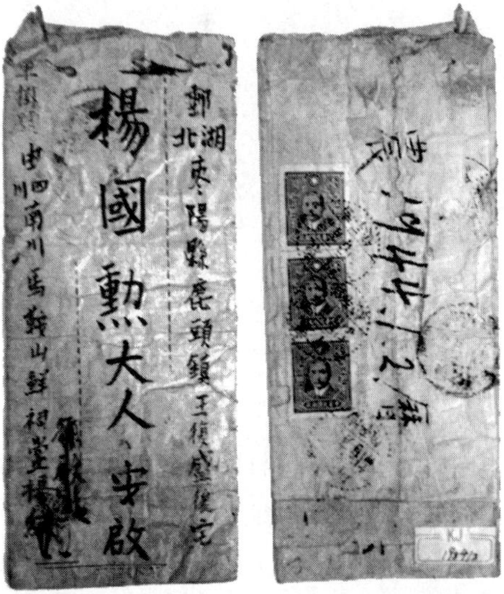

在放假前，我们举行了一个毕业试考，参考的人有七十五个，考取的有三十四个。我也是考取的一个，在这两个星期内，我们考取的就要到重庆。到重庆后再考一次，然后就分到中学去。

关于成绩单早就寄回去了，也许是路远失掉了吧！

现在我不需要钱，请不要挂念。

此时外祖母的福体好否？长清、如兰、小弟弟的身体都好吗？

重庆再谈

敬请

尊安

儿　毓镕上

农历正、二

请不要回信，因我要到重庆去，我和毓焜分别了。我会给他去信，并暑假寒假可以请假回院。

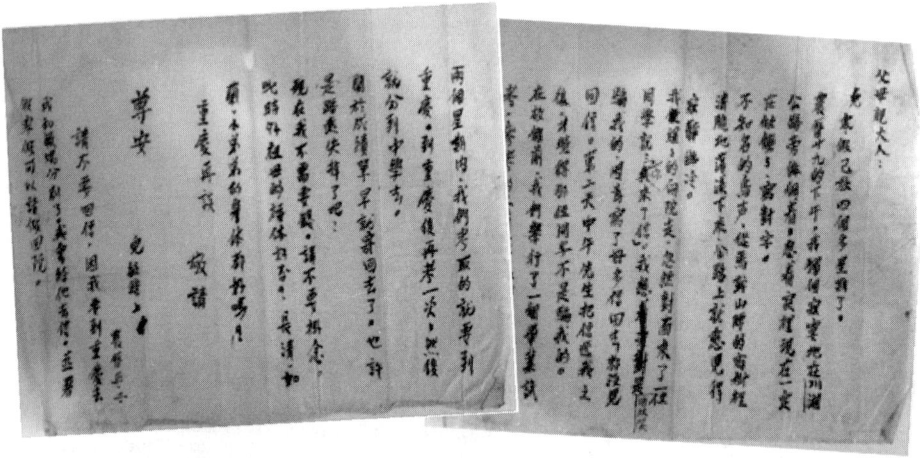
兩個星期內，我們考取的就要到重慶，到重慶後再考一次，然後就分到中學去。
關於成績單早就寄回去了，也許是路遠失掉了吧！
現在我不需要錢，請不要掛念。
此時外祖母的福體好否？長清、如蘭、小弟弟的身體都好嗎？
重慶再談
敬請
尊安
兒 毓鎔上
農曆正、二
請不要回信，因我要到重慶去，我和毓焜分別了。我會給他去信，並暑假寒假可以請假回院。

背景链接

这封家书是四川南川马鞍山直属第七保育院的保育生杨毓镕于1944年写给远在湖北枣阳父母亲的。

抗战初期，日本帝国主义的侵略给中国人民带来了深重的灾难。

为了拯救战争中的难童，保存民族的元气，一批有识之士要求政府将战争中的儿童教育作为一项重要的事业来办理。在此背景下，“中国战时儿童保育会”于 1938 年 3 月 10 日在汉口成立。它是一个由各党派爱国人士组成的救亡团体。在抗日战争的八年时间里，全国各地相继成立了 20 多个保育会分会和 50 多所固定儿童保育院，先后有近 3 万战区儿童、孤贫儿童受到收容和教养。

写信人杨毓镕就是受保育院保护、培养的万千儿童之一。据杨毓镕自述，抗战爆发后，他跟随家人逃难乞讨。其间，他的家人偶然看到一张战时告示称：“凡是难童均可送保育院，保育院会将孩子转移到安全后方，并提供吃住、供读书，战争结束后，送孩子回家。”家人不忍心看着杨毓镕整天过着颠沛流离的生活，就把他送进了保育院。杨毓镕在保育院受到了较好的教育，自己也奋发努力，完成了小学课程，并通过了本校的毕业考试，被分配到重庆中学读书。

“中国战时儿童保育会”有明确的教育主旨和教育内容，即“保教合一”，要把儿童培养成国家的建设者。“中国战时儿童保育会”不仅重视儿童的文化教育，还注重其思想政治教育、生产劳动教育、健康教育和艺术教育。保育院的孩子读完小学后，都要经过考试，成绩好的准许升入指定的国立中学，剩下的孩子会被送到各个工厂去学习技术，支援国家经济和国防建设。这一点从信中也得到了很好的印证。

据《战时儿童保育会八年来工作总报告》记载：“八年以来，共收容、教养儿童二万九千四百八十六名……总计历年来离院升学者共五千一百六十人，现升入大学者十七人，专科学校者五十四人，其中高中离校者二百零四人，现尚在中学肄业者尚有三千零八十人……总计八年来，习艺者一千八百六十名。”“中国战时儿童保育会”所从事的保育事业，是“抗战中一件有关最后胜利和民族前途的大事业”，是中国近现代教育史上的一次伟大创举，为战时保存国家希望、培养后备人才做出了重要贡献。

（刘守华）

流亡途中祖父绝笔

卢达杰

这是一封特别的抗战家书，写信的人并不是抗战前线的官兵，而是一位亲身经历了抗战时期大流亡的普通百姓。信中每一句话、每一个字都饱含着对战争的痛恨与无奈、对失散亲人的牵挂与思念，以及对安定团聚生活的热切期待。

杰儿鉴：

昨由桂林发上一函，谅已接到。余本想同伯度师母、莲妹上独山，因当日火车拥挤，非公务人员难已［以］上车。燕南供职市政府，所以有此优待，其余家室人等乃雇民船两只疏散平乐[①]。余与锦德亦于十三号同行，余因四婆婆先两天叫船，在兴平暂住，情关至亲，不能上岸一探。该处吉安人不下一二千，皆衡阳、桂林疏散者。论此处本是小小墟场，交通又不便利，并且接壤猺山，人心尚称稳定，差堪驻足。奈我只剩身上单衣，又无铺盖，资斧又不充裕，在近日天晴尚可抵御，设遇北风，岂不冻死。情迫无奈，于今早离开兴平市（距桂林下水廿里）。往阳朔进发，路途茫茫，行至此间，得遇同乡恒庆祥萧君留住一宿，嘱宜坐船往平乐，大概明天首途如会到。锦德备妥川资，必暂刻回里一走，否则马上返转荔浦，或搭汽车或跑路，决议往柳州而来，再搭火车经金城江到独山。话虽如此说，真是千山

① 平乐，即广西桂林市平乐县。

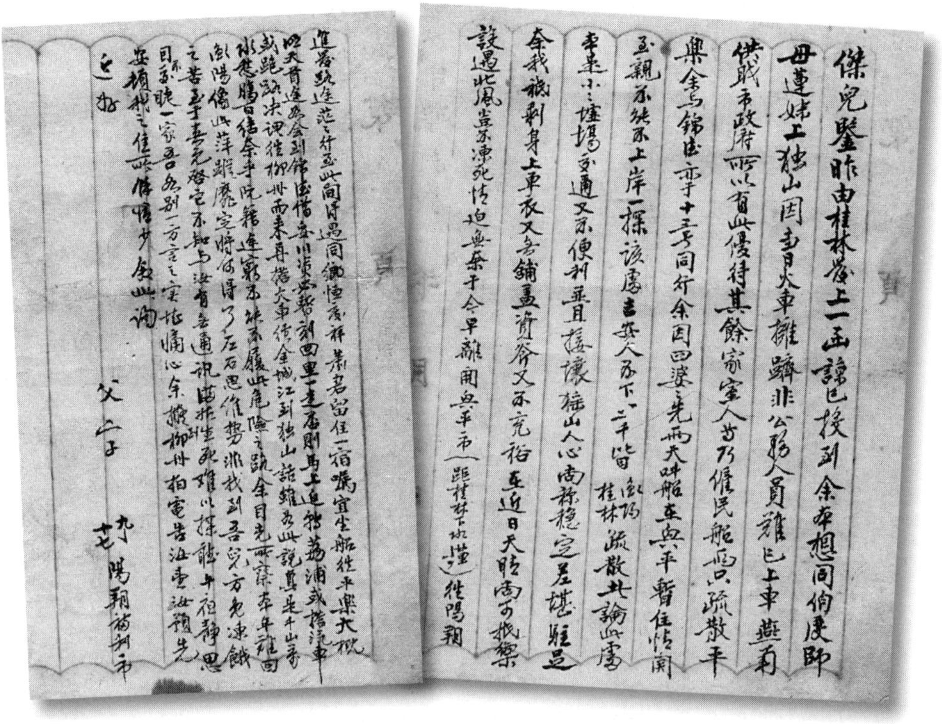

万水，愁肠百结，奈乎阮籍途穷，不能不履此危险之路。余目光所察，本年难回衡阳，像此萍踪靡定，将何得了？左右思维，势非找到吾儿，方免冻饿之苦，至于春元启它，不知与汝有无通讯，满姑生死难以探听。午夜静思，目不交睫，一家五口，各别一方，言之实堪痛心！余拟到柳州拍电告汝，预先安顿我之住所。余情少叙，此询

近好

父字

九月十七　阳朔福利市

背景链接

这是一封抗日战争时期父亲写给儿子的家书，距今已70多年了。信的落款处的“父”，即我的祖父卢明璇；抬头的称谓“杰儿”，即我的父亲卢达杰。

我的祖父卢明璇，字玉衡，江西吉安卢家洲人。少年时代即被我曾祖父送往湖南衡阳族人所开的典当铺做学徒。因勤奋好学，办事干练，在商号渐有发展。1928年至1934年，与他人合资开办“广利”钱庄，并独资开办“美最丽”鞋店，同时应族人之聘担任“集益”钱庄经理，逐渐在商界崭露头角，先后出任衡阳县商会委员、常委、副会长。1935年，与友人集资创办“协成”营造公司，任总经理。该公司曾承包粤汉铁路株（洲）韶（关）段桥涵工程。

1944年4月，日寇坂垣兵团大举进犯衡阳。衡阳守军在卫戍司令方先觉将军率领下奋起反击。衡阳保卫战持续49天，终因敌我力量悬殊，衡阳沦陷。沦陷前夕，时在衡阳交通银行任职的父亲将随银行部分职工撤离，遂劝祖父同行，以避兵乱。殊料祖父安土重迁，又心存侥幸，竟不愿与父亲同行，执意独自留守衡阳。父亲苦劝无效，只得随交行员工先期撤离，及至战事后期，眼看衡阳难以固守，祖父又与同乡结伴西撤，欲往桂林寻我父亲。殊料交行员工原拟西撤桂林，后因故改变路线，经湘、粤、赣等地辗转数月，最终抵达安徽屯溪。因此，祖父此行自然是南辕北辙，无法找到父亲了。然而天不遂愿，祸不单行，没想到更大的灾难降临到祖父的身上。逃亡途中，他不幸遭遇日寇，为其所俘并被迫当了挑夫。祖父一介文弱商人，体衰年迈，哪能经受住这般蹂躏？所幸不久他乘隙逃出敌人的魔爪，后几经辗转，备尝艰辛，于1944年9月17日抵达广西阳朔一个叫福利市的小镇。此时的祖父饥寒交迫，孤苦伶仃，远望家乡，云山隔断；“一家五口，各别一方”，“生死难以探听”，凡此种种，令其“愁肠百结”，

卢达杰在芜湖

“实堪痛心”，“午夜静思，目不交睫”。身处绝境之中的祖父为了早日返乡，与亲人团聚，遂于抵达福利市的当日，写下了这封求助的家书。然而当时正值战乱，邮路不通，直至抗战胜利后，这封家书才经由衡阳交通银行投递到已在屯溪交通银行任职的父亲手中。之后，父亲又接到一位周姓同乡的来信，方才得知祖父寄出这封信不久，又离开福利市流落到柳州，后因身患疟疾，缺医无药，不幸病故，被周某等同乡安葬于柳州示范农场。

70 多年过去了，如今面对这封依然保存完好、字字流血、句句含泪的祖父绝笔，我仿佛回到了那令人不堪回首的山河破碎、民族危亡的苦难岁月，国仇家恨不禁涌上心头。“前事不忘，后世之师。”值此纪念抗战胜利 70 周年之际，重读这封弥足珍贵的家书，更是百感交集，心绪难平。作为炎黄子孙，我们永远不能忘记日本帝国主义对中国人民犯下的滔天罪行，永远不能忘记抗日先辈所立下的丰功伟绩，永远不能忘记“落后就要挨打”这一至理箴言。我们后代子孙只有发奋图强，振兴中华，才能让异族侵略、生灵涂炭的民族悲剧永远不再上演，才能让我们的民族永远屹立于世界民族之林，才能最终完成中华民族伟大复兴的宏图大业。

（卢百强）

北平沦陷的八年

姜淮章（左）和姜淑章（右）

北平，1937—1945 年，沦陷在日本殖民统治者手中整整八年。刺眼的日军军刀和太阳旗，这座沦陷的都市，在承受怎样的屈辱？姐弟之间的一封家书，跨越八年情思，诉说着怎样的内心感受？

姐：

现在仗打完了。报上载，说北平已经有我们的机关去办公了，已经是八年了，我离开家是八年，北平沦陷也是八年，以前写信什么话也不能说，以后可以随便说了。你这几年在日本鬼子的地方生活一定苦得很，我可惜不在国内，不然一定回一次北平来看你，让我详细的写一点吧。

我离家便去长沙上了半年课，便去昆明，是步行的，不过仍是很安适。在昆明从五月念到八月便算毕业了，便在清华农业研究所作事，一下便是六年。物质越过越苦，从离家之后便没有做过一套新西装，连衬衣都算得出买几件。在去年八月便开始办出国的手续，那时的确是苦到了家了，衣服差不多全是破旧的了。但是你知道我的破烂东西临走时卖了多少钱（等于北平的打鼓的）？卖了七千元，你便可以知道物价是个什么样子。十月十九日动身，是乘飞机到印度，在印等船四十天才航海，又是三十多天，今年一月七日到美国的西部上岸，只有几天便来学校上学了，一切都很好，请勿念。

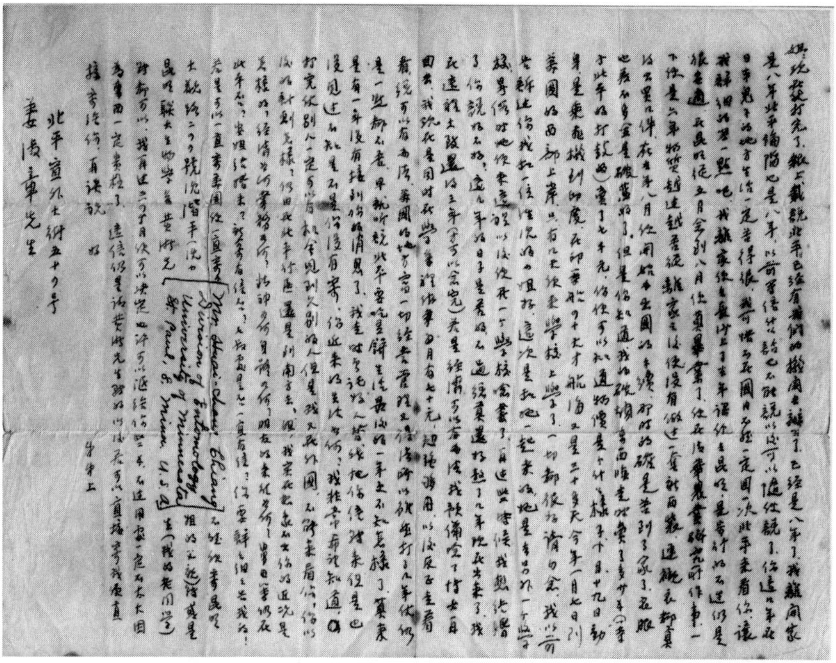

我以前告诉过你，我和一位姓沈的小姐好，这次是和她一起来的，她是去另外一个学校，暑假时她便来这里，以后便在一个学校念书了。再过些时候，我想结婚了，你说好不好？这几年的日子是苦的，不过总算还好，熬了几年，现在出来了。我在这里大致还得三年（方可以念完），若是经济可以有办法，我预备念了博士再回去。我现在是同时在学系里做事，每月有七十元，勉强够用，以后反正走着看，总可以有办法。美国的地方富，一切经营管理又得法，所以虽然打了几年仗，仍是一点都不苦。早就听说北平要吃豆饼，生活最后的一年更不知怎样了。算来是有一年没有接到你的消息了，我走时曾托好人替我把你信转来，但是也没见过，不知是不是你没有寄？你近来的生活如何？我非常希望知道。

打完仗，别人一定可以有机会见到久别的人，但是我又在外国，不能来看你，你以后的计划怎样？仍旧在北平行医，还是到南方去？姐，我实在想象不出你的近况是怎样的，经济如何？业务如何？精神如何？身体如何？朋友的来往如何？舅母等仍在北平否？安姐结婚未？新哥有信否？七叔处是否一直有信？你要详详细细告我的！若是可以一直寄美国，便一直寄：（英文地址）。不然，便寄昆明大观路二四四号沈阶平（沈小姐的父亲）转或是昆明联大生物学系黄淅[1]先生（我的老同学）转都可以。我再过三四个月便可以决定，也许可以汇给你些钱，不过用处一定不太大，因为东西一定贵极了。这信仍是请黄淅先生转的，以后若可以，直接寄我，便直接寄给你。再谈，祝

好

弟弟　上

北平宣外大街五十四号姜淑章先生

背景链接

1937年7月29日，北平沦陷，从此遁入日伪统治的八年黑夜。

在沦陷区，多数民众生活在缺乏基本人权的困境中，随时而来的杀戮、强奸、抢劫，政治上的“贱民”地位，城市大量失业，无法保证基本需求的粮食配给制度，即使由豆饼、树皮、草根等54种东西制成的“混合面”也无法足量。1943年内，北平有时日均死亡300人之多。日伪在农村实施保甲制度，农民随时面临着大量服役、摊派和被抓的惊恐。据调查，北平市民负担的税费项目分别有户别捐、特务捐、雇夫费、家具费、门牌捐、甲务费、联乡费、报纸费、木材砖费、地亩捐、大车捐、讨伐费、契约附加捐、并团费等。更多的还有敌伪的敲诈，强迫“送礼、慰劳”的负担。

① 黄淅，系姜淮章先生的同学，1939年毕业于清华大学，后为山东大学生物系教授。

1937 年 7 月 29 日北平沦陷

日本统治者滥发货币导致沦陷区物价飞涨，生活资源匮乏，人民生活苦不堪言，而日伪用回收的法币到未沦陷区大量收购物资、外汇和金银，对中国人民进行第二层剥削。日本统治者还通过发行公债、强制储蓄等手段搜刮北平民众的大量资金，以支付军费开支。

日伪统治下北平街头乞讨的儿童

由此种种，人民生活的困苦可想而知……

也就是在这个时候，我的母亲姜淑章和舅舅姜淮章失去了联系，这一别就是四十多年。这封泛黄的信是舅舅随清华大学南迁留学美国后托人辗转带回来的。当时抗战刚刚胜利，北平刚刚摆脱日伪长达八年的黑暗统治。

外公外婆过世较早，只有他姐弟二人相互照应。七七事变前，姜

姜淑章，1941 年摄于山西

淮章在北京清华大学上学。七七事变后，随着清华大学南迁至长沙，后又迁至昆明。毕业后在清华大学的农研所工作，后赴美留学，攻读博士，留在美国明尼苏达州立大学任昆虫系教授。母亲则在北京宣武区开了一家小诊所。兵荒马乱，姐弟异地，她的诊所经常遭到汉奸、特务的骚扰。虽然她自己有工作，但因为当时的人们生活很苦，看病出诊经常收不回诊费，再加上苛捐杂税非常多，她只能勉强维持生活。在母亲 28 岁时，外公在山西被日本人害死，她一人赶赴山西为外公料理后事，其艰难和痛苦可想而知。

家庭合影，前排左起：窦莲云、姜淮章、七婶、姜淑章、窦志先，1975 年摄于北京

母亲在50年代和60年代一直托人打听舅舅的消息，却一直没能联系上。随着尼克松总统的访华，中美坚冰打破了，我母亲也终于等来了弟弟姜淮章要回国的消息。

1975年舅舅随联合国粮农组织访华、讲学。那时我母亲已是身患重病，几乎不能说话，从那时起，她每天要坐在屋门口等待。直到她的弟弟出现在她的面前，姐弟二人相拥而泣。

当时，舅舅用我们自制的木轮车推着我母亲，到位于菜市口的人民照相馆，照了一张合影。不久，舅舅返回美国，我母亲就躺倒了，再也没能起来，同年11月去世，但她了却了一桩多年的夙愿。

舅舅在美国任教时，曾担任国际玉米螟研究协作组主席长达14年，直至退休。

国际玉米螟研究协作组是由玉米螟专家和玉米育种专家组成的国际学术组织，成立于1969年，先后有美国、加拿大、法国、奥地利、西班牙、苏联以及中国等15个成员国。

舅舅担任主席时，表示希望由中国作为东道国主持一届会议。他的提议，在第13届会议上获得一致通过，决定第14届会议在中国召开。

舅舅虽然在美国任教，却非常关心新中国的经济发展，希望为自己的祖国多做一点事情。他多次随学术团体访华，到各地大学讲学，办展览会，出版过多部学术作品，为昆虫学界做出了贡献。

2005年3月，舅舅在纽约去世，享年90岁。

（窦莲云）

台湾同胞的寻根之旅

这是一封很有象征意义的家书，台湾省本就是祖国大家庭中的一员。抗战胜利了，然而台湾的乱象没有停止，故丘念台先生希望组织台湾光复谢恩团到祖国大陆感恩致敬，寻找民族血脉和国家认同。

振骧先生台鉴：

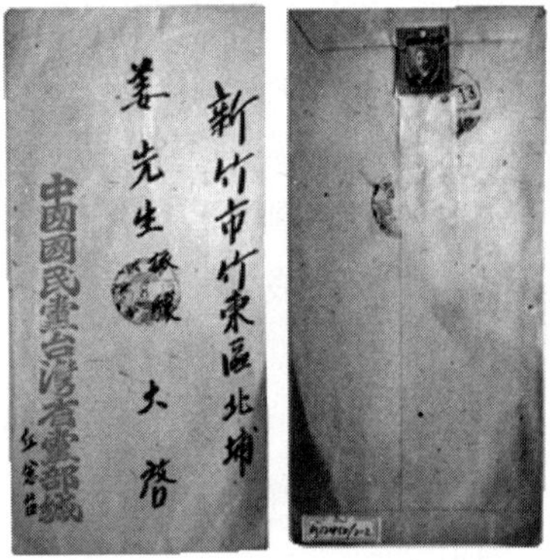

台湾光复谢恩团事，蒙鼎力协助，幸得成就。兹因人欵均定，各事略诀，谨请预为准备各项如下：

一、由台北赴上海飞机出发日期：八月廿六日下午

二、台北集合日期：八月二十三日正午到台北大正町六条通五四签到（为外省党部省公署、银行、航空公司等处接洽及自己会商进行起见，提早三日集合）

三、二寸半身相片：准备十五张，请于十八日以前先取六张连同略历表寄来敝寓，以便申请飞机及入党等用（已交者不必再交）

四、个人零用旅费：如需要代汇者，请于本月二十日以前汇到，以便向省公署申请官价汇沪

五、党证：已入党者请携带或抄记号数，未领党证者请即将寄上申请书，填妥，即日寄来，以便代办入党较妥

余不赘，此请

大安

愚弟　丘念台　上

中华民国卅五年八月十二日

背景链接

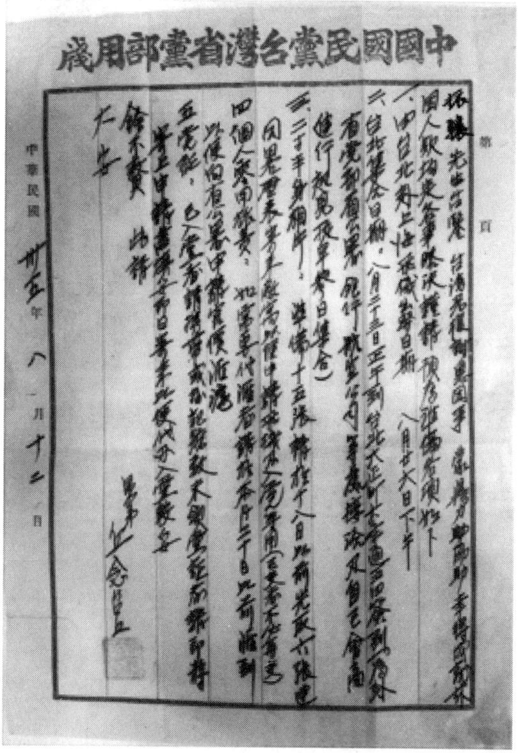
中國國民黨台灣省黨部用箋

中華民國 卅五 年 八 月 十二 日

写信人丘念台（1894—1967），台湾省台中人，台湾抗日名将丘逢甲之子。1913年赴日留学，在日本随父加入同盟会。1925年毕业于东京帝国大学研究部。回国后历任沈阳兵工厂技师、辽宁西安煤矿公司采矿主任。九一八事变后，随马占山部抗日，后自组义勇军，参加长城抗战。全面抗战时期曾任第四战区及第七战区少将参议。1943年任国民党台湾直属党部执行委员。1945年任监察委员兼国民党台湾省党部委员。抗战胜利后曾任台湾省政府民政厅长、“总统府资政”及国民党中常委、中央评议委员等职。著有自传《岭海微飙》。

收信人姜振骧（1895—1977），台湾抗日义士姜绍祖之子。日据时期，于台湾“总督府”国语学校毕业，曾任北埔庄协议会员、新竹州协议会员和“总督府”评议会员等职。1945年台湾光复后，担任过新竹县参议员、北埔乡民代表会主席、义民中学董事长和新竹区合会储蓄有限公司董事长等职。

1945年8月15日，日本宣布无条件投降，台湾重新回到祖国怀抱。但由于台湾与祖国长达50年的隔离，再加上国民政府派到台湾的接管人员素质良莠不齐，台湾当局政治经济政策的失败等，国民政府与台湾民众之间的隔阂逐渐加深，对立情绪日益加强。

参加过祖国抗战的丘念台，目睹了“上下不了解，内外有隔膜，训致误解更深，怨愤愈大。自上看下，误为故意撒野；而由下看上，则诋其自私无能”的局面，非常担心长此以往，会导致台湾爆发更大的社会危机。有鉴于此，丘念台决议筹组“台湾光复谢恩团”（简称“谢恩团”，后更名为“台湾光复致敬团”），赴祖国“拜谒中山陵、晋谒当时中央政府要人、献金抚慰抗战阵亡将士家属、充实教育设备、恭祭黄帝陵”等。

从 1946 年 6 月起，丘念台奔走于各市县，邀集各地知名人士 15 人，8 月下旬“谢恩团”终于组成，由省议员林献堂担任团长。

此信就是“谢恩团”临行前夕，丘念台为筹划安排出发事宜给姜振骧所写的信函。从出发的行程到团员个人资料的准备，再到个人旅费的汇寄，念台先生都一一想到，体现了他周全的安排和精心的考虑。

念台先生的良苦用心，最终取得了良好的效果。1946 年 8 月 29 日，“谢恩团”一行 15 人从台北飞抵上海，受到上海台湾同乡会等团体的热烈欢迎。“谢恩团”赴南京、耀县等地进行了祭拜中山陵、黄帝陵等一系列活动。10月5日返回台北，共在祖国大陆活动37天。“谢恩团”于所到之处表达了抗战胜利后台湾人民重获解放的兴奋和心向祖国的爱国情怀，同时感受到祖国人民的浓浓民族情和同胞爱。

（刘守华）

附录一

征集家书、日记、回忆录

一、征集范围

1. 家人、亲友之间的通信，包括信纸和信封。字数不限，年代不限，地域不限。
2. 日记、笔记、手稿、回忆录、传记、家谱、族谱、家史等非官方资料。
3. 申请书、报告书、证书、照片、礼单、账本、契约、字据等私人档案。

二、征集用途及捐赠者权益

☆ 我们欢迎无偿捐献原件，复印件也可以。具有一定文化价值的应征家书等均作为国家文化遗产由中国人民大学博物馆和中国人民抗日战争纪念馆正式收藏，同时为捐献者颁发荣誉证书。您也可以与我们签订寄存协议，把家书档案寄存在我馆。

☆ 我们将严格遵守国家相关规定，切实保护捐赠者和寄存者的应有权益。比如，所有应征家书、日记、回忆录等的著作权归原作者所有；对家书资料较为丰富的捐献者，可建立实物和电子版人物全宗档案；捐赠者对捐献的家书等资料，享有优先利用权，并可以对其中不宜公开的部分提出限制利用的意见。

☆ 征集单位将从捐赠的文献中整理出版中国民间家书系列、民间日记系列、民间回忆录系列丛书，被选中者将获得相应稿酬和免费样书。

☆ 具有一定文化价值的家书文献，将有幸参加家书展览和家书文化论坛。

三、注意事项

1. 邮寄之前，请附上家书所有者是否同意捐赠及家书作者是否同意公开发表的书面意见，并请把家书相关背景和照片一并寄来。
2. 如果不同意发表时署真名，或有其他意见，敬请在来信中写明。
3. 来函敬请注明您的通信地址、邮编、联系电话，以便我们与您联系。

四、联络方式

征集地址：北京市海淀区中关村大街59号中国人民大学博物馆抢救家书办公室

邮政编码：100872

征集热线：010-88616101　62510365

传　　真：010-62512864

联 系 人：张颖杰

电子邮箱：jiashuchina@vip.sina.com　jiashuchina@sohu.com

中国家书网：www.jiashu.org

微信平台：ourletters

法律顾问：陈茂云律师

中国人民大学博物馆

中国人民抗日战争纪念馆

中国人民大学家书文化研究中心

抢救民间家书项目组委会

二〇一五年四月十日

图书在版编目（CIP）数据

抗战家书：我们先辈的抗战记忆 / 中国人民大学博物馆，中国人民抗日战争纪念馆编. — 北京：中国人民大学出版社，2015. 5

ISBN 978-7-300-21133-6

Ⅰ. ①抗…　Ⅱ. ①中…　②中…　Ⅲ. ①书信集-中国-现代　Ⅳ. ①I266.5

中国版本图书馆CIP数据核字（2015）第077838号

抗战家书：我们先辈的抗战记忆

中国人民抗日战争纪念馆
中国人民大学博物馆　编

Kangzhan Jiashu: Women Xianbei de Kangzhan Jiyi

出版发行	中国人民大学出版社		
社　　址	北京中关村大街31号	**邮政编码**	100080
电　　话	010-62511242（总编室）		010-62511770（质管部）
	010-82501766（邮购部）		010-62514148（门市部）
	010-62515195（发行公司）		010-62515275（盗版举报）
网　　址	http：//www.crup.com.cn		
经　　销	新华书店		
印　　刷	唐山玺诚印务有限公司		
开　　本	890mm × 1240mm　1/32	**版　　次**	2015年5月第1版
印　　张	9	**印　　次**	2025年9月第26次印刷
字　　数	232 000	**定　　价**	39.00元